Einaudi. Stile Li

Dello stesso autore nel catalogo Einaudi

54
Giap!
Guerra agli umani
New Thing
Asce di guerra (con V. Ravagli)
Manituana
Stella del mattino
New Italian Epic
Altai
Previsioni del tempo
Anatra all'arancia meccanica
Timira (con A. Mohamed)
Point Lenana (con R. Santachiara)
L'Armata dei Sonnambuli
L'invisibile ovunque
Un viaggio che non promettiamo breve
Proletkult

e con il nome Luther Blissett

Q

Wu Ming 1

La macchina del vento

Valeria a Padova - maggio 2019

Einaudi

www.einaudi.it

I libri di Wu Ming sono stampati su carta ecosostenibile CyclusOffset, prodotta dalla cartiera danese Dalum Papir A/S con fibre riciclate e sbiancate senza uso di cloro. Nel caso si verifichino problemi o ritardi nelle forniture, si utilizzano comunque carte approvate dal Forest Stewardship Council, non ottenute dalla distruzione di foreste primarie. Per maggiori informazioni: www.greenpeace.it/scrittori

Questa è un'opera di fantasia.
La descrizione di istituzioni, luoghi ed episodi è basata su studi storiografici e memorie di confinati politici, ma è frutto di rielaborazione e immaginazione. I personaggi realmente esistiti parlano e interagiscono con altri creati dalla licenza poetica dell'autore, in un contesto che, seppure rispettoso del nocciolo di senso dell'esperienza storica del confino, va ritenuto immaginario.

ISBN 978-88-06-24080-6

La macchina del vento

ad Alessandro Caligaris

L'osservatore – se ricorda soprattutto che altrove c'è la guerra – finirà per concludere di essere in vista di una colonia di matti.

ALBERTO JACOMETTI, *Ventotene*.

Vi ho già detto della nausea e confusione che dà un viaggio nel tempo.

H. G. WELLS, *La macchina del tempo*.

Sappiamo cosí poco delle nostre forze psichiche! Non sarebbe da meravigliarsi se un piú serio e metodico studio dei sogni, del sonnambulismo, delle allucinazioni, dei fenomeni ipnotici, telepatici, medianici, rabdomantici, ecc. portasse a delle scoperte di valore pratico anche maggiore di quelle finora ottenute con lo studio del cosí detto mondo fisico. La concezione che oggi abbiamo della materia, della vita, dello spazio, del tempo e dello stesso significato delle leggi scientifiche è tale che non possiamo piú meravigliarci di niente. Niente sarebbe «miracoloso», «soprannaturale»...

ERNESTO ROSSI, lettera alla madre,
Ventotene, 23 maggio 1942.

Antefatti
(1922-1938)

I.

Da tempo i fascisti scorrazzavano e aggredivano, ammazzavano e incendiavano. Ora preparavano una marcia su Roma, e cosí Bruno Buozzi, il capo del sindacato dei metallurgici, decise di rivolgersi a Orfeo.

I due si erano conosciuti anni prima, quando il cantore, un sincero amico dei proletari, si era esibito per la Fiom di Milano. La sua interpretazione dell'*Inno dei lavoratori* aveva fatto piangere anche gli operai piú burberi:

♫ «*Ogni cosa è sudor nostro, | noi disfar, rifar possiamo; | la consegna sia: sorgiamo | troppo lungo fu il dolor!*»

Buozzi conosceva i poteri di Orfeo: con la sua cetra e con la voce melodiosa poteva incantare gli uomini, le bestie e gli elementi della natura. Dunque avrebbe potuto ammaliare gli squadristi e fermare l'onda nera, o almeno rallentarla, dando tempo agli operai di respirare e riorganizzarsi, dopo un periodo di sconfitte e umore sotto le scarpe.

Si diedero appuntamento a Pontelagoscuro, dove Buozzi era nato, sulla riva destra dell'Eridano. Orfeo si trovava lí perché voleva noleggiare una barca, raggiungere il delta del fiume e visitare la tomba dell'amico Fetonte, lo sfortunato aviatore precipitato in quei luoghi ai primordi dell'aeronautica.

Non ci volle molto a convincere il cantore: le gesta dei fascisti lo inorridivano, le parole del loro duce gli davano il reflusso di stomaco. Rinviò il viaggio sul fiume, ma quando stava per andare a Ferrara, città del bieco Italo Balbo e dei suoi squadristi, ricevette un telegramma dalla sua terra, la Tracia. Il mittente era il Comune di Adrianopoli, Ufficio servizi funebri:

> Dolenti informare vostra moglie ninfa Euridice est deceduta stop apicultore Aristeo volendo fornicare la inseguiva stop mentre ella fuggiva fu morsa da vipera stop anima est presso Ade stop sentite condoglianze.

Orfeo si disperò, ma non intendeva rassegnarsi.

– Compagno Buozzi, sono affranto due volte: per l'aver perso la mia sposa, e perché non posso aiutare te e gli altri compagni. Devo scendere nell'Ade. Devo riportare indietro Euridice.

– Di certo non posso trattenerti, – rispose Buozzi. – Ma giurami che, tornato dagli inferi con tua moglie sana e salva, ti unirai a noi nella lotta al fascismo.

– Giurin giuretta, – disse Orfeo.

II.

Il sole illuminava l'ergastolo di Santo Stefano. Di fronte a noi, oltre la distesa blu, c'era la linea piú scura del litorale, col profilo del Circeo e, piú lontane, le montagne dell'Appennino.

– Ascoltami bene, Erminio, – disse Giacomo, e il racconto cominciò.

La città che mi apparve era Roma. Roma bagnata di sole, come doveva essere la mattina di martedí 5 aprile 1938, anno XVI dell'Èra fascista. Vidi Porta Maggiore, poi il mio sguardo imboccò la Prenestina, la percorse superando Villa Gordiani e l'omonima borgata, oltrepassò un nuovo quartiere in costruzione – «il Quarticciolo», lo chiamò Giacomo – e prese uno stradello sulla sinistra. Dopo un centinaio di metri, ecco il piú anonimo dei magazzini. Intorno, solo campagna e rade baracche. Dentro, un ampio laboratorio, luminoso come il mondo quel giorno.

Due uomini discutevano accanto a un macchinario, un abitacolo irto d'antenne e collegato da cavi elettrici a un grande rotore. Nello stanzone, nessun altro a parte loro. Sapevo già che erano scienziati. Accento della Sicilia orientale l'uno, accento romano l'altro, entrambi intorno ai trent'anni. Il primo era un teorico puro: umbratile e raccolto, aveva un volto da frate teologo. L'altro – piú corpulento, mani grosse, guance rubizze – era il tipo che non teme incursioni nella «scienza applicata». La strana macchina ne era un esempio, e che esempio!

A parlare era soprattutto il romano. In preda a un grande fervore, si sfregava le mani e ripeteva cose che l'altro già sapeva: riepilogava com'era stata costruita la macchina, non era sicuro che potesse funzionare ma se avesse funzionato, eh!, se avesse funzionato... sarebbe stata la piú grande rivoluzione di tutti i tempi! Rivoluzione, proprio! Dal latino *re-volutio*, tornare al punto di partenza con un movimento circolare. Certo, bisognava capire in che condizioni fare l'esperimento. – Però ormai ci siamo, – diceva, – e nun ce posso crede, se penso a com'è stato casuale l'inizio, a quant'è stato bizzarro lo spunto...

A un certo punto si fermò e chiese all'amico: – Ma che hai, Ettore? Ti senti male?

Infatti l'altro, il siculo Ettore, parlava poco, si esprimeva a monosillabi, sovente guardava nel vuoto.

– No, non preoccuparti, tutto a posto, – rassicurò.

Il romano non stava nella pelle, tanto che adesso doveva orinare. – Aspettami qui, – fece all'amico.

Ettore restò solo nel laboratorio.

Sospirò.

Guardò quello che avevano chiamato «veicolo».

Guardò la porta da cui era uscito l'amico.

Infine entrò nell'abitacolo, si allacciò una cintura, si mise un casco da cui spuntavano diodi... Si fermò un istante... Poi tirò una leva.

Il macchinario cominciò a vibrare e ronzare, proprio mentre il romano, vescica svuotata, ancora gongolante, riapriva la porta, vedeva quel che stava per accadere, azzerava il sorriso, sgranava gli occhi e urlava:

– Noooo, che stai a fa'? Sei pazzo? Ettore!

L'uomo si precipitò, cercò di sporgersi dentro l'abitacolo, di afferrare una leva per bloccare il processo, ma la mano ormai stringeva il vuoto: Ettore e il macchinario erano evanescenti.

I due si guardarono negli occhi.

– Perché? – chiese l'amico che restava, mentre l'altro andava scomparendo.

– Non lo so nemmeno io, – rispose Ettore. – Addio, Giacomo.

Il macchinario ultimò la propria scomparsa.

Giacomo restò solo. Il laboratorio era pieno di sole. Si accovacciò con la schiena al muro e nascose la testa tra le braccia.

Cosí immaginai l'intera scena, nel teatro della mente, quando Giacomo la raccontò, torrenziale, una mattina di giugno del 1940.

Immaginarla era una cosa: l'essere umano può *immaginare* l'irreale, vedere il mai avvenuto, è questo a distinguerlo dagli altri animali. Non solo questo, certamente, ma anche. Ascolti una favola e *vedi* il lupo che parla con l'agnello, la rana invidiosa del bue, la sfida tra la lepre e la tartaruga. Leggi un romanzo e *vedi* personaggi mai vissuti amarsi, combattere, tradirsi, morire. Leggi l'*Odissea* e vedi Atena assumere le sembianze di Mente, di Mentore, di Telemaco…

Immaginarla era una cosa. Ma crederla vera, quella scena con la macchina del tempo, era un altro paio di maniche.

III.

Quando Giacomo raccontò quella storia, la primavera aveva appena ceduto il passo all'estate, Atena era già sull'isola – anche se ancora non lo sapevo – e io stavo al confino da piú di tre anni.

Questa storia non la capisci, se non sai cos'era il confino. Lo so che hai studiato l'argomento, ma non basta aver letto dei libri: bisogna mettersi nei panni di quelli come noi, sentirsi addosso il *perché* ti mandavano al confino.

Ti mandavano al confino se eri nemico del fascismo, o anche solo poco amico. Spesso bastava non esserne entusiasta.

Ti mandavano al confino perché al dopolavoro qualcuno ti aveva sentito raccontare una barzelletta sul duce, ne giravano di formidabili, non raccontarle sarebbe stato un peccato, ma piú facevano ridere, piú raccontarle era peccato. Le dittature sono permalose.

Ti mandavano al confino perché non facevi il saluto romano. Un tal sabato, nella piazza del paese, non avevi risposto al braccio alzato del centurione o del federale in camicia nera, oppure avevi risposto ma ostentando svogliatezza e forse, chissà, perfino disgusto. Quel mancato gesto, e quel piegarsi degli angoli della bocca, si espandevano nel ricordo dei mastini del regime, finché un giorno non venivano a casa tua, ti strappavano alla sposa e ai bimbi che piangevano, ti facevano perdere il lavoro e ti sbattevano chissà dove, per anni.

Ti mandavano al confino perché uno della milizia voleva fottersi tua moglie e dimmi se non cascava proprio a fagiuolo che una volta, chissà quando, qualcuno ti avesse sentito parlar bene di Matteotti.

Ti mandavano al confino perché avevi chiesto in biblioteca un libro scritto da Tizio, noto bolscevico, o da Caio, noto invertito. Quelli che non piacevano al regime erano sempre «noti» qualcosa, perché il fascismo si presentava come interprete della vox populi.

Ti mandavano al confino perché il Primo Maggio, ricorrenza abolita e vietatissima, avevi messo l'abito buono o la cravatta bella, oppure, in osteria, avevi levato in alto il bicchiere di vino prima di portarlo alle labbra. Gesto che poteva essere solo d'augurio: «Il suddetto brindava spavaldo alla festa dei sovversivi e alla caduta del regime».

Ti mandavano al confino perché avevi deposto fiori sulla tomba di un antifascista, che magari era un tuo parente, forse ucciso a bastonate, forse morto anziano nel suo letto, poco importava, che ci andavi a fare su quella tomba? Era acqua passata, il fascismo aveva trionfato. Chi non si rassegnava era un nemico.

Ti mandavano al confino perché eri sloveno o croato e con tua moglie e i tuoi figli, *s'ciavo* testardo, continuavi a parlare in sloveno o croato, ma il posto dove stavi era diventato Italia, come Trst o Gorica o Rijeka, e dovevi parlare solo italiano. Primo, perché era la lingua di Dante, e ho detto tutto. Secondo, perché *loro* dovevano saperlo, cosa andavi cianciando. Metti che raccontavi una barzelletta sul duce: quelli non capivano una parola, ma vi vedevano scompisciarvi. Mica ci voleva un genio per concludere che li pigliavate per i fondelli, e allora prendevano a nerbate te e gli amici tuoi, e poi vi mandavano al confino.

Insomma, bastava poco. Una voce sussurrava all'orecchio dell'autorità: Roverati Mario parla male del regime coi compagni di lavoro, Guerzoni Attilio ha detto che invadere l'Abissinia porterà solo rogne all'Italia… C'era alta densità di spie: delatori in ogni paese, e in ogni quartiere di ogni città. Quelli pagati dall'Ovra – polizia politica dal misterioso acronimo – erano detti «fiduciari», ma parecchi lo rendevano gratis, il servigio, perché il regime sapeva sfruttare l'indole pettegola degli italiani, sapeva farne un'arma, anzi, un intero arsenale.

A decidere la tua sorte – e quella dei tuoi cari, che avrebbero dovuto fare senza di te – era una commissione provinciale. Da un giorno all'altro ti ritrovavi lontanissimo da casa, dalla famiglia, dagli amici, sorvegliato e vessato in mille modi, in un villaggio tra i monti o su un'isola in mezzo al mare. Non potevi difenderti, perché mica ti facevano un processo; nessun bisogno di appiopparti un reato, perché mica era una condanna penale: era una misura amministrativa.

La maggioranza dei confinati era gente che, in fondo, si era limitata a non portare il cervello all'ammasso. In gran parte operai; seguivano i contadini; molto staccati tutti gli altri.

La crème dei confinati, invece, era fatta di autentici, dichiarati, inconfondibili nemici del regime. Dirigenti e militanti clandestini, esponenti dei partiti sciolti nel '26: il Partito socialista, il Comunista, il Repubblicano… E poi gli anarchici. E i membri delle formazioni nuove, come Giustizia e libertà, liberali ma sovversivi, che tra loro si chiamavano compagni e facevano attentati con le bombe, *o tempora!* I capi di Gielle, i fratelli Carlo e Nello Rosselli, erano stati uccisi in Francia, dov'erano esuli, nel giugno del '37. Scannati da uno squadrone di sicari su ordine del duce. Quanto ai giellisti rimasti in Italia, erano tutti in galera o al confino.

I nemici del regime prima si facevano il carcere preventivo, poi subivano il processo-farsa davanti al Tribunale speciale, dopodiché erano anni di galera, e una volta scontata la pena... Tornare liberi? Non scherziamo, li lasciavi andare cosí, pronti a cospirare di nuovo contro il fascismo? Andavano direttamente dal carcere al confino.

Poi c'erano i confinati religiosi.

Ti mandavano al confino perché eri valdese, pentecostale, testimone di Geova... C'era il Concordato, papa Pio XI aveva chiamato il duce «uomo della Provvidenza», ergo, caro il mio fanatico, tu preghi nel modo sbagliato e contrario allo Stato, e allora ti mandiamo a farlo – come suol dirsi di località sperdute – a casa del diavolo.

Infine, i confinati «comuni», che voleva dire: non politici. Nelle colonie di confino, li chiamavamo «manciuriani».

– Manciuriani? Come mai?

È una lunga storia. Tempo al tempo.

Ti mandavano al confino se eri un magnaccia d'infimo bordo. Quelli d'alto bordo procuravano donne ai gerarchi.

Ti mandavano al confino se eri uno strozzino poco ammanicato. Quelli ammanicati erano, appunto, ammanicati.

Ti mandavano al confino se, femmina, ti piacevano le femmine oppure, maschio, lo pigliavi nel didietro. Per lesbiche e, soprattutto, finocchi il regime non aveva, non poteva avere tolleranza. Il fascismo era italianissimo, apoteosi dell'Italianità, e dato che il maschio italiano vive nel perenne timore di prenderlo in quel posto – teme che possa piacergli –, il fascismo ne era ossessionato. «Mutande di lamiera!», dicevano, quando nei dintorni si aggirava un invertito. Uno cosí, lo sbattevano alle Tremiti.

Ti mandavano al confino se eri troppo matto per vivere fuori dal manicomio ma troppo poco per viverci dentro.

Ti mandavano al confino se non era chiaro cosa facevi nella vita.

Ti mandavano al confino perché...

A volte non lo sapevano nemmeno loro, il perché. Gli stavi sui coglioni e basta.

Parte prima

La guerra strana

(novembre 1939 - giugno 1940)

Subito, come una staffilata al volto, mi venne in mente la possibilità di perdere la mia epoca, d'essere lasciato impotente in quello strano mondo nuovo.

H. G. WELLS, *La macchina del tempo*.

1.

Potrei cominciare cosí: poche decine di chilometri al largo della costa tirrenica…

Poche decine di chilometri al largo della costa tirrenica, tra Lazio e Campania, c'è un rado arcipelago di isolotti, sputati da un vulcano quando Zeus era ancora in fasce. Sono le isole Ponziane: Ponza, Palmarola, Zannone, Gavi, Santo Stefano e Ventotene.

Giacomo approdò a Ventotene nella tarda mattinata di un martedí. Era il 14 novembre del '39, giornata torva, di cielo pesante.

Il porto dell'isola era troppo piccolo e il piroscafo non poteva entrarci, cosí gettava l'ancora poco prima e le scialuppe facevano la spola sbarcando, nell'ordine, passeggeri, guardie, confinati e mercanzie. Fu appunto dalla barca che Giacomo li vide: dietro un muricciolo che sovrastava il porto, decine di fazzoletti salutavano i nuovi arrivati. Lo facevamo sempre, dalla piazzetta là in alto si aveva il tempo di aguzzare la vista, osservare chi arrivava, a volte riconoscere qualcuno.

Un passo, un altro ancora, e Giacomo fu sull'isola. Aveva l'occhio infossato, la barba di piú giorni sul viso diafano, gli occhiali inforcati sbilenchi. Barcollava, ancora scosso per la traversata, nauseato dal mare grosso. La giacca era chiazzata di vomito secco, roba del suo stomaco e di quelli altrui, perché avevano rimesso anche i compagni, e pure un paio di carabinieri. Ma mentre i carabinieri erano liberi di sporgersi fuori bordo, muoversi, respirare a pieni polmoni, Giacomo e gli altri erano costretti nella stiva, coi ferri a mani e piedi e legati in sette alla stessa catena, perché non si era mai troppo cauti: chiusi in un piroscafo che procedeva verso il buco del culo del mondo, circondati dal Tirreno nero e furibondo, sorvegliati da uomini armati e, non bastasse, scossi dai conati, i confinandi – novelli Houdini – sarebbero potuti fuggire!

Giacomo aveva i polsi segnati. Nelle mani intorpidite sentiva i morsi di mille formiche: era il sangue che tornava a circolare. I polsi erano ossuti. Prima di essere inviato al confino, si era fatto un anno di carcere a Civitavecchia. Dal giorno del suo arresto, aveva perso quindici chili e tre decimi di vista.

Due anni prima, Giacomo era entrato in Giustizia e libertà, ma il suo attivismo era stato poca cosa. Il 9 giugno 1938, primo anniversario dell'uccisione dei Rosselli, aveva ricevuto un pacco di copie del giornale, che si chiamava come il movimento: «Giustizia e libertà». Era l'ultimo numero, stampato in Francia, interamente dedicato al ricordo dei due martiri. Giacomo avrebbe dovuto lasciarne copie alla Sapienza, in luoghi concordati, ma non aveva fatto in tempo. La spiata sul suo conto, si venne a sapere piú tardi, l'aveva fatta un tale Piverti, fiduciario dell'Ovra. Di giorno bidello in ateneo, la sera gironzolava per osterie e sale da ballo della Roma proletaria, tra San Lorenzo e Casal Bertone. Che fosse un delatore era notorio: quando entrava tutti cambiavano discorso. – Ce sta Piverti, *sssshtt*!

A parte diffondere opuscoli e giornali in un paio di occasioni, Giacomo aveva fatto poco altro, *et pour cause*: quando ti svanisce da sotto il culo – non esattamente: il culo era quello di Ettore – il prototipo della macchina del tempo, è un colpo che ti manda al tappeto. Ci metti un po' a rialzarti, e quando ti rialzi, nella testa hai poco spazio per la cospirazione: pensi solo a costruire un nuovo prototipo. Era quello che Giacomo stava cercando di fare quando l'avevano arrestato.

Oltre a domandarsi dove fosse finito Ettore.

Cosa che ormai si stavano domandando in parecchi.

Con la differenza che il «dove» di Giacomo era un «quando».

2.

Ventotene ha la forma di un cavalluccio marino, o di un uccello con la cresta – un'upupa, un pappagallo – appollaiato su un filo. Un filo teso tra Capri e Ponza. La testa è rivolta a Gaeta e la coda, Punta dell'Arco, si protende piú o meno verso Palermo. In tempi antichi, l'isola si chiamava Pandataria e Roma già ci mandava al confino persone scomode. Tutte donne, guarda il caso. Donne della famiglia imperiale, ma invise, ritenute fedifraghe, subdole, anche sediziose.

Il nome dell'isola lo ha eroso e scolpito il vento, che soffia imperioso. Pandataria pandatà pandetè fendetè ventetè ventotè, fino all'isola che *vento tiene*.

Non tiene invece sorgenti d'acqua: si è sempre raccolta quella piovana. I romani scavarono cisterne nel tufo e nella pozzolana, e costruirono un acquedotto.

Ventotene restò a lungo disabitata finché, nella seconda metà del Settecento, non fu colonizzata da campani: un contingente da Torre del Greco, e anni dopo un altro da Ischia. Nel '39, gli abitanti superavano di poco il migliaio.

Il centro abitato era a settentrione: case a due piani dipinte di ocra, di giallo egiziano, di rosa orchidea sovrastavano l'antico porto, scavato nel tufo ai tempi dei romani.

Nelle giornate terse, dando le spalle alle case e guardando diritto vedevi all'orizzonte il litorale laziale e la sagoma del Circeo. Sulla destra – in qualunque giornata – vedevi l'isolotto di Santo Stefano, tanto vicino che sembrava di poterlo colpire con un sasso. Vedevi le pareti a strapiombo sul mare e, là in alto, una delle prigioni piú spaventose d'Italia. In quell'ergastolo tanti erano sepolti vivi, e tanti sepolti morti. Tra questi l'anarchico Bresci, che a Monza aveva ucciso un Savoia e a Santo Stefano lo avevano suicidato le guardie. Era accaduto quarant'anni prima e ancora se ne parlava.

Ogni volta, prima di gettare l'ancora davanti a Ventotene, il piroscafo faceva un breve scalo a Santo Stefano, per sbarcare guardie e nuovi condannati. Spettacolo tetro e scorante, che noialtri vedevamo dal muretto sopra il porto. Alcuni di noi ci avevano passato anni, a Santo Stefano. Se non erano usciti pazzi da quel posto, nient'altro avrebbe potuto farli impazzire.

Oltre Santo Stefano si vedeva Ischia, dal profilo azzurro chiaro.

Ventotene era lunga tre chilometri e larga poche centinaia di metri. La solcavano due strade parallele: via degli Olivi e via Calanave. Prendendo l'una o l'altra, su entrambi i lati avremmo visto fichi d'India, enormi piante d'agave, campicelli coltivati e, subito oltre, il blu del mare. Sull'isola avevi sempre quel blu nel campo visivo, o meglio, lo avevi quando c'era il sole. Col cielo coperto, il mare che vedevi da ogni dove si faceva scuro, e sembrava olio di ricino.

Ho detto «avremmo visto» perché quelle vie non potevamo percorrerle. Se avessimo imboccato l'una o l'altra, poco piú su avremmo trovato il cartello «Limite di confino», e se avessimo cercato di oltrepassarlo, le guardie ci avrebbero sparato. Cosí l'isola, già piccola di suo, si rimpiccioliva ancor piú, si striminziva. Restava un perimetro di soli settecento metri. Di buon passo, lo percorrevi in sei minuti.

Anche andando piano, mettercene piú di otto era impossibile, e finito il giro si ricominciava, meccanici, peripatetici.

Potendo passeggiare su via degli Olivi, guardando a est avremmo visto Zannone, una montagna perfetta come la disegnerebbe un bambino, una montagna in mezzo al mare, disabitata, e piú in là Ponza, l'isola maggiore dell'arcipelago. Fino a pochi mesi prima aveva ospitato la piú importante colonia di confino. Molti di noi ci avevano trascorso mesi, anni, e non c'era chi non la rimpiangesse, perché a Ventotene eravamo venuti a star peggio, e chissà per quanto.

Chi restava, chi andava e chi sull'isola crepava. A Ventotene facevano sosta miriadi di uccelli migratori, decine di specie. Andando e tornando dall'Africa, dopo voli di centinaia di chilometri si fermavano, riposavano un paio di giorni e, se avevano fortuna, ripartivano. Nella mezza stagione, per abbattere uccelli sarebbe bastato sparare in cielo a casaccio. Ma sparare non serviva, c'erano le trappole. Parata Grande, dov'era in costruzione la nuova cittadella confinaria, si chiamava cosí per il gran numero di trappole che gli isolani vi tendevano. Catturavano le quaglie di passo con lacci scorsoi di crine di cavallo, e ogni anno era una «grande apparata».

Anche i bambini catturavano gli uccelli. Quando ne prendevano uno, gli legavano un filo a una zampa e lo facevano frullare, *vrrrrrrrr*, fino a quando non moriva col cervello spappolato, gli occhi penzolanti dalle orbite. Chi scampava alle trappole riprendeva il viaggio. Noi guardavamo gli uccelli morire e ci struggevamo, li guardavamo ripartire e sospiravamo.

Ventotene era piú che adatta, per mandarci confinati. Da venti secoli era lí alla bisogna e il fascismo si era impegnato a renderla perfetta, a rendere la fuga impossibile. Niente piú figure barbine come l'evasione da Lipari di quei tre, Emilio Lussu, Carlo Rosselli e Francesco Fausto Nitti. Erano passati dieci anni, Rosselli era pure morto, ma ai fascisti quello smacco bruciava ancora. No, a Ventotene non sarebbe accaduto. Si era presa ogni precauzione: sorveglianza strettissima in terra e in mare, limiti imposti alla navigazione, motoscafi Mas che giravano intorno all'isola con mitraglie sempre puntate. Dopo l'uso, ogni barca privata andava ormeggiata al porto, vietato tenerla incustodita in rada, e guai a lasciare a bordo vele e remi.

Un tentativo di fuga c'era stato, qualche anno prima. Il romano Stramucci, carpentiere, e il veneziano Marcaleone, marinaio fuochista, entrambi anarchici se ben ricordo, si erano costruiti un rozzo sandolino, poco piú di una zattera. Una notte erano salpati di nascosto, in rotta verso Gaeta, ma nel Tirreno intorno alle Ponziane si aggirava Poseidone, dio del blu che ci tentava, dio dell'olio di ricino, da tempo in combutta col regime. Il mare si era imbizzarrito, le onde avevano sfasciato l'imbarcazione e i due naufraghi erano stati riacciuffati.

Perché Poseidone aveva aderito al fascismo?

Per gli stessi motivi di tutti: convenienza, rivalsa, meschinità. Nelle dispute con gli altri dèi per il possesso di terre, costui aveva sempre rimediato sconfitte: non aveva ottenuto l'isola di Egina, non aveva ottenuto Nasso, non aveva ottenuto Delfi, né Trezene, né l'Attica, né l'Argolide, né alcuna isola o penisola importante. Era rimasto un sovrano a mollo, che sapeva di salmastro, signore soltanto dei pesci e delle alghe. Nella famiglia d'Olimpo, era lo zio da tenere un po' a distanza. Invitiamo anche lo zio Posi alla festa? No, dài, che bagna dappertutto... Per questo era risentito e iracondo, sempre incline a sfogarsi scatenando maremoti e burrasche.

Poseidone cercò di rovesciare il fratello Zeus – fratello *minore*! Non era giusto che il capo fosse lui! – con un golpe male orchestrato, roba da comiche di Ridolini. Sgominato il tentativo, fu condannato a un anno di lavori forzati al servizio di Laomedonte, re di Ilio.

Con fatica e sudore, bestemmiando l'intero Olimpo, Poseidone eresse le mura della città, quelle mura inespugnabili che solo un cavallo di legno pieno di achei avrebbe penetrato, molto tempo dopo e soltanto con l'inganno. Lo immaginavo sulle impalcature, la canotta bianca a contrasto con l'abbronzatura, i calcinacci nella barba, il cappello tricorno di carta di giornale – la «Gazzetta dell'Olimpo».

Al termine dell'opra, Poseidone pretese un compenso. Si presentò a Laomedonte, che gli rispose: – Pagarti? La tua fatica era una condanna, quindi fuori dai maroni! Se non ti va bene, veditela con Zeus.

Poseidone, furioso, scatenò sulla Troade un mostro marino, come una legione di squadristi tutta fusa in uno schifo di tentacoli e zanne, che aggrediva i villaggi e divorava i malcapitati. Per sgominarlo, ci volle l'intervento di Eracle.

Si era mai visto un dio cosí livido, cosí rancoroso? Per questo, quando il fascismo gli offrí la signoria su ogni isola di confino – le Tremiti, Lipari, Ustica, Ponza e Ventotene – Poseidone non ci pensò due volte.

Poseidone aveva molti figli, *tut dî aldamàr cumpàgn a so pàdar*, tutti letamai come il padre, violenti e prevaricatori.

Uno era l'infame Cercione, già rapinatore e assassino, dal '35 torturatore per conto della polizia politica.

Un altro era il ciclope Polifemo, fascista antemarcia. Aveva la pensione da invalido di guerra, ma l'occhio lo aveva perso a Sarzana, in uno scontro con gli Arditi del Popolo.

Un altro ancora era il gigante Anteo, caporione della milizia. Stava in Cirenaica agli ordini del generale Graziani e ammazzava per sport i maomettani, appendendo i cadaveri a fili da bucato. Un giorno ʿOmar al-Mukhtār, capo della guerriglia antifascista, aveva chiamato il solito Eracle, che senza sudare una goccia aveva rotto il culo al gigante, peraltro suo cugino di primo grado. Dopo quella batosta, Anteo era tornato a Roma. Faceva lavoro d'ufficio al ministero delle Colonie.

Perché Eracle non interveniva anche lí? Perché non veniva a liberarci?

3.

I carabinieri spinsero i nuovi arrivati sulla rampa che dal porto saliva alla piazzetta, dov'erano la chiesa e la direzione della colonia. Il mal di mare proseguiva in terraferma, la testa di Giacomo girava.

Il direttore della colonia era il commissario capo Francescantonio Meo, un napoletano di cinquant'anni che con gli isolani parlava in vernacolo, faceva l'uomo del popolo, usava detti come «ogni gghiuorno è taluorno» oppure «'a carne 'a sotto e 'e maccarúne 'ncoppa», ma lí nell'ufficio, seduto alla scrivania, faceva pesare ogni grammo del proprio ruolo e diceva solo frasi scarne rivolte ai sottoposti. A un certo punto arricciò il naso e chiese: – Cos'è che fete in questo modo?

– Eccellenza, sulla nave i qui presenti hanno dato di stomaco. Si sono sporcati i vestiti...

– E voi me li portate qua senza manco una risciacquata? Cos'è la sede della direzione, un porcile? Che non si ripeta!

A Giacomo venne in mente l'*Odissea*. Come i compagni di Odisseo, si sentí tramutato in maiale. Doveva essere successo a Gaeta, non era là che viveva la maga Circe? Dava il nome al promontorio, il profilo del Circeo era il suo stesso profilo. Da Ventotene, Giacomo lo avrebbe visto ogni giorno, a ricordargli cos'era diventato.

Gli diedero la carta di permanenza, che noi chiamavamo il «libretto rosso». Avrebbe dovuto portarlo sempre con sé ed esibirlo a richiesta delle autorità.

Ora doveva firmare un foglio, ma faticava a comandare la mano, non ancora pienamente rinvenuta. Ecco: un ghirigoro, uno sgorbio. Adesso era quello il suo nome: un segnaccio che non voleva dire piú niente, la firma di un maiale.

Lo stomaco era vuoto, la testa di piombo. Lo portarono poco piú su, nell'unica vera piazza del paese, piazza Castello. Si chiamava cosí perché c'era un forte borbonico, al quale pochi anni prima era stato aggiunto un piano. Per i primi tempi avrebbe dormito lí, insieme ad altri cento e passa confinati. Il forte era giallo, tutta la piazza era gialla, di un giallo acceso e brulicante di sagome nere, le sagome dei militi, nero su giallo, giallo e nero, la testa si riempí di vespe, erano entrate dagli occhi. Non sentí piú le gambe...

Poi non sentí piú nulla. Si accasciò a pancia in giú quasi al centro della piazza, a pochi passi – ironia della sorte – dal monumento ai caduti.

– Chist'è svenuto! – disse un carabiniere mentre gli ficcava nel fianco la punta di una scarpa. – Chiamate qualcuno, in fretta! Ci manca solo uno che muore, in 'sta jurnata 'e merda.

Non morí, ma saltò il pranzo e l'appello pomeridiano. Quando l'ufficiale della milizia chiamò il suo nome, alla mancata risposta una voce gridò, come alla naia: – Morto in Libia!

Partirono risate. – Ordine! – gridò l'ufficiale, rosso in viso, e ripeté nome e cognome.

– Gli è preso un mezzo colpo, – spiegò qualcuno. – Il dottore ha detto di lasciarlo dormire.

– Pappamolle... – commentò una camicia nera.

Ma questo accadde ore dopo. Adesso era bocconi nella piazza, privo di sensi, circondato da altri confinati, carabinieri e militi che sbuffavano in attesa del medico.

L'intervento di quest'ultimo consistette nel far mettere il paziente supino e dargli due schiaffetti su entrambe le guance.

– Ci siete? – udiva chiedere Giacomo. – Mi sentite? – Sollevò a metà le palpebre, pesantissime, come fossero di uranio.

Nel brutto sogno che stava facendo, cercava di dire il proprio nome, ma uscivano solo grugniti.

Piú tardi, si destò su una branda, solo in uno stanzone dove c'erano altri letti. Era il castello o l'infermeria? Doveva essere il castello: sotto i letti vide borse e valigie, e accanto ai letti, tavolini, stipetti adattati a comodini, mensole con libri e qualche vaso di fiori, seggiole e un paio di servi muti.

Sul suo comodino trovò una pagnotta e del latte, presi dalla mensa e portati lí da mani caritatevoli, o meglio, da mani solidali. Le mie.

4.

Fu il giorno dopo che Giacomo vide per la prima volta l'orologio civico. Alzò gli occhi ed eccolo lassú, nella sua rosea torretta, proprio di fronte al castello.

La mattina uscivamo dagli alloggi alle sette. Dal primo di maggio all'ultimo d'agosto, quando le giornate erano lunghe, si anticipava alle sei. Uscire prima era vietato, disposizione numero 4 della Carta di permanenza. Di lí a poco il grosso dei confinati avrebbe occupato i nuovi padiglioni, ma nell'autunno del '39 emergevamo ancora dal castello e dalla caserma di via dei Granili, dopo un sonno che ben poco ci aveva ristorati.

– Fa l'ora sbagliata... – osservò Giacomo. Il quadrante segnava le cinque.

Noialtri sorridemmo, alcuni fecero spallucce passando oltre.

– Torna sempre a farla, – spiegò qualcuno. – Non importa quante volte lo riparino.

– Ci si sono incaponiti piú artigiani, ma niente, – aggiunse un altro. – Perché continui a rompersi è un mistero.

Giacomo fissò il quadrante e si chiese: è in ritardo di due ore o in anticipo di dieci? Fa ancora le cinque o già le diciassette? Oppure le diciassette di ieri?

Rimase lí, a pochi metri da dov'era svenuto il giorno prima, come incantato, col naso all'insú, e sul naso all'insú gli occhiali storti, finché uno degli altri non domandò: – Viene a prendersi un caffè?

Giacomo si girò. L'intruso nel suo flusso di pensieri era un uomo alto, giovane ma già stempiato. Portava un soprabito grigio chiaro, su un completo grigio scuro non troppo logoro, e una camicia che era stata bianca.

– Grazie, volentieri, – mi rispose. – Mi chiamo Pontecorboli Giacomo. Sono di Roma.

Io gli strinsi la mano. – Squarzanti Erminio. Di Ferrara. Ci diamo del tu, com'è d'uopo tra compagni?

Cominciò cosí, e insieme ci incamminammo.

A Ventotene potevamo passeggiare in due o al massimo in tre. Sopra le tre persone diventava un assembramento, e il libretto rosso, alla disposizione numero 12, proibiva gli assembramenti in luoghi pubblici. Per questo non potevamo entrare nelle botteghe: se dovevamo comprare qualcosa, toccava attendere sull'uscio che il negoziante ci servisse. Quanto al bar del paese, era vietato sedersi ai tavoli: dovevamo consumare al bancone, e fare il piú in fretta possibile. Il caffè non si sorseggiava: si trangugiava, bollente, roba da vescica sul palato.

Giacomo girava lo sguardo attorno. – Perché quel confinato è seguito da un milite? – disse indicando col mento.

– Quello è Domaschi, un anarchico. È uno dei pericolosissimi. Una camicia nera li tallona ovunque vadano, a un metro di distanza, col sole e con la pioggia, con l'afa e col vento, sempre.

– Pericolosissimi? Perché?

– È gente che è evasa, o ha tentato di farlo, o si teme che lo faccia. Oltre a Domaschi ci sono tre comunisti, quattro di Gielle… Anche tu sei di Gielle, giusto?

– Sí… Ma tu come lo sai?

– Intuito. Hai la faccia da giellista –. Giacomo aggrottò la fronte. – Scherzo. L'ho saputo da Radio Confino, ieri sera.

– Radio Confino?

– Intendo dire che s'è sparsa la voce. Ieri i tuoi compagni ti aspettavano all'appello, per conoscerti. Ne hai poi visto qualcuno?

– Ancora no.

– Li incontrerai, qui non si fa che incontrarsi. Ma dicevo dei pericolosissimi: tra di loro c'è anche Pertini. L'hai sentito nominare?

– Difficile non averlo sentito nominare. È un socialista importante.

– Anch'io sono socialista, ma di ultima fila. Lui è la tessera numero uno del partito. Qui a Ventotene siamo pochissimi, ma lui conta per dieci.

– E i pericolosissimi di Gielle chi sono?

– Be', uno è Traquandi...

Giacomo si fermò: – Nello Traquandi? È qui? – Poi si rese conto: – Scusa, domanda stupida...

– È qui, – confermai. – Gli altri sono Fancello, Calace e Dino Roberto. Non li hai mai conosciuti, vero?

– No, mai.

– Incontrerai anche loro. Incontrerai tutti. Non ne potrai piú, di incontrarli.

Solo noi confinati eravamo centinaia e presto saremmo diventati ottocento. Oltre a noi c'erano militi, polizia, carabinieri e soldati della marina: nel complesso, trecento uomini armati. Se aggiungiamo i piú di mille abitanti, capirai quant'era fitto il traffico. Era tutto un pestarsi i calli.

Eppure, anche cosí, camminare era pur sempre buona cosa. Camminando si guarivano i pensieri ammalati, e venivano nuove idee. Di quelle idee discutevamo fittamente, sempre a coppie o terzetti, poi ci si ricombinava e le idee si diffondevano.

È vero, era proibito discutere di politica e «fare propaganda politica in modo anche occulto». Ma quella disposizione, la 22, era la meno rispettata. Per i casi di orecchie indiscrete, si erano formati *argots*, lingue segrete. Quando parlavamo del duce, per esempio, lo chiamavamo «Andrea», che in effetti era uno dei suoi nomi – il terzo dopo Benito e Amilcare – o, piú spesso, Pasta-e-fagioli, alludendo a certe funzioni intestinali.

Alle proibizioni del libretto rosso se ne aggiungevano altre, in base al capriccio dei militi o del direttore. Alcune davvero inspiegabili. Per dirti, era vietato dipingere paesaggi dal vivo. Si potevano solo copiare da illustrazioni. Non potevi dipingere l'antico porto romano, ma potevi copiare un dipinto dell'antico porto romano. Valli a capire, i fascisti.

Eppure, si pensava e si creava. Pasta-e-fagioli aveva concentrato lí molte tra le menti migliori nate nei primi vent'anni del secolo. Il regime non poteva pretendere che quei cervelli smettessero di funzionare. Nonostante le restrizioni, la censura, le angherie, quelle menti si influenzavano a vicenda.

E cosí, a Ventotene c'era piú libertà di pensiero che nel resto d'Italia.

Tanta che poteva dare alla testa.

5.

Il primo appello in piazza era alle undici. Lo annunciava una tromba, suonando la *Marcia Reale*. A volte la gracchiava un milite, uno staccato sempre uguale che offendeva le orecchie: *pè rè pè pè rè pè pè rè pè*... Altre volte la intonava un poliziotto, un tale Ciccioriccio, che invece ne traeva un suono continuo e melodioso: *parapànParapànParappaaaaan*... Contavano anche i piccoli sollievi, a Ventotene.

– Accursio Gilberto!

– Presente.

– Agostani Filippo!

– Presente.

– Anderlini Medardo!

– Presente.

– Quello, Anderlini, è il nostro bibliotecario, – dissi a Giacomo sottovoce.

– Ah, avete una biblioteca?

– Eccome, ed è anche ben fornita.

Ogni confinato si avvicinava al segretario, seduto a un tavolino, e riceveva la mazzetta di sei lire. Il confinato non poteva portare con sé cifre piú alte. Era la disposizione numero 24. Ogni eccedenza anche irrisoria – come i vaglia che mi spediva mio padre – dovevamo depositarla all'ufficio postale, e potevamo ritirarla solo col permesso della direzione.

– Appoloni Crispino!
– Presente.
– Aprea Tiberio!
– Presente.
– Aquiloni Fulvio!
– Presente.

– Dopo la mazzetta, – sussurrai a Giacomo, – se è giovedí o venerdí, ci dànno la posta. Oggi è mercoledí, quindi nisba.

La posta era un filo tra i confinati e il mondo, sempre a rischio di spezzarsi e ancor piú di aggrovigliarsi, perché faceva un giro tortuoso. Il piroscafo *Regina Elena* era un battello ubriaco, come quello di Rimbaud, ma il nostro girava in tondo, sembrava un beone aggrappato a un lampione.

– Funziona cosí, – cominciai a spiegare. – Arriva da Napoli il martedí mattina, ma senza posta, perché la posta dei confinati passa per Gaeta. Nel pomeriggio il piroscafo va a Gaeta, dove ritira la posta, poi riparte ma va a Ponza, dove passa la notte, mi segui?

– Mi pare di sí, – rispose Giacomo.

– Il mercoledí ripassa per Ventotene e finalmente consegna la posta, dopodiché va a Gaeta e la sera riparte, ma stavolta viene prima qui, con eventuale altra posta, e solo dopo va a Ponza, dove resta fino a venerdí mattina, quando ripassa ancora da qui alla volta di Gaeta. Sabato riparte da Gaeta e fa scalo qui mentre torna a Napoli, da dove risalpa il martedí successivo, e tutto ricomincia da capo. Giovedí e domenica: giorni buchi. E cosí se è giovedí, all'appello ti dànno la posta di mercoledí mattina. Se è venerdí, quella di mercoledí sera. Hai capito? Se non hai capito, ci farai l'abitudine.

– Credo d'aver capito, sí, – rispose Giacomo.

– Barabaschi Danilo!

– Presente.

– Berengari Adone!

– Ammalato! – gridò un milite dal fondo della piazza.

Era uno dei fratelli Chiaramantesi, quello che chiamavamo «Neri». Intorno a lui, sghignazzi di camicie nere. Tra i compagni vidi mandibole serrate, e pugni stretti fino a sbiancare le nocche. Qualcuno bestemmiò sottovoce.

– Che c'è? – mi domandò Giacomo.

– Adesso non è il caso, – gli dissi. – Ti spiego dopo.

– Bidoli Giovanni!

– Presente.

– Bilardello Salvatore!

– Presente.

– Sempre a proposito della posta... – continuai, – ogni lettera passa sotto l'occhio vigile della direzione. Della censura si occupa il vicedirettore. Eccolo, lo vedi? – Lo indicai col mento. – Il giovanotto moro in completo d'orbace. Si chiama Marcello Guida. Napoletano, come il suo capo, e fascistissimo. Sui fogli fa passare il ferro da stiro, in cerca di messaggi scritti con l'inchiostro simpatico.

– Lo fa anche con le pagine dei libri?

– Penso di no, troppa fatica. Ma forse li annusa qui e là, per sentire se odorano di succo di limone. Nelle lettere, fa cancellare le righe sconvenienti, a volte interi capoversi. Capita pure che una lettera sia confiscata e al destinatario arrivi solo la busta con dentro un biglietto: «Sequestrata per contenuto inopportuno».

– Pazienza Raffaele!

– Presente.

– Pederzani Orlando!

– Presente.

– Pertini Alessandro!

– Presente.

Giacomo guardò l'uomo stempiato che aveva risposto. Portava un abito di grisaglia e aveva un contegno fiero, anche ora che stava tossendo. Si tolse la pochette dal taschino e la portò alla bocca. Nessuno gli mise fretta. Ripiegò la pochette alla perfezione e la ripose dov'era. Fece tre passi in avanti, prese la mazzetta che il milite gli allungava e tornò al proprio posto.

Pertini era un veterano delle patrie galere. Nel '26, insieme a Ferruccio Parri e Carlo Rosselli, aveva organizzato l'espatrio in Francia del padre del socialismo italiano, Filippo Turati, prima che il fascismo umiliasse il vecchio con la galera o col confino. Per i fascisti era stato il primo smacco di quel genere. A Rosselli l'avevano giurata già allora, e a Pertini pure. Infatti, dopo l'arresto e il processo, lo avevano sbattuto a Santo Stefano, dove s'era preso la tubercolosi. Era stato anche al carcere di Turi, insieme ad Antonio Gramsci, e al sanatorio della Pianosa, dove mandavano i tisici. Scaduta la pena, lo avevano spedito al confino a Ponza, poi in punizione alle Tremiti, e infine a Ventotene.

– Dalla tubercolosi si sta rimettendo, è un uomo coriaceo, – dissi a Giacomo. – Guardalo: si veste in modo impeccabile, per ribadire che è superiore ai nemici. Incute soggezione non solo ai militi, ma anche al direttore. Anche a molti confinati, a dirla tutta.

– Anche a te? – mi chiese.

Ma proprio allora il milite gridò:

– Pontecorboli Giacomo!

Il mio nuovo amico fu colto di sorpresa e si girò di scatto, mentre il milite faceva vagare lo sguardo sulla folla e ripeteva: – Pontecorboli Giacomo!

– Presente!

In quel «presente», il primo di una lunghissima serie, Giacomo sentí subito di aver messo troppa enfasi. Molti guardarono curiosi il nuovo arrivato, mentre andava a prendere la mazzetta.

– Traquandi ti ha visto –. Con un lieve moto del capo indicai un uomo quasi calvo sull'altro lato della piazza. – E anche Calace. È quello accanto a lui, brizzolato e con gli occhiali. Guarda, ti salutano.

Giacomo ricambiò con un cenno.

– Rustichelli Domenico!

– Presente.

– Salsi Vivaldo!

– Presente.

– Salvatori Plinio!

– Presente.

– Vedo che ci stanno anche donne... – disse Giacomo.

– Poche, ma ce ne sono. E puoi scordartele fin da ora. Divieto di visitarle, lascia perdere le confinate e pure le isolane. «Non tenere relazioni con donne a scopo di tresca o per qualsiasi altro biasimevole motivo», – recitai, scuotendo l'indice come un precettore che fa una ramanzina. – È la disposizione numero 8 del libretto rosso.

– E nel libretto rosso delle donne che ce sta scritto? Ne hanno stampato uno apposta o pure lí dice di «non tenere relazioni con donne»?

Quella domanda mi colse alla sprovvista. – Sai che non me l'ero mai chiesto? Non ne ho proprio idea.

A Ventotene, spiegai, c'era chi si rassegnava alla castità, tanto s'era abituato al fresco, e chi attendeva con pazienza la visita della moglie, se ce l'aveva. E c'era pure chi non si arrendeva: architettava piani, mandava bigliettini, coinvolgeva intermediari, dava appuntamenti... e faceva buchi nell'acqua. Cosí andava l'amore, lí al confino.

– Peccato, – chiosai, – perché alcune manciuriane...

– A proposito, l'ho orecchiato sulla nave, 'sto modo di

chiamare i comuni... Come mai «manciuriani»? Che c'entra la Manciuria?

– Te lo spiego subito: risale a quando...

– Voi due parlate troppo! Ordine! – sbraitò una camicia nera passandoci accanto. Era l'altro dei Chiaramantesi, quello che chiamavamo «Gabriello». Con un'occhiata dissi a Giacomo di tacere.

– Santiato Ferdinando!

– Presente.

– Santini Edmondo!

– Presente.

– Savioli Didimo!

– Presente.

L'energumeno ci ronzò intorno per qualche minuto, squadrandoci, in cerca del minimo appiglio. Non lo degnammo di uno sguardo, finché non si stufò e si allontanò.

– Stai molto attento a quel milite e a suo fratello, – mormorai a Giacomo. – Sono due bruti. Dieci giorni fa hanno picchiato a sangue un anarchico, Berengari, l'«ammalato» su cui facevano gli spiritosi poco fa. È in ospedale a Napoli.

– E perché l'hanno pestato?

– Perché gli andava. A freddo, nessuna provocazione. Roba da far scoppiare una rivolta, cosí avevano la scusa per massacrarci. Pertini ha invitato tutti alla calma, poi è andato dal direttore. Meo ha detto che avrebbe tirato un po' le briglie alla milizia, ma quei due non poteva cacciarli. Godono di alte protezioni, a quanto pare. Delle volte, come hai sentito, fanno leggere lo stesso il nome di Berengari, per scherno, sperando che qualcuno reagisca male. Li chiamiamo «i fratelli Chiaramantesi», hai presente *La cena delle beffe* di Sem Benelli? La pièce teatrale?

– Non vado molto a teatro...

– *Ssssht*, aspetta, tra poco tocca a me.

– Spadoni Ardito!
– Presente.
– Spinelli Altiero!
– Presente.
– Squarzanti Erminio!
– Presente.

Quando tornai con la mazzetta, Giacomo non riprese il discorso sui militi, ma quello sulle donne: – Non ho capito una cosa: chi è sposato come fa quando arriva la moglie? Voglio dire, l'intimità...

– Per stare con parenti o congiunti, il confinato deve trovarsi un'abitazione in paese. Mica facile, in un posto cosí piccolo e affollato, scovare chi ti affitta un nido per la seconda luna di miele! Anzi, per certe coppie sarebbe la prima –. Mi strinsi nelle spalle e sorrisi. – Finché siamo qui, c'è solo da rassegnarsi. Siamo un esercito di cuori solitari.

All'appello, se era mercoledí o giovedí, seguiva almeno mezz'ora di silenzio: i confinati e le confinate leggevano le lettere delle mogli, delle madri, dei mariti, dei figli. Vedevi labbra piegarsi in sorrisi o mettersi a tremare. Qualcuno leggeva in silenzio, qualcuno a mezza voce e qualcun altro a beneficio di tutti. Chi non aveva ricevuto nulla si rallegrava per l'eventuale buona nuova in casa d'altri: una nascita, un matrimonio, bei voti a scuola, la guarigione da una lunga malattia.

Dopo la posta, si passava alla lettura dei giornali, che a Ventotene arrivavano vecchi di qualche giorno. Oltre all'immancabile «Popolo d'Italia» – che noi chiamavamo il «Popò d'Italia» – fondato da Pasta-e-fagioli in persona, giravano copie del «Corriere» e della «Stampa», che i confinati torinesi chiamavano «la busiarda», e poi del «Mattino» di Napoli, del «Messaggero» di Roma, del «Piccolo» di Trieste...

Sulle prime pagine, in quei giorni, si festeggiavano i settant'anni di Vittorio Emanuele. Una voce lesse un titolo: *Il genetliaco del re festeggiato in tutta Italia*.

– Buon compleanno, – disse qualcuno. Fu come una pernacchia, ma nascosta e inappuntabile.

– Sí, e sperén c'al sia l'ultim, – mormorai.

6.

L'ora di pranzo la batteva lo stomaco, ben prima di qualunque orologio.

– Se dovessimo attendere quello in piazza, – dissi, – mangeremmo dopodomani, o forse... l'altro ieri.

Un motto di spirito buttato lí con noncuranza, ma Giacomo rallentò il passo.

– Che c'è?

– Niente, niente... Mi brontola lo stomaco. Dall'altro ieri solo un pezzo di pane, un po' di latte e una tazzina di caffè...

Si pranzava e cenava nelle mense, quasi tutte gestite dai confinati. Si mettevano in comune i soldi delle mazzette, e con la somma si procurava il necessario. Ogni tribú del confino aveva almeno una mensa. I comunisti sarebbero arrivati ad averne sei, mentre gli anarchici ne avevano due: una detta «il Convento nero», dove mangiavano vecchi compagni al confino da tanti anni, e l'altra detta «degli Acquatici», perché non si serviva vino.

Giacomo e io ci separammo: io mangiavo sempre alla mensa dei socialisti in via Muraglione; lui fu accolto in quella di Giustizia e libertà, che stava in un cantone di piazza Castello.

Il capo della mensa giellista era Nello Traquandi, che la dirigeva come se ne dipendesse la rivoluzione. Era uno dei nove pericolosissimi, ma tra le pareti della cucina lo sentivano esclamare frasi di questo genere: – Sono finite l'ova! O 'un dovean durare fino a domenica? E 'un ci siamo, maremma zucchina! 'Un ci siamo proprio pe' nulla!

Giacomo era emozionato: Traquandi! L'amico dei Rosselli e di Gaetano Salvemini, arrestato già nel '30! Ma la prima volta che quella leggenda vivente gli rivolse la parola, cosa gli disse?

– Benvenuto. Oggi ci sono le fettuccine.

Tra la delusione e l'acquolina, Giacomo scelse la seconda. – Grazie, – disse, e andò a sedersi.

Fu fatto accomodare di fronte a Francesco Fancello, altro nome glorioso, eroe di guerra e fondatore insieme a Lussu del Partito sardo d'azione. Giacomo avrebbe voluto chiedergli tante cose, ma all'improvviso sentí la malia di Circe, e lo attanagliò la paura di grugnire. Dopo un tempo che gli parve lunghissimo, una sola domanda sfuggí al controllo e oltrepassò le labbra. Giacomo se ne pentí prima ancora di terminarla: – Ma i manciuriani dove mangiano?

– Hanno la loro mensa, – rispose Fancello, imperturbato, sollevando con la forchetta un covone di fettuccine. – La *loro* nel senso che ci mangiano, ma non la gestiscono. Figuriamoci! Sparirebbe ogni cosa, e prima ancora dell'arrivo in tavola di un solo piatto! È gestita dalla direzione.

Sui manciuriani tutti i politici la pensavano allo stesso modo: era teppa comune, feccia, accozzaglia di figuri ambigui e leccaculi. Erano disposti a fare la spia per un po' di sopravvitto. All'appello rispondevano col saluto romano. Prendevano la mazzetta e la spendevano in vino.

– Ma perché sono chiamati «manciuriani»?

Fancello sorrise appena, come chi pensa: uff, ancora?, ma è troppo cortese per spazientirsi.

– Storia lunga. Te la racconteranno. Ora mangia, ché si fredda.

Nella mensa pranzavano anche tre o quattro anarchici, un po' per amicizia coi giellisti, un po' perché si mangiava meglio che da loro. Anzi, ora che ci penso, era anarchico perfino il cuoco. Mangiava lí anche Domaschi, grande amico di alcuni giellisti, coi quali era stato in galera. La sua presenza aumentava la percentuale, già alta, dei sorvegliatissimi seduti a quei tavoli. I pedinatori in camicia nera li attendevano fuori, pronti a riprendere le peregrinazioni.

Artigiano di Verona, dove un tempo riparava biciclette, Domaschi aveva quasi cinquant'anni, ma non li mostrava. Chioma castana ancora folta, mascella quadrata, fisico scattante, e soprattutto una gran voglia di evadere. Infatti era già evaso due volte: la prima dal carcere di Lipari – travestito da prete, come Bakunin da Bologna nel '74 – ma senza riuscire a lasciare l'isola; la seconda da Messina, nel piú classico dei modi: aveva segato le sbarre e si era calato giú con una fune di lenzuola annodate. Roba da «Corriere dei Piccoli», con la vignetta e la didascalia in versi ottonari: «*Su, Domaschi, il tempo vola! | Strappa e annoda le lenzuola, | poi si cala nella strada. | Da qui, vada come vada*». Era andata che lo avevano preso.

A fine pasto arrivò il dessert: castagnaccio alla toscana. Anni dopo, il solo menzionare le castagne ci avrebbe dato la nausea, ma nel '39 era ancora una leccornia. Mentre i commensali lo gustavano, Traquandi, che era sempre rimasto in piedi, li presentò a Giacomo.

– Il sottoscritto e Fancello già li conosci. Costui è Dino Roberto. Di tutti noi è l'unico che ha conosciuto da vicino Pasta-e-fagioli, sicché sa molte storie di prima mano su quel pallone gonfiato.

– Piacere.

– Piacere mio!

– Costí accanto a te, invece, c'è l'ingegner Vincenzo

Calace, per tutti «Cencio». È il nostro liutaio: costruisce dal nulla chitarrini e mandolini, e purtroppo li sona pure. Ti farà una testa cosí!

Giacomo provò una forte commozione. Quegli uomini, pensò, erano i capi di Giustizia e libertà, il Gotha, il *Who's Who* del socialismo liberale, ed erano lí a cucinare, servire ai tavoli e prendersi in giro a vicenda. E gli stavano dando il benvenuto, con cordialità e naturalezza.

Infine, Traquandi si mise alle spalle di Domaschi e, assestatagli una pacca poderosa sulla schiena, disse: – Questo è Giovanni Domaschi, il nostro comunista libertario, come lui stesso si definisce. Qui sull'isola ha un'officina ed è un fabbro abilissimo! Saprebbe fare scarpini di ferro ai moscerini!

Giacomo trovò il dettaglio interessante.

Dopo le risate e sempre chiacchierando, il Gotha sparecchiò, lavò le stoviglie, gettò la segatura sul pavimento, spazzò e passò lo straccio. Solo a quel punto il pranzo terminò.

7.

La nostra mensa era piú piccola di quella dei giellisti e stava in un vero tugurio. Altro non s'era trovato, ma facevamo del nostro meglio. Il capomensa era Pertini, che amministrava spese e turni con metodo, elegante come sempre, e senza i fanatismi di Traquandi.

Quel giorno, evento raro, c'era la zuppa di pesce, che Pertini chiamava, alla ligure, il *ciupín*. Al tavolo eravamo io, lui, Eugenio Colorni e pochi altri.

– Erminio, chi è il nuovo arrivato con cui t'intrattenevi? – mi chiese Eugenio lisciandosi il pizzetto.

Prima ancora di rispondere, sapevo che avrei avuto la sua attenzione.

– Si chiama Pontecorboli. È un fisico di Roma, un allievo di Fermi.

Alzò entrambe le sopracciglia e i suoi occhi brillarono. Eugenio era un filosofo della scienza, conosceva bene la teoria della relatività di Einstein, la meccanica quantistica e altre moderne astruserie.

– Oibò! – fu il suo commento. – Uno di quelli di via Panisperna?

– E che ne so? Io sono un povero umanista. Posso citarti a memoria intere pagine della *Teogonia* di Esiodo, ma di queste cose non capisco un bel niente.

Eugenio, ebreo milanese, aveva trent'anni. Lo avevano arrestato a Trieste, dove insegnava in un istituto magistrale. Era caduto nella seconda retata contro il centro interno del partito, due anni dopo quella in cui avevano preso me. L'operazione era scattata nell'ottobre del '38, col regime in piena febbre razzista, e i giornali l'avevano strombazzata. A Ventotene avevamo letto gli articoli:

> Le operazioni condotte dall'Ovra documentano come elementi ebraici non abbiano atteso la campagna razziale per svolgere un'attività criminale ai danni del fascismo. [...] La qualifica di professore del Colorni Eugenio dimostra quanto fosse indispensabile la misura, adottata in maniera rigorosa e assoluta, di espellere totalmente gli insegnanti ebrei dalla scuola italiana [...].

Eugenio era sposato con una compagna tedesca di nome Ursula, una donna bellissima che ogni tanto – quando la autorizzavano – veniva a trovarlo al confino, ammirata e sognata da tutti. L'avevo sognata anch'io per molte notti, stringendo il cuscino. Ursula viveva a Milano, dove aveva appena dato alla luce la loro seconda figlia. Eugenio aveva ottenuto il permesso di andare a trovarle. Quel venerdí, debitamente incatenato, avrebbe preso il piroscafo.

– Un allievo di Fermi, – ripeté, quasi sovrappensiero. – È un peccato che io sia in partenza... – aggiunse, e subito si corresse: – È un modo di dire, naturalmente. Non vedo l'ora di vederle, mia moglie e le bimbe. È che mi sarebbe piaciuto discuterci già ora, con questo Pontecorboli. Pazienterò.

– Dove mangia, lo scienziato? – chiese Pertini, senza guardarci. Stava sbriciolando le gallette nel *ciupín*. Lo fissai, colpito dalla grazia dei movimenti.

– Dai giellisti, – risposi.

In quel momento sull'uscio apparve Altiero Spinelli, del quale dirò dopo. Salutò cortesemente, attese che Eugenio si alzasse e insieme andarono a passeggio, barbuti e concionanti. Da qualche tempo si erano immersi in chissà quali discussioni filosofiche, e probabilmente volevano fare il punto, prima che uno dei due lasciasse l'isola, seppure per pochi giorni.

In mensa restammo io e Pertini. Era ancora chino sulla scodella. Con l'ultimo tozzo di pane nero la pulí fino a farla tornare immacolata, poi si passò il tovagliolo sulle labbra. Per riguardo verso noi tutti aveva scodella, bicchiere, posate e tovagliolo personali, che lavava a parte facendoli bollire, anche se il contagio era improbabile. Non era solo uno scrupolo, ma un silenzioso monito su quanto fosse importante la cura di sé e degli altri, quanto fosse necessario darsi delle regole, mantenere un'autodisciplina.

Ripiegò il tovagliolo e mi guardò.

– Oggi ti ho visto chiacchierare, compagno, finalmente, – mi disse. – Ci voleva questo Pontecorboli, per darti un poco di vita. Negli ultimi tempi eri sempre pensoso e mogio.

– Seguo il filo dei pensieri, maestro.

– E va bene. Ma non siamo all'ergastolo in isolamento, non devi stare sempre solo. Fai qualcosa insieme agli altri. Stando da soli si fa un favore ai fascisti.

Si alzò, sparecchiò e fece per dirigersi in cucina, ma dopo un passo si girò verso di me.

– E non chiamarmi maestro. Mangia, ché hai fatto raffreddare il *ciupín*.

8.

Dopo pranzo qualcuno riprendeva a passeggiare, qualcuno tornava in camerata a leggere o sonnecchiare, e chi era riuscito a inventarsi un lavoro tornava a lavorare. «Darsi stabile occupazione», intimava il libretto rosso. Era la disposizione numero 1, ed era una presa per i fondelli. In che modo avremmo dovuto trovare centinaia di impieghi su uno scoglio come quello? Solo un pugno di confinati aveva aperto bottegucce artigiane, per esempio Domaschi o, piú tardi, i fratelli Girolimetti, che facevano i ciabattini.

– C'è pure un confinato che fa l'orologiaio, – dissi a Giacomo. – Si chiama Spinelli.

– Davvero? – fece lui. – Ha provato a riparare l'orologio in piazza?

Pensai fosse una freddura, in risposta alla mia di due ore prima, e mi limitai a sorridere.

Sempre per la faccenda degli assembramenti, gli altri confinati non potevano entrare nelle botteghe, cosí chiacchieravano dalla soglia. Un altro anarchico, Alfonso Failla, faceva il barbiere, e non poteva mica tagliare i capelli sull'uscio, cosí gli era consentito far entrare il cliente, ma lui soltanto, e a patto di far presto, *zac! zac! zac!* e avanti il prossimo.

Al termine della giornata, la milizia controllava che nessuno portasse con sé gli attrezzi del mestiere: lime, martelli, chiodi, rasoi e quant'altro. Era la disposizione numero 5: non detenere né portare strumenti atti a offendere.

Per passare il tempo si erano anche formate orchestrine.

L'entusiasmo musicale di Calace aveva contagiato compagni di ogni tribú. Dalle finestre del castello e, piú tardi, dei cameroni si udivano violini, chitarre, mandolini e strumenti a fiato. Andavano forte gli stornelli e le canzoni napoletane. Terracini suonicchiava il violino. Berengari, prima di finire all'ospedale, strimpellava la chitarra, ma sapeva solo *Addio Lugano bella*. Piú tardi, si sarebbe addirittura aggiunta una zampogna. Inoltre, alcuni confinati avevano grammofoni, cosí Beethoven e *L'Orfeo* di Monteverdi contendevano le orecchie agli strimpellatori:

♫ «*Orfeo che trasse al suo cantar le fere,* | *e servo fe' l'inferno a sue preghiere…*»

Orfeo sarebbe stato il nemico perfetto di Poseidone. Avrebbe potuto placare il mare, come aveva fatto durante la spedizione degli Argonauti. Avrebbe potuto distrarre le vedette, e i marò sui motoscafi, per consentirci la fuga dall'isola. Pensieri vani: Orfeo era morto. E Bruno Buozzi, che aveva avuto l'idea di usarne i poteri, era da tempo in esilio in Francia.

Dopo il fallimento della missione agli inferi, il cantore non era piú lo stesso. La melancolia lo aveva ghermito. Non suonava nemmeno piú. Si era lasciato dilaniare dalle Menadi, che avevano gettato in mare i pezzi del suo corpo.

Come Ade e Persefone avevano lasciato andare Euridice a condizione che non si voltasse indietro, cosí il regime avrebbe fatto con noi, se avessimo alzato il braccio nel saluto romano, se avessimo accettato il fascismo e rinnegato il socialismo, il marxismo, l'anarchia… Il confino sarebbe diventato semplice ammonizione, e piú tardi libertà, cioè schiavitú come quella degli altri.

No, piuttosto il confino.

Nessuno avrebbe ceduto.

Piuttosto saremmo morti lí.

9.

– Io? Come ti ho già detto, vengo da Ferrara. Sono nato e cresciuto in una famiglia di borghesi medio-bassi. Sono stato il primo della mia schiatta a diplomarmi al liceo e forse, chissà, sarò l'ultimo. Ho fatto il regio liceo ginnasio Ludovico Ariosto, non per vantarmi. È lí che sono diventato antifascista, soprattutto grazie a un professore: Francesco Viviani, il mio docente di Latino e Greco al triennio. All'Ariosto c'era un preside dalla schiena diritta, il professor Teglio, un ebreo. Per quanto ha potuto si è mosso tra le regole del regime, fin quasi a dinoccolarsi, per mantenere un po' di libertà nella sua scuola. Poi, con le leggi razziali, lo hanno dinoccolato. Mi torna in mente spesso, la mia città: il liceo, gli amici, i professori… Ci sei mai stato a Ferrara? No? Io a Roma sí, sono in vantaggio.

Mentre raccontavo, risentii l'accento veneto di Viviani, lo ricordai elencare e commentare sequele, teorie, sfilze di sinonimi, facendo scegliere a noi studenti il vocabolo piú adatto a tradurne uno usato da Tucidide, o da Erodoto.

– «Τελευτῶντος δὲ τοῦ νόμου ῥῖψαί μιν ἐς τὴν θάλασσαν ἑωυτὸν ὡς εἶχε σὺν τῇσκευῇ πάσῃ». Squarzanti, traduca lei questa parte.

– Sí, professore. «Terminato il»… Dunque, qui «νόμος» non vuol dire «regola» o «compito» ma «canto»…

– Bene, prosegua.
– «Terminato il canto si gettò in mare con tutta la sua...»
– La «σκευή» che cos'è? Torniamo un momento indietro, si tratta di capire cosa ha fatto Arione il citaredo prima di mettersi a cantare. Attenzione ai participi, Squarzanti.
– Sí... «ἐνδύντα τε πᾶσαν τὴν σκευὴν καὶ λαβόντα τὴν κιθάρην...» Allora, «ἐνδύντα»... Da ἐνδύω, «entro in». «Entrato nell'intera... σκευή... e presa la cetra».
– È fuor di dubbio, Squarzanti, che ogni mattina, prima di venire qui e onorarci della sua presenza, lei *entri nei* pantaloni ed *entri nelle* scarpe. Ma di solito usiamo il verbo «indossare». Dunque Arione *indossa*, ma cosa, come, perché? Proviamo ad avvicinarci: Arione si *abbiglia*? Troppo poco. Arione s'*agghinda*, si *mette in ghingheri*? Troppo lezioso, ma quasi ci siamo...

Un giorno il provveditore agli studi ricevette una segnalazione anonima, probabilmente di un genitore meschino: «Viviani fa politica in aula». Falso, perché Viviani seminava antifascismo senza esplicitare nulla, senza mai commentare le cose correnti. Portava le nostre menti dove si respirava aria ricca d'ossigeno, e gliene eravamo grati.

La mattina dell'ispezione ci attendeva in aula un grigio figuro, barba scolpita d'ordinanza, alla Balbo, e al bavero il distintivo del partito. Si sedette ad ascoltare la lezione, ma a Viviani bastò uno sguardo, uno solo dal primo banco all'ultimo, e fu come metterci d'accordo: per un'ora reggemmo il gioco al professore, al nostro maestro di libero pensiero, mentre questi faceva la lezione piú bella che avessimo mai sentito, una lezione su Esiodo, e tutti ad alzare la mano, a rispondere nel modo piú brillante, e il suo sorriso riconoscente, e l'ispettore privo di appigli, e il trionfo. Almeno quella volta, il trionfo.

– Poi mi sono iscritto a Lettere a Bologna, ma senza andarci a vivere, pendolando col treno. In via Zamboni ho conosciuto dei giovani socialisti e mi sono unito a loro in una… possiamo chiamarla cospirazione, anche se molto blanda. La polizia mi ha arrestato quand'ero al terzo anno, perciò niente laurea, e chissà se la prenderò mai. Era il 14 marzo del '36, sera della prima retata contro il centro interno del Psi. Stavo uscendo di casa, diretto alla Sala dei giuochi del Castello Estense, dove Viviani avrebbe tenuto un discorso per il bimillenario di Orazio. Volevo sentirlo, ma l'Ovra aveva altri programmi. Il bello è che piú tardi, alle dieci, avevo un appuntamento all'albergo *Tripoli*, dietro il castello. Un contatto padovano, venuto apposta a Ferrara, doveva consegnarmi giornali e volantini da diffondere in città. L'Ovra non lo sapeva, altrimenti avrebbe atteso qualche ora e arrestato entrambi. Meglio cosí.

– E sei finito davanti al Tribunale speciale?

– Sí, e poi in carcere a San Giovanni in Monte, ma soltanto per un anno. Con l'amnistia del '37 mi hanno fatto uscire, per spedirmi subito al confino. Io non sono passato da Ponza, mi hanno mandato direttamente qui.

– La tua famiglia come l'ha presa?

– Gli Squarzanti? Mia madre è morta quand'ero al ginnasio, e mio padre, come diciamo a Ferrara, l'è rànzag, rancido, nel senso di avaro negli affetti, ma anche nelle finanze. Scrive poco, una cartolina ogni tanto, e vaglia postali di poche lire, perché il figlio tiri avanti qui sull'isola. Niente di piú.

– Una fidanzata ce l'avevi?

– Una quasi-fidanzata, la Giuliana. Non si è piú fatta sentire. Saliva sul treno per Bologna a San Pietro in Casale, andava a fare le pulizie in case di signori. Un amore di prammatica, recente e labile, senza terreno. Un germoglio di fagiolo nel cotone bagnato.

– Se sente, che sei un letterato.

– E pensa se mi laureavo! Avevo già consegnato il titolo della tesi: *I mari Adriatico, Ionio e Tirreno e gli arcipelaghi d'Italia nei miti greci*. Aveva accettato di farmi da relatore il professor Coppola. Grecista e latinista insigne, ma gli venisse un canchero.

– Perché?

– Non l'hai mai sentito nominare? Meglio. E tu, Giacomo, come ci sei finito qui?

– Non è che ci sia molto da dire…

– Male, perché qui bisogna passare il tempo. Racconta un po'.

Ma erano quasi le sedici, l'ora del secondo appello, e dovemmo interrompere la chiacchierata.

10.

All'appello, dove assembrarsi non solo era possibile ma obbligatorio, diventavano visibili le tribú del confino. I comunisti erano la piú numerosa e ne arrivavano di continuo. Nel giro di un paio d'anni, contando i simpatizzanti, avrebbero sfiorato il mezzo migliaio. Un centinaio formava l'organizzazione clandestina sull'isola, suddivisa in cellule di tre persone. Erano in buona parte operai, gente granitica, indurita dal lavoro, dalla cospirazione, dall'esilio, da anni di carcere. Dovevano ancora arrivare i reduci della guerra civile spagnola, che si era appena conclusa col trionfo di Franco e la disfatta della repubblica.

– Scoccimarro Mauro!

– Presente.

– Secchia Pietro!

– Presente.

– Terracini Umberto!

– Presente.

Scoccimarro, Secchia e Terracini erano i comunisti piú di spicco sull'isola, anche loro tallonati a un metro di distanza. C'era stato un piano del partito, mai andato oltre i preparativi, per farli evadere da Ponza. L'Ovra lo aveva scoperto e da allora giravano coi militi appesi alle code. I comunisti erano i piú organizzati, non bisognava correre alcun rischio.

Sull'isola – era un segreto di Pulcinella – i comunisti avevano le loro istituzioni: un centro politico, scuole quadri e una biblioteca segreta. I libri di Marx, Engels, Lenin e Stalin stavano in botole e doppi fondi di armadi, e quando uscivano circolavano tra copertine ingannevoli. Bisognava essere astuti, evitare titoli che in certe mani avrebbero attirato l'attenzione: niente Liala né Mura né Salvator Gotta, per dire; meglio *I tre moschettieri*, *Ettore Fieramosca*, *Cime tempestose*...

Nell'autunno del '39, le cime tempestose erano quelle del comunismo. Le nubi del patto firmato a fine agosto da Molotov e Ribbentrop – cioè da Hitler e Stalin – minacciavano pioggia e fulmini. Il trattato di non-aggressione tra l'Urss e il Terzo Reich – per l'Internazionale «il nemico numero uno» fin quasi al giorno prima – aveva sacrificato sull'altare la Polonia, spartita tra le due potenze. E con l'invasione della Polonia era cominciata la nuova guerra, a lungo temuta o voluta. La giravolta di Stalin aveva lasciato di stucco l'antifascismo, in tutto il mondo e anche a Ventotene.

Scoccimarro e Secchia si sforzavano di giustificare il patto. – Il compagno Stalin ha fatto la scelta piú saggia, – diceva il primo, – e coerente con la linea dell'Internazionale.

– Lo Stato proletario non si schiera con nessun imperialismo, – chiosava il secondo. – L'Inghilterra voleva trascinare l'Unione Sovietica in una guerra contro la Germania, e invece Stalin la tiene fuori. Vinca l'una o vinca l'altra, è zuppa o pan bagnato.

Tra chi ascoltava, qualcuno annuiva, qualcun altro si incupiva e taceva, ma piú tardi chiedeva al compagno di cellula: – E il fascismo? Non vogliamo che cada? Non vogliamo andarcene da qui? Se la Germania vince la guerra, col fischio che è pan bagnato, perché pure da noi il fascismo si rafforza.

– Stalin ha i suoi buoni motivi, – si sentiva rispondere.

– Noi mica possiamo sapere e capire tutto, tantomeno stando bloccati qui. Dobbiamo aspettare e fidarci.

La stampa fascista scriveva con perfidia dei «calorosi rapporti» tra Russia e Germania. A Ventotene i militi leggevano ad alta voce, sogghignando, a tiro d'orecchie dei confinati comunisti, e a volte li apostrofavano: – Sentito? Combattete una battaglia persa. I vostri capi vi hanno lasciati col culo bagnato. Manco sapete piú perché state a marcire qui!

Nessuno cadeva nelle provocazioni, ma sopportarle era uno strazio.

La maggior parte dei compagni seguiva, convinta o mugugnante, la linea del partito – sperando di aver capito quale fosse – ma esisteva un gruppo eretico, minuscolo, formato da chi criticava le troppe sterzate.

– Prima tutte le altre forze antifasciste andavano ritenute nemiche alla stregua dei fascisti, e dunque i socialisti erano «socialfascisti». Poi il contrordine: con quegli stessi socialfascisti andavano cercate intese e formati fronti popolari contro il fascismo. Poi il patto tedesco-sovietico, che ci è caduto tra capo e collo. Il tutto comunicato senza mai, dico mai, criticare la posizione di prima, come se la linea rimanesse ogni volta la stessa. Vogliamo discuterne o no, di codesto fare e disfare?

A esprimersi cosí non era un compagno qualunque, ma Terracini, uno dei fondatori del partito, amico di Gramsci e Togliatti a Torino, ai tempi de «L'Ordine Nuovo».

– Umberto va espulso! Si è messo contro la linea del partito e dell'Internazionale! Ormai pencola verso il trotskismo! – diceva, in soldoni, Scoccimarro.

– Non possiamo assumerci noi confinati la responsabilità di espellerlo, suvvia, – ribatteva Secchia, prendendo tempo. – È uno dei nomi piú importanti del partito. Ci penserà il centro estero, a tempo debito.

– Di', Pietro, non ti sarai mica rammollito, a forza di pitturare conchigliette? – Un colpo basso: Secchia si era inventato un lavoretto da artista, dipingeva quadretti e decorava conchiglie. Cercava di trarne qualche soldo, ma erano manufatti orribili.

O era il contrario? Secchia voleva espellere Terracini e Scoccimarro prendeva tempo? Non lo ricordo piú. Quelle discussioni si svolgevano nel massimo riserbo e Radio Confino ne intercettava e ripeteva stralci e brandelli, non sempre affidabili. Ma lo vedevamo tutti che Terracini era isolato, tenuto a distanza, guardato con sospetto dagli altri compagni, e con lui Camilla Ravera, altra comunista della prima ora.

– Quand'ero a Turi, – mi disse un giorno Pertini, – la situazione di Gramsci non era molto diversa –. E non aggiunse altro.

I comunisti tenevano alla larga anche Spinelli. Lui non era un eretico: era proprio un rinnegato. Molto attivo nella gioventú comunista romana, negli anni di carcere aveva studiato tanto, aveva perso la fede in Marx, Lenin e soprattutto Stalin, lo aveva detto chiaro e tondo e cosí – lui sí – lo avevano espulso. Era accaduto a Ponza. Da allora gli avevano tolto il saluto, ma non sembrava crucciarsene, anzi.

Per la verità, qualche scintilla era volata. Poco dopo la sua espulsione, qualcuno aveva sparso la voce che Spinelli si era venduto, che era una spia. Lui, che era grande e grosso, aveva affrontato gli ex compagni e detto loro: – O voi dite due parole a chi mette in giro 'sta porcata, o io spacco il maggior numero di facce possibile. Io vi ho avvisati.

La calunnia si era subito spenta. Ora Spinelli camminava per il paese a grandi falcate, quasi balzando, come a far notare che era privo di zavorre.

Io osservavo come si disponevano i corpi durante l'appello, le espressioni sui volti quando venivano chiamati certi nomi. Dei comunisti non sapevamo piú che pensare: erano compagni di confino, gente che pagava per la sua fede e non cedeva, e ne ammiravamo l'organizzazione, ma tutti quegli anni a chiamarci «socialtraditori»... E quel che aveva fatto Stalin... E le notizie dalla Spagna...

A guardarli in cagnesco erano soprattutto gli anarchici, la seconda tribú piú numerosa, e proprio per come era andata in Spagna: gli scontri dentro il fronte antifascista, il fratricidio che aveva reso piú tragica la tragedia mentre il franchismo avanzava e faceva gargarismi col sangue. Tra i due gruppi stava in piedi uno spettro: quello dell'anarchico Berneri, ucciso da stalinisti a Barcellona.

– Delfini Marcello!

– Presente.

– Dicastro Vincenzo!

– Presente.

– Domaschi Giovanni!

– Presente.

La terza tribú, con grande distacco dalle prime due, era Giustizia e libertà.

– Pontecorboli Giacomo!

– Presente.

Stavolta senza enfasi, quasi blasé. Al confino si imparava in fretta.

Gli ultimi eravamo noi socialisti, che ci contavi sulle dita di due mani e ce n'era d'avanzo. Però avevamo Pertini.

C'erano poi gli antifascisti «senza tribú»: uomini che avevano opposto al regime un rifiuto etico e del tutto personale, oppure comunisti espulsi dal partito per «deviazionismo», «avventurismo», «opportunismo», «bordighismo», «trotskismo» e altri «-ismi» che si usavano in quei casi o, ancora, esponenti di partiti che a Ventotene erano perfino meno rappresentati del nostro, come il repubblicano.

I senza tribú si aggregavano ai gruppi che trovavano piú affini o accoglienti. La mensa socialista, per esempio, era un vero *refugium vagabundorum*.

Fuori dai nostri schieramenti c'erano i manciuriani, che non erano una vera tribú perché ognuno pensava ai fatti propri, e gli stranieri, che il piú delle volte non erano al confino ma *internati*. La differenza? Questione di lana caprina.

C'era un buon numero di albanesi. Si erano opposti all'invasione fascista del loro Paese e restavano fedeli al re in esilio, Zog I. Col tempo, ne sarebbero arrivati sempre di piú. Si dividevano tra intellettuali – molti acciuffati in Italia, dove studiavano – e pastori, catapultati lí direttamente dai monti dell'Albania.

C'era anche un gruppo di spagnoli. Anzi, di madrelingua catalana: erano di Palma di Maiorca. Erano finiti a Ventotene perché, se la fortuna è cieca, Poseidone ci vede benissimo. Fuggivano in barca dalla patria ormai ridotta a mattatoio – diretti, credo, in Africa del Nord – quando una tempesta li aveva fatti ballare. A soccorrerli era stato un peschereccio italiano, che li aveva portati da noi, dove i fascisti, trattandosi di nemici di Franco, li avevano mandati al confino.

C'era perfino un eritreo, tale Isacco Menghestú. Prima viveva a Roma dove, mantenuto da uno zio diplomatico, studiava Ingegneria. Nel '36 lo avevano preso e mandato a Ustica, per non aver tenuto a freno la lingua durante l'attacco all'Etiopia. Aveva detto: «Non sono i negri i veri selvaggi, ma i fascisti». Secondo Radio Confino, aveva anche esultato e detto «Ben gli sta!» quando gli abissini avevano fatto a pezzi l'aviatore Minniti. Ma se le cose fossero andate a quel modo, non lo avrebbero mandato al confino: lo avrebbero ammazzato di botte. Da Ustica, pure lui era finito a Ventotene. Gli isolani si erano ormai abituati, ma nei primi giorni «o' níoro» era stato un'attrazione. I bambini lo seguivano a lungo per strada. Al suo passaggio, i Chiaramantesi cantavano strofette contro il Negus.

Neri: ♫ «*Se prenderemo il Negus gliene farem di belle…*»

Gabriello: ♫ «*A colpi di legnate gli schiarirem la pelle…*»

In coro: ♫ «*Dài, dài, dài, l'abissino vincerai!*»

E giú a sghignazzare.

C'erano poi sloveni di Gorizia, Trieste e Capodistria, e croati di Pola e Fiume, ma loro, burocraticamente parlando, erano sudditi italiani. I sudditi jugoslavi sarebbero arrivati due anni dopo.

Alla fine del secondo appello, in piazza ascoltavamo la radio. La disposizione numero 6 vietava di possedere apparecchi, cosí di giorno ascoltavamo quello del farmacista, gironzolando intorno all'uscio, sempre attenti a non creare assembramenti, mentre verso sera ci faceva la cortesia un commerciante che lo teneva a volume alto sul suo terrazzino in piazza. Si ascoltava con la massima attenzione, prendendo con le pinze ogni parola, facendo la tara alle sparate del regime. In Italia andava tutto bene, bene come non mai, il mondo invidiava e temeva il nostro fulgido impero, l'Italia risplendeva al sole d'Etiopia, l'Italia era circonfusa di gloria, l'Italia mandava coloni in Albania, l'Italia di qua, l'Italia di là. E la Germania, ovviamente: la Germania che affrontava con decisione il problema giudaico, la Germania che vinceva e si espandeva, la battaglia del fiume Bzura, l'assedio di Varsavia, l'annessione di Danzica…

Dopo cena rientravamo agli alloggi presto, ma non cosí presto da non scorgere, a oriente, il cielo rabbuiarsi, e a meridione Ischia cominciare a illuminarsi. In quei momenti il cuore pesava, non riuscivi a deglutire e l'occhio si inumidiva. Facevamo in tempo ad ammirare le prime stelle, ma il cielo stellato, rutilante di astri come appare in mezzo al mare, quello ci era negato. Non vedevamo il firmamento da anni. Lo avevano visto Stramucci e Marcaleone, la notte che avevano cercato di fuggire. Lo aveva visto qualche incauto amatore, sgattaiolato da una finestra per raggiungere una manciuriana, o forse una politica, prima che lo beccassero le camicie nere. Anche loro gli avevan fatto vedere le stelle, ma erano altre costellazioni.

Quando ci spostarono nei nuovi padiglioni, nessuno poté piú sgattaiolare, perché ci rinchiudevano con spranga e catenaccio. D'estate, dovevamo esser dentro alle nove di sera. Nella mezza stagione, alle otto. D'inverno, alle sette.

Sul continente la stampa del regime faceva sarcasmo, scriveva che il fascismo mandava gli oppositori «in villeggiatura».

Ecco, era questa la villeggiatura.

11.

La bobina non gira piú, mi sa che si sono consumate le batterie. Ne hai di nuove? Approfitto della pausa per far entrare il gatto, sarà un quarto d'ora che pietisce la mia attenzione appoggiato al vetro. Dài, vién déntar. Guardalo lí, che beatitudine... Non lo sa mica, quant'è fortunato a vivere in tempo di pace. Posso riprendere? Bene.

Il racconto di Giacomo fu vago dall'inizio, e bucherellato, tutto ellissi e passaggi sbrigativi. Pochi punti fermi: laureato a pieni voti nel '35 con una tesi di Fisica teorica sull'invariante nello spazio-tempo di Minkowski...

– Scusa, – lo interruppi, – ma brancolo nel buio.

– Lo spazio-tempo di Minkowski è un modello per la relatività ristretta. Pensalo cosí: ogni punto dello spazio ha quattro coordinate: *x*, *y* e *z* indicano la sua posizione nello spazio, poi c'è *t*, che indica un momento nel tempo. Vuol dire che ogni punto dello spazio non è solo in un preciso luogo ma anche in un preciso istante, quindi ogni punto è anche un evento. Messi in fila, i vari punti formano una curva che è un movimento nello spazio-tempo. Quella curva si chiama «linea di universo». Anche un punto che sta fermo nello spazio in realtà si muove, perché si muove nel tempo.

– Aspetta, mi ricorda qualcosa... Ma sí, le quattro dimensioni. Il romanzo di Wells, *La macchina del tempo*!

Per la coincidenza, che ancora non sapevo tale, Giacomo trasecolò, si scosse, si illuminò.

– Lo hai letto? Conosci Wells?

Non capii il suo entusiasmo, ma il libro portava con sé un ricordo e lo afferrai.

– L'ho letto, sí, quand'ero al liceo. Un giorno il professor Viviani, del quale ti ho parlato, mi vide in un parco che lo leggevo. «È solo una lettura di svago», dissi per giustificarmi, ma lui mi sorprese, spiegando che anche in Wells c'era del buono. Quel romanzetto, anche se non eccelso sul piano letterario, proseguiva una tradizione. Nominò *La storia vera* di Luciano di Samosata, e poi qualcosa del Bergerac...

Vidi che Giacomo esitava. – Sai che Wells ha scritto *La macchina del tempo* dodici anni prima che Minkowski formulasse la sua teoria?

– Adesso che me l'hai detto tu, sí. Fino a due minuti fa, per me questo Minkowski poteva essere un generale dell'Armata rossa.

Giacomo esitò ancora, e io continuavo a non capire. Stava per aggiungere qualcosa... Invece cambiò discorso: – Tornando a me, il relatore della mia tesi doveva esse' il professor Enrico Fermi, nientemeno, ma quando l'ho discussa stava all'estero, in America... Dove sta pure adesso, tra l'altro. Non fosse partito, chissà, magari starebbe qui a Ventotene pure lui.

Mi aveva appena conosciuto. Non sapeva se poteva aprirsi, confidarmi i suoi segreti.

Del resto, nemmeno io gli rivelai i miei. Non gli dissi che lí, circondato dal mare del mito, io *vivevo* la mia tesi, mai scritta e tantomeno discussa. Non gli dissi che mi perdevo in fantasticherie, cercando di non soccombere a esse, di non perdermici per sempre. La chiamavo la mia «lotta greco-romana».

12.

Ai primi di dicembre, la radio continuava a martellarci i cosiddetti con la Germania. Nella battaglia della baia di Helgoland, i caccia della Luftwaffe avevano abbattuto molti bombardieri della Raf. L'Italia applaudiva il gioco dalla panchina, ed era chiaro che sarebbe entrata in campo.

Dopo Helgoland, però, ebbe inizio la *drôle de guerre*, o «guerra strana». Lunghi mesi durante i quali non sembrò accadere nulla: la Francia rafforzava la sua Linea Maginot, ma Hitler non sferrava l'attacco. Tutti parevano indecisi.

Giacomo passava e ripassava davanti all'orologio in piazza, guardandolo e rimuginando.

– Non preoccuparti, che sta bene! – lo canzonò un giorno Traquandi. – Fa come gli garba, a differenza di noi!

Giacomo assisteva agli arrivi e alle partenze del *Regina Elena*, cogitabondo, dal muricciolo della piazzetta. La sera, seduto sulla branda del dormitorio, leggeva il giornale di due, tre, cinque giorni prima e ogni tanto alzava lo sguardo, fissando il vuoto.

Dopo quella prima giornata in cui gli avevo fatto da cicerone, le nostre conversazioni non cessarono, ma ovviamente si diradarono. Per qualche tempo prese il mio posto Colorni, tornato dal viaggio a Milano.

Giacomo, ora lo so, cercava di capire se Eugenio ritenesse sensate le sue ipotesi sull'isola. A Ventotene era l'unica altra persona a conoscere bene la nuova fisica, a chi altri avrebbe potuto rivolgersi? Guardingo, alzava in volo *ballons d'essai* teorici, prendendo la faccenda alla larga, cercando di avvicinarsi per gradi. Eugenio, amante del nitore espositivo, doveva trovare quei discorsi scombinati, e abbatteva ogni pallone. Era il suo modo di procedere.

– Cosa ne pensi del nostro amico fisico? – gli domandai un giorno, vedendolo sull'uscio della bottega di Spinelli in via degli Olivi.

– Be', ecco... Come scienziato, non discuto: è una mente fina. Non poteva essere altrimenti, vista la palestra in cui si è formato. Ha preparato la tesi con un premio Nobel, quanti possono dire lo stesso? Solleva anche problemi di epistemologia non banali...

– Ma...?

– Ma come confinato, penso che non stia reggendo. Ha tratti del carattere che definirei ossessivi. Gira sempre intorno alle stesse questioni, agli stessi aspetti della relatività generale e di quella ristretta...

– Alt, lo sai che qui non ti seguo piú.

Spinelli, che aveva ascoltato lo scambio, posò la sveglia che stava aggiustando e venne sull'uscio per dire la sua.

– Io lo capisco, Pontecorboli. Viene dalla mia città, ha pochi anni meno di me e ha la mia stessa malattia. La testa ti si affolla di grandi progetti e idee ambiziose, l'intelletto galoppa a lancia in resta e affronta ogni dottrina che incontra, ogni sistema scientifico, filosofico, linguistico, per vedere se reggerà o se ti stroncherà. Le volte che vinci, procedi oltre, e di quel sistema rifiuterai ogni concetto, che ormai vedi come pura retorica; le volte che perdi, impari la lezione, e da quel sistema prenderai armi e argomenti per i duelli futuri. Ma mentre l'intelletto sostiene quegli scontri, il corpo è prigioniero su questo scoglio.

Rimasi a bocca aperta. Con lui non avevo mai parlato molto, dovevo ancora abituarmi al suo stile pindarico.

Eugenio sorrise. – Altiero è talmento pieno di sé che vede Altiero in ogni mente inquisitiva. Sinceramente, a me non sembra che Pontecorboli segua questa linea. Mi ricorda di piú la falena che, attirata dalla luce, entra nella plafoniera e, non sapendo uscirne, svolazza intorno e continua a sbattere contro il vetro.

Quello doveva essere il tono dei loro colloqui, che ora capivo essere delle tenzoni.

– Eppure io sento che m'assomiglia, – ribatté Altiero. – *Mon semblable, mon frère*. Per esempio, abbiamo parlato dell'orologio in piazza. Tante volte ho desiderato che mi lasciassero metterci le mani. Per altri è solo un ferrovecchio, ma per me è un simbolo, un simbolo potente della nostra condizione: forse che il confino non marcia a un tempo tutto suo? E ogni tanto penso che se fosse un confinato a riparare l'orologio, se fossi proprio io a ripararlo *alla buon'ora*, sarebbe come un messaggio inviato al nostro futuro. Bene, qualche giorno fa, Pontecorboli m'ha fatto un discorso cosí, manco mi avesse letto nel pensiero.

– Ne ha parlato anche a me, – confermò Eugenio. – Si è un po' fissato, con quell'orologio. Ma tu, Erminio, che gli hai fatto da Virgilio in questo noioso inferno, cosa ci trovi in lui?

Cosa avrei potuto rispondere? Che lo avevo visto svenire in piazza, oppresso dal peso di essere stato trasformato da Circe in maiale, e mi ero sentito responsabile, perché Circe e tutti gli altri li avevo richiamati al mondo io?

13.

Venne l'inverno, e intorno a Natale i giornali pubblicarono articoli compiaciuti sul sessantesimo compleanno di Stalin, coi testi dei telegrammi d'auguri inviati da Hitler e Ribbentrop, e le cortesi risposte. Cachinni e sghignazzi dei militi. Per i comunisti, una prova durissima. O partito, così schernito, io ti vedo qui a tremar. O proletariato, quanto mi costò l'averti amato.

Buone feste e auguri di un felice 1940.

Dei primi mesi del nuovo anno ricordo la furia degli elementi e la bonaccia dei sentimenti, la percezione che tutto fosse incerto e sospeso, che il destino stesse trattenendo il fiato.

– Grifone Pietro!

– Presente.

– Grossutti Luigi!

– Presente.

– Grotto Alfredo!

– Presente.

La *drôle de guerre* si trascinava, tanto che radio e giornali non sapevano piú che inventarsi per parlarne, ma quanto poteva durare ancora? Il patto tedesco-sovietico reggeva, ma avrebbe retto all'urto di una guerra vera? I primi a chiederselo erano proprio i comunisti, tesi come le corde del violino di Terracini. Quest'ultimo provava e riprovava l'attacco di un rondò di Paganini, *La campanella*, ma la campanella della guerra guerreggiata ancora non suonava. Scoccimarro era impenetrabile. Secchia dipingeva le sue conchiglie a scatti, con gesti corti e impazienti.

Confinati e fascisti, tutti eravamo in attesa.

– Lanfranchi Antonino!

– Presente.

– Lattanzi Sergio!

– Presente.

– Lavagnini Fosco!

– Presente.

La nuova cittadella confinaria a Parata Grande aveva ormai la sua forma definitiva: nove padiglioni per gli uomini e, discosto, uno per le donne. Piú piccolo degli altri, perché le confinate non furono mai piú di alcune decine. Piú distanti, verso Cala Rossano, c'erano il padiglione dei tubercolotici e l'infermeria. Ma quando saremmo entrati? Per il momento, dormivamo ancora nel castello e ai Granili.

– Novara Davide!

– Presente.

– Nuzzi Procopio!

– Presente.

– Orfini Manlio!

– Presente.

Giacomo mangiava coi giellisti, ma per il resto stava quasi sempre solo. La cosa non dava granché nell'occhio, in quel periodo di morale basso.

Quanto a me, facevo la lotta greco-romana, ma perdevo sempre piú incontri. Le mie *rêveries* diventavano piú lunghe e intense, e faticavo a uscirne.

Un giorno sentii Spinelli raccontare di quand'era un comunista in clandestinità. Il suo nome in codice era «Ulisse».

– E adesso, – aveva concluso, ridendo, – a conferma del *nomina sunt omina*, «sotto il peso di doglie profonde, in un'isola ei giace».

– Non solo *ei*, ma tanti altri, – puntualizzò Colorni, eterno foratore di palloni. – Rassegnati, eroe: i tuoi *rerum gestarum* somiglieranno a quelli di tutti noi.

– E a tenerci qui non è Calipso, ma Pasta-e-fagioli, – aggiunsi io.

– Avrei preferito Calipso, – disse Eugenio, ridendo.

– Oh, sotto quell'aspetto, sei l'ultimo che può lamentarsi, – gli fece Altiero, con voce improvvisamente piú bassa e arrochita. Fu chiaro che alludeva a Ursula, la bellissima sposa Colorni.

Eugenio era ben conscio del desiderio altrui per sua moglie. Ne era al tempo stesso inorgoglito e imbarazzato, e imbarazzato fu anche Altiero un istante dopo il commento.

Entrambi cambiarono discorso.

Fu allora che, come per struggermi meglio, presi in biblioteca l'*Odissea*, che trovai nella traduzione del Romagnoli. Ricordo che rilessi piú volte il canto quinto, cercandovi un senso nascosto.

> Stavano i numi a seduta raccolti, e fra loro anche Giove,
> che rumoreggia dal cielo, che supera tutti in potere.
> Or prese Atena a narrare le mille sciagure...

La riunione del consiglio dei Dodici, tradizionalmente presieduta da Zeus, aveva in cima all'ordine del giorno un punto proposto da Atena: «La nuova guerra scoppiata in Europa. Cosa possono e debbono fare gli dèi?» Il consiglio ne avrebbe discusso, intorno al grande tavolo a ferro di cavallo, ma era già noto che vi erano diverse posizioni. Dopo Atena, si erano segnati per parlare Ares, Artemide, Demetra, Hermes e Afrodite. Presenti anche Dioniso, Era, Febo ed Efesto. L'unico assente era Poseidone: il dio del mare si trovava in Libia – non in Etiopia, come erroneamente riportano alcune fonti – per festeggiare il capodanno nella tenuta di Amerigo Dumini, l'assassino di Matteotti.

Atena si era mossa, insieme alle altre dee, perché il consiglio si riunisse durante l'assenza di Poseidone. Un fascista di meno a interromperla. Di protervia maschile ce n'era già troppa, nel Dodekatheon.

Atena attaccò a descrivere gli orrori del nazismo tedesco e del fascismo italiano. Sul primo tagliò corto: la Germania cadeva sotto la giurisdizione del mito nordico, perciò la dea propose di scrivere e inviare una lettera a Ásgarðr, formalmente indirizzata a Odino, chiedendogli quale fosse la sua posizione sul patto Hitler-Stalin e l'invasione della Polonia, e in che maniera i due pantheon potessero operare congiuntamente per limitare distruzione e caos.

– La cultura occidentale, divini colleghi, rischia l'annichilimento! – disse la dea dagli occhi scintillanti. – Oltre la prossima piega del tempo esistono armi in grado di cancellare in un lampo intere *pòleis*! Con strumenti del genere, la guerra di Troia sarebbe durata pochi battiti di ciglia, e forse i mortali non ne serberebbero alcuna memoria, perché di tutto il mondo antico non sarebbe sopravvissuto alcun vestigio. La stessa memoria di noi numi dell'Olimpo sarebbe andata persa! E poiché, divini colleghi, *noi siamo storie*, ovvero siamo ricordi tramandati ed esistiamo solo se esiste la cultura umana, saremmo svaniti migliaia di anni fa. Già da tempo avremmo dovuto muoverci per prevenire quest'esito, e invece ha predominato l'apatia, e addirittura c'è tra noi chi ha espresso simpatia per il fascismo, perché lo lusingava infilando in ogni frase l'aggettivo «marziale», o addirittura...

Ares, mascella serrata, si riaccomodò sullo scranno, spostando il maggior peso da una natica all'altra.

– ... si è messo in odiosa combutta con loro!

Mormorii. Tutte e tutti guardarono lo scranno vuoto di Poseidone.

– Perché non fai i nomi, anziché girarci attorno? – domandò Ares.

– Non ce n'è bisogno, *hic!* La prima gallina che canta, *hic!*, ha fatto l'uovo! – A parlare tra i singhiozzi era stato Dioniso, sbronzo come al solito, rosso in faccia e stravaccato sullo scranno.

– Taci tu, beone! – sbottò Ares.

– Lasciate parlare Atena! – gridò Artemide.

– Ordine, o vi folgoro! – esclamò Zeus.

Atena ignorò le interruzioni. – Se abbiamo scampato ogni oblio, – continuò, – se siamo sopravvissuti a ogni guerra e devastazione, è perché la *technè* delle guerre passate, compresa la guerra terminata vent'anni fa, era ancora inadeguata. Oggi, tuttavia, emuli terreni del nostro Efesto, manipolatori di fuochi e metalli, hanno penetrato segreti intimi della materia. Quei segreti verranno usati per uccidere vaste moltitudini. Oggi rischiamo di morire. Noi, e i nostri colleghi di altre *koinè*! Per questo è urgente scrivere a Odino.

Dopo il cupo preambolo, Atena arrivò al fascismo italiano. Poiché quello, premise la dea, era pienamente nella giurisdizione divina mediterranea, vi avrebbe dedicato piú tempo, ché le cose da dire erano molte.

14.

Piú volte, variamente travestita, Atena aveva visitato l'Italia e le sue colonie d'oltremare. Aveva assunto le sembianze di uno scienziato e osservato gli esperimenti di un gruppo di giovani fisici a Roma. Aveva assunto le sembianze di un giornalista e visto costruire la macchina di propaganda che avrebbe portato a sterminare gli ebrei.

– Ce ne frega assai, degli ebrei... – bofonchiò Ares. – Se ne occupi Jahvè!

Atena lo ignorò ancora e seguitò a rendere conto delle proprie metamorfosi. Aveva assunto le sembianze di un'amante del duce, Clara Petacci, e osservato da vicino...

– Da molto vicino, par di capire! – la interruppe Ares per l'ennesima volta. Le dee presenti lo fulminarono con gli sguardi, compresa sua madre Era.

– Eeeh, quanto siete seriose... – fece lui, con un sorriso tirato. – Con voi non si può mai scherzare!

– Se proprio ci tieni a saperlo, – disse Atena, – prima di assumere quell'aspetto mi sono accordata con Eros. Al termine di una giornata trascorsa col duce, quando era prossima l'ora dell'alcova, l'ho punto con una freccia sedativa. Al suo risveglio ha ritrovato accanto a sé la vera Clara. Non volevo farmi leccare niente da quell'uomo, *io*.

Touché. Il sangue di Ares cominciò a bollire.

– Atena, tu che ci hai passato del tempo insieme, *hic!*, sai dirci perché i confinati di Pandataria, *hic!*, lo chiamino

Pasta-e-fagioli? Scoreggia tanto? – Dioniso scoppiò a ridere, una risata fuori controllo. Nessuno si uní a lui. Zeus scosse il capo, pensando: siamo alle solite.

Non solo Atena non si scompose, ma prese ancora la palla al balzo: – Suppongo, caro fratello, che il nomignolo alluda a quel che dici, ma col seguente significato: quando parla, cosí tonitruante, è come se petasse. Eppure qualcuno ha inteso quei peti come complimenti...

La risata di Dioniso avrebbe snervato chiunque ne fosse stato oggetto. Si udí un clangore. Ares s'era alzato di scatto, con tutta la ferraglia che aveva indosso, facendo anche cadere lo scranno. – Se si tollera che nel consiglio io venga insultato con continue allusioni, se si ritiene sgradita la mia presenza, posso anche togliere il disturbo!

– Il solito vittimismo a buon mercato dei fascisti, – commentò sua zia Demetra.

– Ares, le parate del duce ti hanno dato alla testa, – disse Artemide.

– Fai piú l'amore e meno la guerra, frustrato! – sbottò Afrodite.

Febo e Dioniso ridacchiavano, il primo tra sé e sé, il secondo nel solito modo sguaiato. Ridacchiava anche Hermes. Efesto, lo sguardo assente, si accarezzava la gamba storpia.

Ares si rivolse a loro: – Fratelli, voi tollerate che queste femmine ci dicano cosa dobbiamo o non dobbiamo fare? Passi per Dioniso, che è un deficiente e una mezza donna, ma voialtri, Febo, Hermes, Efesto!

– Non è questione di maschi o femmine, Ares, – rispose Hermes. – È che se fosse per te e quell'altro, il pesciarolo, finiremmo tutti in rovina.

Ares guardò Zeus, in cerca di complicità.

Zeus guardò Era: – Cosa devo dire a *tuo* figlio?

– Di' a *tuo* figlio che è libero di andarsene, – rispose Era.

– Ma sí, ma sí! – disse il dio della guerra, furente. – Che ci sto a fare ancora qui? Mi sa che vado in Libia anch'io, con Poseidone, a divertirmi alla faccia vostra! – Ciò detto, girò le spalle al Dodekatheon e lasciò la sala, seguito da un lungo pernacchio di Dioniso.

Atena riprese il suo intervento come se nulla fosse accaduto. Raccontò la violenta ascesa del fascismo, l'uccisione del socialista Giacomo Matteotti, gli orrori della riconquista italiana della Libia e quelli della guerra d'Etiopia, durante la quale gli aerei fascisti avevano esalato nuvole artificiali che laceravano la pelle e l'interno di naso e gola. Raccontò la persecuzione degli ebrei, dopodiché passò in rassegna le mille sciagure patite dagli antifascisti. Saperli a Pandataria o bloccati in sperduti villaggi sui monti le dava corruccio. Per questo era andata sull'isola, assumendo le sembianze ora di un confinato ora di una guardia, e aveva raccolto informazioni. Descrisse il regime oppressivo, le censure, i divieti, le angherie. Predisse che Pandataria avrebbe visto nuovi lutti, per colpa del presente direttore del confino – al quale però non restava molto da vivere – e di quello futuro. Parlò dei due squadristi piú violenti e temuti.

– Nella loro lingua segreta, i confinati li chiamano «i fratelli Chiaramantesi», personaggi di una nota opera teatrale, arroganti e malvagi. Ho chiesto quali fossero i veri nomi, ma nessuno sembrava conoscerli. Ho intuito che non fossero comuni mortali. Ritengo siano creature di Poseidone e non mi aspetto nulla di buono.

Dopodiché, passò a spiegare che sull'isola non stavano maturando solo sventure, ma anche momenti opportuni.

– Come ricorderete, divini colleghi, Pandataria ha uno scorrere del tempo tutto suo, per un'antica svista di Chronos. Una svista che decidemmo di non correggere, perché ormai era tardi e qualunque intervento avrebbe scompensato il mondo. Facemmo solo in modo che i mortali mai se ne accorgessero. L'isola viaggia verso la prossima piega del tempo a una velocità diversa dal resto del mondo, e questa oggi è un'opportunità. Pandataria è un vascello che porta con sé, lungo la sua linea di universo, le menti migliori dell'antifascismo e le rende visionarie. Basti dire che un confinato è in grado di vedere noi numi e ha assistito piú volte all'emersione dal mare di Poseidone...

– Avrà prima sentito la puzza! – disse Dioniso.

– Ha parlato Alito-di-fiori... – commentò Febo.

– A Pandataria batterà presto il Kairos, il tempo supremo della consapevolezza e delle scelte. Divini colleghi, propongo che da questo momento mi si deleghi a occuparmi dei confinati, con la missione di favorire ogni piano per l'abbandono dell'isola al momento opportuno e, fino ad allora, ogni resistenza all'arbitrio. Chiedo inoltre che si affidi a Hermes dai sandali alati, divino investigatore, l'incarico di recarsi sull'isola e capire chi si celi dietro le sembianze dei fratelli Chiaramantesi. Ho terminato. Grazie della vostra attenzione.

– Grazie a te dell'esaustivo intervento, – disse Zeus. – Hermes, figlio mio, sei d'accordo con la proposta di Atena?

– Sono d'accordo, padre.

– Bene. La parola ad Artemide, allora.

– Io rinuncio a prendere parola, padre, – disse la dea delle foreste e dei campi. – Non avrei alcunché da aggiungere. Anzi, propongo che i divini colleghi rinuncino ai loro interventi e si passi direttamente a votare le proposte di Atena.

Vi fu pieno accordo, e le proposte passarono con nove voti favorevoli e un'astensione, quella di Efesto, che parve avere la testa da un'altra parte.

Zeus non commentava mai l'esito delle votazioni, ma annuí soddisfatto. Come quasi tutti i numi, si fidava molto piú di Atena che di Poseidone.

Al termine della riunione, le dee formarono un capannello nell'atrio. Tutte si congratularono con la dea della sapienza e delle guerre per giusta causa.

– Sei stata grande! – le disse Afrodite.

– La figuraccia di Ares sarà scritta nel libro dei secoli! – commentò Demetra.

– Grazie, sorelle, ma dobbiamo stare attente... Vorrà vendicarsi. E Poseidone, quando verrà a sapere cosa abbiamo votato in sua assenza, sarà colto da furore. Quei due faranno sicuramente lega, e mi attendo brutti scherzi.

Il crocchio di dee fu raggiunto da Hermes.

– Sei pronto? – gli chiese Atena. – Dobbiamo muoverci prima che torni Poseidone.

– Prenderò il primo piroscafo da Neapolis, – rispose il dio dei transiti e dei trasporti. – Come sai, raggiungere in volo Pandataria è molto rischioso.

– Vai, dunque. Presto anch'io sarò di nuovo sull'isola.

Ma Hermes indugiava.

– C'è qualcosa che devi dirmi? – gli domandò Atena.

– Mi chiedevo come mai Efesto, oltreché nel passo, sembri zoppo nel pensiero. Non l'ho mai visto cosí. Si è astenuto dal voto. Cosa dobbiamo attenderci da lui?

Tutte avevano notato lo strano comportamento del dio siderurgico e metallurgico.

– Simpatizzava per Stalin, il cui nome significa «acciaio», e per le masse di operai che a Stalin fanno capo, – spiegò

Era. – Il patto con Hitler lo ha confuso, e privato di ogni certezza.

– Questo nodo si scioglierà presto, – disse Atena. – Il nostro metalmeccanico avrà di nuovo le idee chiare e ci aiuterà nell'impresa, ne sono sicura.

In quel momento uscí Zeus, signore dei fulmini. Si avvicinò e disse: – Squarzanti Erminio!

– ...?

– Squarzanti Erminio!

Eugenio mi tirò la giacca, e mi scossi. Stavo rischiando una punizione e forse peggio.

– Presente! – gridai.

15.

All'alba di martedí 9 gennaio 1940, assunte le sembianze di un sensale di matrimoni, Hermes si imbarcò da Napoli alla volta delle Ponziane.

Oltre il canale di Procida, il Tirreno era ancora piatto come un'asse da stiro. Il *Regina Elena* contava di arrivare in perfetto orario. Portava prigionieri a Santo Stefano e confinati a Ventotene, ma erano rinchiusi sottocoperta, celati alla vista dei normali passeggeri, che assonnati si aggiravano sul ponte. Hermes si confuse tra questi ultimi, respirò la brezza e guardò spegnersi la luce del faro di Capo Miseno, mentre il sole sorgeva dietro la penisola flegrea.

Tra Ischia e Ventotene tutto parve andare bene: soffiava un vento di maestrale senza troppa forza, nulla che potesse causare problemi. Ma intorno alle dieci, inattese, si sollevarono grandi onde e la nave cominciò a ballare. Stupore, imprecazioni di marinai, sguardi preoccupati. La situazione peggiorò rapidamente, e il ponte fu presto percorso da ruscelli di vomito. Grazie ai suoi sandali alati, Hermes evitò di sporcarsi i talloni.

Quando l'altoparlante annunciò che sarebbe stato impossibile gettare l'ancora davanti a Ventotene, ed era quindi necessario far rotta su Gaeta, Hermes capí che Poseidone era tornato.

Sa che sono qui, pensò, e mi sbarra l'accesso all'isola.

Si sporse a babordo e cercò con lo sguardo tra le onde schiumose. Niente. Si spostò a tribordo e subito notò uno scintillio. *Eccolo.* Dal mare spuntava il tridente di Poseidone.

– Figlio di... mia nonna! – mormorò.

Toccava andare a Ventotene con altri mezzi.

Alla fine di febbraio cominciò la transumanza di borse e valigie di cartone, scatole e bauletti, libri e sgabelli lungo le vie che portavano a Parata Grande. Entrammo nei nuovi dormitori a scaglioni. Anche se ci vollero settimane, fin da subito l'appello si spostò nel piazzale della nuova cittadella.

– Comastri Vittorio!

– Presente.

– Comolli Torquato!

– Presente.

– Contardo Bruno!

– Presente.

Dentro, ogni spazio era diviso in due cameroni, separati da un tramezzo che non arrivava al soffitto, e in fondo c'erano i bagni. Io e Giacomo ci ritrovammo insieme nel secondo padiglione. Il nostro era il camerone a sinistra, in prevalenza riempito di giellisti, anarchici, senza tribú... e pulci. Quelle ci tennero compagnia fino all'ultimo, a debellarle non riuscimmo mai.

Sul nostro lato non c'era nessun comunista, mentre ve n'erano al di là del tramezzo. C'era Secchia, per dire il primo che mi torna in mente.

Potevamo leggere fino alle ventidue. Dopo no, perché spegnevano la luce, buonanotte e attenti agli spifferi, ché vi viene il torcicollo.

Spifferi? Semmai flicorni, e accompagnati da nacchere e raganelle, perché i padiglioni, tirati su in fretta e al risparmio, sotto i colpi del vento tremavano e scricchiolavano. Il concerto andava avanti tutta notte, e chi ci riusciva a dormire? E fosse stato solo il non dormire: si rischiava di morire. I padiglioni cadevano già a pezzi nei primi giorni, e ci vollero continui rattoppi. Una parte di tetto crollò e si dovette rifarlo. L'impianto idraulico era uno scherzo di pessimo gusto: per tutta l'estate restammo senz'acqua per lavarci, dovevamo portarla da fuori. Quanto ai cessi, erano insufficienti e mal costruiti. Si intasavano di continuo e toccava arrangiarsi. La stradina che passava lí accanto divenne ben presto un polesine di valli di piscio e dossi di merda, e molti isolani presero a lamentarsi per il degrado: fermavano per strada il direttore o il podestà e dicevano che eravamo dei selvaggi, degli zozzoni! Ciondolavamo per strada e pisciavamo nelle vie! La situazione non era tollerabile! Era una questione di decoro! Meo e Guida non potevano piú uscire dall'ufficio, sentivano parlare di merda tutto il giorno, non ne potevano piú. Dovettero rifare i bagni d'urgenza.

Rammento una sera. Là fuori soffiavano mille venti, sferzavano l'isola, ne facevano urlare le cavità, fischiavano tra le foglie d'agave intorno ai padiglioni.

– Ecco che suona l'eolifono.

– Cosa? – domandò Giacomo, girandosi verso il risolino sottovoce udito nel buio.

– L'eolifono, – ripeté Ravaioli, un professore di liceo di Ravenna, del Partito repubblicano e dunque un senza tribú. – La macchina del vento che si usa a teatro. Giri una manovella e fa rumore di raffica, di folata. Infilaci dentro la testa, ed è come stare in questi padiglioni.

Io ascoltavo, disteso sulla branda, le mani intrecciate sotto la nuca, e la parola «eolifono» mi parve appropriata.

Sull'isola infuriavano i venti fuggiti dall'otre, l'otre che Eolo aveva donato a Odisseo. I compagni di quest'ultimo, divorati dal sospetto, lo avevano aperto, scatenando la tormenta che di nuovo li aveva spinti lontano da Itaca.

Un capo dell'isola di Ventotene, Punta Eolo, prendeva il nome dal signore dei venti, ma era oltre il limite di confino, nessuno di noi c'era mai stato. Potevo solo fantasticarne. Sapevo che lassú, in cima al promontorio, giacevano le rovine di Villa Giulia, che l'imperatore Augusto aveva fatto costruire per andarvi in villeggiatura, ma nella quale non si era mai recato, preferendo mandarvi in esilio la figlia – Giulia, appunto – che a suo dire lo aveva tradito.

Nemmeno Eolo dimorava a Punta Eolo. Antiche fonti situavano il suo regno a Lipari. Ma Lipari era isola di confino, dono del fascismo a Poseidone. Come si erano regolati?

A pensarci bene, con Poseidone a Lipari, difficilmente Lussu, Nitti e Rosselli sarebbero riusciti a fuggire. Forse i due numi si erano scontrati ed Eolo aveva prevalso? O forse, chissà, continuavano a scontrarsi, e prevaleva ora l'uno ora l'altro.

Di sabato – il «sabato fascista» – accanto alla cittadella passavano i balilla e gli avanguardisti del Paese, diretti proprio a Punta Eolo, dove facevano gli esercizi ginnici. Li guidava Gabriello Chiaramantesi, novello pifferaio di Hamelin, e faceva cantar loro *Giovinezza*, *All'armi siam fascisti* e altre tiritere del regime, con sempre piú enfasi man mano che si avvicinavano ai padiglioni, per provocare noialtri.

Molti bambini erano gli stessi che in quei giorni torturavano gli uccelli, perché nel frattempo era tornata la primavera e sull'isola vedevi quaglie, pigliamosche, gruccioni... Di nuovo legati per una zampa, di nuovo frullati.

Era proprio un sabato, un sabato d'aprile, e stavano passando i balilla quando Radio Confino riferí la notizia: Berengari, il compagno pestato dai Chiaramantesi, era stato dimesso dall'ospedale. Stava meglio, ma non sarebbe tornato a Ventotene. Per tenerlo lontano dai suoi aguzzini, lo avevano sbattuto alla Tremiti.

– C'era da aspettarselo, – commentò Pertini. – Se non hanno mandato via loro, l'unica era mandare via lui.

Fuori, bambini e pifferaio cantavano.

♫ «*Giovinezzaaaaaa, giovinezzaaaaaa, | primavera di bel-le-e-e-ezza…*»

16.

Il 10 maggio l'incanto della «strana guerra» andò in frantumi. In un colpo solo le orde di Hitler invasero la Francia il Belgio i Paesi Bassi il Lussemburgo. La famosa Linea Maginot non serví a nulla perché i tedeschi la aggirarono con una manovra che chiamarono «la falciata». In pochi giorni i Panzerkorps divorarono centinaia di chilometri gettando la Francia nel caos. L'Inghilterra mandò truppe in sua difesa ma furono sbaragliate e accerchiate a Dunkerque e solo per il rotto della cuffia riuscirono a tornare oltremanica. Rapidissima l'Europa si tinse di bruno.

Noi avevamo compagne e compagni in esilio a Parigi e nel resto della Francia. Ce l'avrebbero fatta a mettersi in salvo? Lo stavano già facendo?

La radio riprese i toni da cardiopalma: il sussiego gallico veniva punito! Lo strapotere plutocratico di Albione aveva i giorni contati! La geniale strategia germanica eccetera eccetera.

– Questa guerra dura poco, – dicevano le camicie nere. – Il duce si deve sbrigare a entrarci, se vuole un pezzo di braciola! È quasi cotta!

Questa guerra durerà, pensavano alcuni confinati, contro ogni apparenza e resoconto. Non era una braciola, ma un brasato, e la lunga cottura avrebbe messo in crisi il regime. Sarebbe stato l'avverarsi di previsioni di lunga data, o meglio ancora: sarebbe stata la vincita di antiche scommesse. Per poterle giocare, quegli uomini avevano impegnato le loro vite, la loro libertà, i loro affetti al banco dei pegni della Storia.

– Già, ma *quanto* durerà? Potrebbero passare diversi anni, anche dieci, forse di piú. La macchina da guerra germanica è forte, sconfiggerla non sarà facile.

– Sconfiggerla? – obiettava qualcuno. – E chi dovrebbe sconfiggerla? Francia e Inghilterra? Si sono fatte infinocchiare a Monaco e questo è il risultato! Quanto alla Russia, è bella che persa.

Se c'era un comunista lí nei pressi, facile che sbottava: – Persa un corno! Stalin non è là per fare il comodo dei borghesi! Che doveva fare la patria dei soviet, allearsi con Francia e Inghilterra, potenze imperialiste che vogliono distruggerla?

– Già, invece la Germania vuole coprirla di miele e leccarla. Vedrete, Hitler, che bello scherzo vi farà.

A quel punto, se si era in camerone si litigava, ma cercando di non fare troppo chiasso, per non incorrere in punizioni e, soprattutto, per non dare soddisfazione ai fascisti. Se invece si era in piazza, meglio non attirare l'attenzione delle guardie, o peggio, dei Chiaramantesi. Per evitare l'assembramento, ciascuno andava per la sua strada.

Comunque la si pensasse, sarebbero stati anni cruciali per l'Europa e il mondo. Anni *preziosi* per i confinati, molti dei quali erano già nella mezza età e vivevano in condizioni che ne mettevano alla prova il fisico e i nervi. C'era il rischio di arrivare ormai sfiancati al gran momento: la sconfitta del fascismo, e la rinascita del Paese.

– C'è il rischio di non arrivarci affatto, – rincarava qualcuno.

Passarono i giorni, e ogni volta che partivano quei discorsi Giacomo tendeva le orecchie, stringeva i pugni. Dentro di lui era in corso una battaglia, non meno dura di quelle di Arras e della Zelanda.

Una mattina di fine maggio tirava un vento di garbino, umido e violento, che scudisciava e dava i brividi. Il mare era in burrasca e il piroscafo non riuscí a gettare l'ancora. Dovette tornare indietro. Niente posta né rifornimenti, e se a bordo c'era qualche sventurato in catene, povero lui o povera lei, con due giri supplementari di strazio, mare mosso e voltastomaco.

Su quel postale c'era il piú bizzarro dei manciuriani mai spediti al confino, e ce ne voleva. Ma il suo arrivo era solo rinviato.

Alla mensa dei giellisti l'umore era nero, nero di notte del *Macbeth*, nero milizia.

Giacomo si guardò intorno. C'erano Traquandi, Fancello, Domaschi...

Provò a prendere il coraggio a due mani, si schiarí la gola e...

Non disse niente. Rimise il coraggio in tasca, infilzò la scaloppina, la tagliò e si sforzò di mangiare.

17.

Il nuovo manciuriano arrivò due giorni dopo.

Noi eravamo concentrati sugli eventi bellici, in vibrante attesa che Pasta-e-fagioli desse il fatale annuncio, ma il singolare personaggio lo notammo eccome. Portava un completo blu – o forse indaco – di lino cardato, su una camicia a righine bianche e gialle, e scarpe Richelieu bicolori: nere e dorate. Capelli brizzolati lisciati all'indietro, un po' lunghi sulla nuca. Basette sottili. Sull'occhio destro portava un monocolo.

Era il conte siciliano Gabriele Umberto de Alcántara ma, per via del monocolo, divenne subito «Caramella». Aveva quarantacinque anni e veniva anche lui da Roma, dov'era in attesa di giudizio per traffico illecito di valuta. Almeno, questo diceva Radio Confino.

Con nostra grande sorpresa, lo misero nel nostro camerone, unico manciuriano in mezzo a trenta politici, tanto che a lungo lo avremmo creduto una spia.

Del resto, a suo modo lo era.

Perché mai Atena avesse scelto quelle sembianze rimane un mistero.

L'arrivo di Hermes, tre mesi prima, aveva dato meno nell'occhio.

Di Guido Ravaioli sapevamo, in linea di massima, il cursus honorum. Lo aveva snocciolato a puntate Radio

Confino: mazziniano com'era costume in Romagna, docente di Storia dell'arte al liceo Dante Alighieri di Ravenna, nel '27 era stato coinvolto, seppure marginalmente, in un progetto di attentato al duce. La sua era stata una delle prime condanne del Tribunale speciale, e da allora era stato sempre in carcere: San Giovanni in Monte, Regina Coeli, Fossano...

A Fossano, nel '35, insieme ad altri detenuti aveva protestato contro l'invasione dell'Etiopia, gridando da dietro le sbarre: «Abbasso la guerra!» Lo avevano pestato e punito mandandolo a Santo Stefano. Dal pestaggio era uscito zoppo e camminava col bastone. O con la *zanetta*, come si diceva dalle sue parti e dalle mie.

Alla fine di febbraio del '40, dopo quasi tredici anni, finalmente gli era scaduta la pena, ma lo attendeva la misura di confino. A Ventotene era arrivato col *Regina Elena*, però salendo a bordo a Santo Stefano, attraversando in pochi minuti i due chilometri di mare tra i due scogli.

Poseidone non si era accorto di nulla.

18.

Nel tardo pomeriggio del 10 giugno 1940 militi, poliziotti e carabinieri entrarono nei padiglioni e percorsero le vie e le botteghe di Ventotene in un vero e proprio rastrellamento. A Parata Grande l'appello pomeridiano non era ancora finito, ma ci convocarono in piazza d'urgenza, subito!, scattare!, e per chi non s'affrettava erano spintoni e calci nelle terga e rotear di manganelli. Neri Chiaramantesi sbuffava come un toro, aveva i muscoli attorno alla bocca tesi in un rictus e i capillari esplosi nel bianco degli occhi. Anche gli isolani venivano spinti in piazza, dovevano andarci, anche i poppanti, anche i malati e gli agonizzanti.

La piazza era stracolma, c'erano il podestà, il federale, il direttore e il vicedirettore del confino con i relativi impiegati, c'erano gli ufficiali delle forze di sicurezza e della milizia con i loro uomini, c'erano i maggiorenti dell'isola, i bottegai, la maestra di scuola, e dalla campagna venivano portati i contadini. C'eravamo noi confinati, e le confinate. Una folla che era sempre stata lí, sull'isola, ma non si era mai vista tutta insieme, e ora si accalcava intorno a un altoparlante. Il brusio saturava le orecchie.

L'altoparlante fu acceso. Si sentí un fischio lacerante. Qualcuno si indaffarò su manopole e contatti e sistemò appena in tempo, perché in men che non si dica si udí una voce, *quella* voce: – *Combattenti di terra, di mare, dell'aria!*

Il brusio cessò di colpo, tutti quanti si zittirono. Nel silenzio, si udí solo una voce esclamare:

– È Pasta-e-fagioli!

– *Camicie nere della rivoluzione e delle legioni! Uomini e donne d'Italia, dell'impero e del regno d'Albania! Ascoltate!*

Ogni cosa fu subito lampante.

Parte seconda

Il linguaggio notturno

(giugno 1940 - dicembre 1940)

– E poi vi è il futuro! – disse l'Uomo molto Giovane. – Pensate dunque! Si potrebbe impiegare tutto il proprio denaro, lasciare che si accumuli con gl'interessi, e lanciarci avanti!
– Per poi scoprire una società, – diss'io, – regolata su di una base strettamente comunista.

H. G. WELLS, *La macchina del tempo*.

19.

L'annuncio di Pasta-e-fagioli lo aspettavamo in tanti, eppure giunse all'improvviso, come la mattana di un bimbo che ha dormito poco. Tanto all'improvviso che gli equipaggi delle navi italiane all'ancora nei porti di Francia, di Gran Bretagna e delle loro colonie non ne seppero nulla fino al momento in cui furono arrestati, e i bastimenti sequestrati. Altre navi erano in mare aperto e furono catturate o affondate. In quarantott'ore l'Italia perdette quasi un terzo della propria flotta mercantile.

Il 14 giugno, i tedeschi entrarono a Parigi. E proprio allora, come chi prende a calci un uomo bloccato a terra e cerca di spacciare per gesto di eroismo la sua vigliaccata, cosí, suonando le fanfare, Pasta-e-fagioli attaccò la Francia. Ma pur godendo di un tale vantaggio, le «nostre» truppe riuscirono a prendere solo Mentone, due passi oltre il confine. Quelli contro di «noi» furono gli unici scontri vittoriosi sostenuti dalla Francia prima di capitolare: gli attaccati si difesero non solo con forza, ma con vero sdegno, e se non fosse stato per la Germania che li piegò all'armistizio, forse non saremmo stati «noi» a occupare Mentone, ma loro a occupare Ventimiglia.

La radio, naturalmente, non la metteva in questi termini. Quanto ai giornali, non avevamo modo di leggerli, perché per il resto di giugno e oltre non si vide piú il piroscafo, temporaneamente adibito al trasporto truppe.

Niente giornali né posta, e dopo un po' scarseggiarono i viveri, le spezie e vari beni di consumo. In meno di una settimana l'ufficio postale restò senza denaro contante.

Ma piú che i nostri incomodi, ci preoccupavano le sorti d'Europa, e quelle dei compagni in Francia. Tra i socialisti c'erano Buozzi, Nenni, Saragat... Gielle aveva Lussu, Trentin, Garosci, Valiani... La situazione dei comunisti era diversa: i loro quadri rimasti in Francia erano già in galera o in clandestinità. Dopo il patto tedesco-sovietico, il governo Daladier aveva messo al bando il partito comunista francese, e fatto arrestare dirigenti e militanti di quelli esteri. Avevano preso anche Togliatti in persona, ma senza capire che era lui e, prima che lo capissero, il partito lo aveva fatto evadere. Adesso era a Mosca. Tutto ciò, naturalmente, lo avrei saputo piú tardi.

E gli antifascisti passati in Francia dopo la sconfitta in Spagna? Li sapevamo chiusi in campi d'internamento. Comunisti, anarchici, socialisti, giellisti, repubblicani... Che ne sarebbe stato di loro?

Il 28 giugno la radio mi catapultò con la mente a Ferrara, ma passando per la Libia.

– *Il gran quartier generale delle forze armate comunica il seguente bollettino straordinario numero 19: il giorno 28, volando sul cielo di Tobruch, durante un'azione di bombardamento nemica, l'apparecchio pilotato da Italo Balbo è precipitato in fiamme. Italo Balbo e i componenti l'equipaggio sono periti. Le bandiere delle forze armate d'Italia si inchinano in segno di omaggio e di alto onore alla memoria di Italo Balbo, volontario alpino della guerra mondiale, quadrumviro della rivoluzione, trasvolatore dell'oceano, maresciallo dell'aria, caduto al posto di combattimento.*

– Ei fu, – commentò Colorni.

– Troppo onore! – protestò Spinelli.

Pertini si rivolse a me in mensa: – Erminio, tu che sei di Ferrara, chissà che orecchioni ti avran fatto venire a furia di Balbo, Balbo, Balbo...

Gli orecchioni, giusto. La parotite. Una malattia dell'infanzia.

Quando la stella di Balbo era sorta, io ero ancora bambino. Il giorno prima della Marcia su Roma festeggiavo i miei nove anni.

Quand'ero entrato al ginnasio, Balbo era a Roma da tempo, ma a Ferrara tutto risuonava del suo nome, pronunciato con enfasi o bisbigliato, sciorinato con piaggeria nei salotti o sputato con odio nelle osterie dove si riunivano gli operai, quelle del proletario borgo San Luca.

Dalla capitale Balbo controllava, disponeva, tracciava il solco della vita estense, grazie ai fidi camerati e al giornale che aveva fondato, il «Corriere Padano», diretto dal fido Nello Quilici. Ora, per beffa della sorte, Quilici era morto con lui, nell'aeroplano distrutto a Tobruch, amico coinvolto nel fuoco amico.

Balbo a Ferrara tornava spesso, rilucente e trionfante, carico di maiuscole reverenziali: Quadrumviro, Membro del Gran Consiglio del Fascismo, Comandante della Milizia, Sottosegretario e poi Ministro dell'Aeronautica, Eroico Trasvolatore e perciò Maresciallo dell'Aria... Dalla minuscola frazione di Quartesana, era giunto alla ribalta mondiale. Tornava a Ferrara e con le smorfie, con tutto il corpo fasciato nella divisa chiedeva: «E 'lora, iv vift? A fon partí da Quartgiana, e iv vift cuf ca fon dvantà?»

Ah, già, molti non lo sanno: quando parlava, Balbo *al s'inzizlava.*

– Sarebbe a dire?

In Bassitalia direbbero che aveva la *zeppola*, da altre parti la *lisca*. Insomma, al posto della *s* pronunciava una sorta di *f* sputazzata: «il fa*ff*i*f*mo», «gli eroici *f*quadri*f*ti», «*f*iate fieri di e*ff*ere italiani!»

Sí, lo vedevamo tutti cos'era diventato. Al tempo stesso figliol prodigo e padrone di casa, da accogliere a ogni ritorno con mattanze di vitelli, istrione di un cerimoniale infinito organizzato su misura per calzargli come un guanto.

Solo pochi anni prima, col guanto aveva impugnato randelli e pistole. Era l'assassino di don Minzoni, il distruttore di Camere del lavoro per conto degli agrari, il bastonatore venti contro uno, l'uomo delle torture con l'olio di ricino... Memorie relegate a sussurri. Acqua passata.

Il '33 era stato il suo anno glorioso. Con la crociera atlantica del decennale, in idrovolante da Orbetello a Chicago, era diventato uno degli italiani piú famosi al mondo. Al ritorno era stato nominato maresciallo dell'aria, e il bastone di maresciallo era venuto a riceverlo a Ferrara, in pompa magna. In città si era malignato: – Prima volta c'al rizév lú al bastón invenzi che dar'l in cò a qualcdun!

Sempre a Ferrara, sempre quell'anno, da grande cerimoniere e anfitrione di re Vittorio aveva chiuso le celebrazioni del IV centenario ariostesco.

– Oramai fa ombra al duce! – si commentava.

E di punto in bianco, nel '34, lo avevano fatto governatore della Libia. Un posto al quale non aveva mai aspirato, e dove forse Pasta-e-fagioli l'aveva mandato per tarpargli le ali, ma al quale s'era subito adattato con modi da maragià: sfarzo, ricevimenti, cerimonie, crociere.

La ninfa Libia, figlia di Epafo e Menfi, era l'amante di

Poseidone, che piú volte vi si era sollazzato. Ora la divideva coi bulli del fascismo: con Balbo, con Dumini... Uno stupro senza limiti, al quale s'era aggiunto Ares.

Almeno per Balbo era finita male.

Chissà il lutto a Ferrara, e i segreti tripudi.

20.

Il piroscafo non tornava. Gli isolani tiravano avanti, come sempre avevano fatto, ma noi eravamo agli sgoccioli. Finiti il caffè, il tè, l'olio, il sale, restammo quasi senza verdura, frutta e carne. Spinelli aveva un piccolo pollaio sul retro della bottega, altri tenevano minuscoli orti, ma nulla che potesse sostenere centinaia di persone.

Il pesce? Prima o poi qualcuno fa questa domanda, e lo capisco: eravamo su un'isola in mezzo al mare. Ma a Ventotene la pesca era povera, fatta da pochi uomini su piccole barche. Quel che tiravano su era lungi dal bastare per tutti, e noi non solo eravamo centinaia, ma venivamo per ultimi, dopo gli isolani e il personale della colonia. Se ci pensi, non è tanto strano che il pesce lo mangiassimo di rado.

Per mettere insieme i menu, capimensa e cuochi dovettero ingegnarsi. Si mangiavano piú che altro lenticchie. In mancanza di sale, per insaporire i cibi usavamo acqua di mare, bleah. In breve, aggiungemmo tutti almeno un buco alla cintura. Noi confinati, s'intende: dirigenti, caporioni e guardie avevano le loro dispense, e mantennero un buon girovita.

Quella penuria fu ancora poca cosa, ma fu la prima e già mi diede da pensare. Non erano cosí anche le nostre città? Anche la piú maestosa delle urbi, anche le metropoli e *capita mundi* della nostra magniloquente civiltà erano in fondo isole che attendevano piroscafi. La città non produceva il proprio cibo né le materie prime: che avrebbero fatto i suoi abitanti senza i bastimenti, treni e autocarri che ogni giorno varcavano i confini per portare farina da grano coltivato altrove, riso coltivato altrove, olio da olive o girasoli coltivati altrove, verdure e frutta raccolte altrove, carne di bestie allevate altrove, pesce pescato altrove, latte e latticini da mucche pecore capre nutrite e munte altrove, uova di galline che le avevano deposte altrove, stoffe e filati da piante o animali tosati altrove, legno da boschi che crescevano altrove, carbone e metalli da miniere scavate altrove, e senza le cisterne che portavano derivati di petrolio sgorgato da pozzi lontani, i tubi che portavano gas estratto in giacimenti lontani, i fili che portavano energia elettrica ottenuta dall'acqua di cascate lontane... Ogni città era mantenuta dal mondo là fuori, allacciata alla vita, al *bíos*, come un paziente in fleboclisi. Ogni città – Ferrara, Bologna, Roma – somigliava a Ventotene.

Per ragioni che non avrei saputo esprimere, sentii l'urgenza di comunicare le mie impressioni a Spinelli e Colorni, e una mattina mi misi a cercarli.

Ai due barbuti, nel frattempo, se n'era aggiunto un terzo. Ernesto Rossi, allampanato economista, uno dei giellisti arrestati nel '30, era arrivato sull'isola a novembre, una settimana dopo Giacomo. Non c'era voluto molto perché si incuriosisse della ragnatela di argomenti tessuta, un giorno dopo l'altro, dal filosofo e dall'orologiaio. In quella tarda primavera passeggiavano spesso in terzetto, elucubrando. C'era dunque da evitare l'assembramento.

Li incrociai in via dei Granili e rallentai giusto il tempo di dir loro: – Vorrei parlarvi di una cosa, passo dopo pranzo alla bottega di Altiero.

Trovai Eugenio ed Ernesto sull'uscio. Dentro, Altiero disponeva sul bancone una batteria di minuscoli cacciaviti.

– Andando al nocciolo della questione, – compendiai, dopo aver svolto la mia similitudine, – ogni città è fragile come quest'isola. Se entrassero in crisi i circuiti che la alimentano, anche la piú ricca e potente delle grandi città si ritroverebbe nella condizione che viviamo ora, anzi, in una situazione da subito peggiore: in piena carestia.

– Corretto, – disse Rossi. Colorni annuiva.

– Per far crollare una città, – continuai, – *qualunque* città, non serve un assedio, non servono le trombe che squillarono a Gerico: basta abbandonarla alla sua insufficienza, al suo stato di dipendenza. E maggiori saranno i progressi della tecnica, maggiore sarà la dipendenza. Man mano che tutto viene elettrificato e meccanizzato, nella città tutto diventa piú fragile, ma quale cittadino ne ha percezione? Forse bisogna essere su un'isola come questa, in un momento come questo, per rendersene conto. Insomma, che ne pensate?

I tre si guardarono, annuendo, poi Ernesto si rivolse a me: – Molto acuto, Squarzanti. E bella coincidenza.

– Coincidenza?

– Se ti dicessimo, – si inserí Eugenio, – che da tempo i nostri discorsi vanno a parare proprio lí?

– Proprio cosí, – confermò Ernesto. – E aggiungo un aspetto fondamentale: bisogna essere su un'isola come questa, in un momento come questo, durante una guerra come questa.

– La guerra è un'occasione, – aggiunse Colorni.

– La stessa invasione nazista d'Europa è un'occasione, – disse Altiero da dentro la bottega.

Io spostavo lo sguardo dall'uno all'altro, confuso e intrigato a ogni frase.

– Temo di non capire.

Altiero aggirò il tavolo da lavoro, ci raggiunse e attaccò col consueto piglio, cedendo ogni tanto all'inflessione romana: – Non solo ogni città, ma *ogni Stato nazionale* è come Ventotene. Checché ne dica il fascismo, al mondo d'oggi nessuna nazione può essere autarchica, e quanto piú dipende da un complesso sistema di scambi internazionali, tanto piú i suoi capi politici e militari cianciano di «onore nazionale», «supremazia», «sacralità dei confini», «posto al sole», «spazio vitale» eccetera. Come i cervi infoiati, ogni Stato deve mette in mostra un bel palco de corna, e fare a cornate coi rivali, perché ciascuna nazione deve competere con le altre, conquistare risorse lontane, accaparrasse le materie prime eccetera.

– E se dopo aver visto due grandi guerre europee nel giro di vent'anni non abbiamo ancora capito l'antifona, – proseguí Eugenio, – potremmo non avercela, una terza occasione. Abbattere i fascismi non basta. Liberare le nazioni occupate dai tedeschi non basta. Se non vogliamo piú guerre, dobbiamo superare gli Stati nazionali.

– Ma questo noi socialisti lo diciamo da sempre, – obiettai. – Dove starebbe la novità?

– È vero, noi socialisti predichiamo bene, – ribatté Eugenio, – ma razzoliamo male, perché rimandiamo sempre a un dopo: le nazioni scompariranno quando scompariranno le classi, il nuovo ordine si svilupperà quando tutti i Paesi saranno socialisti, e cosí via. E intanto, continuiamo a ragionare nei termini della vecchia politica nazionale. Invece Altiero, Ernesto e io ci stiamo persuadendo che si debba procedere all'inverso: un nuovo ordine che superi gli Stati nazionali è la precondizione per tutto il resto. Per prima cosa, insomma, occorre una federazione europea.

– Ma… Il partito che ne pensa? Ne hai parlato con Pertini?

– Tempo al tempo, – si inserí Altiero. – Vogliamo prima mettere queste idee nero su bianco, con la massima chiarezza.

– E in che senso l'invasione nazista sarebbe un'occasione? – domandai.

– Il nazismo, occupando buona parte d'Europa, – rispose Rossi, – rende sempre piú chiara e netta la situazione: i popoli hanno un comune nemico, una comune lotta, una comune sorte. Possono vincere insieme per poi tornare a dividersi, cosa che sarebbe molto stupida, o vincere insieme e restare insieme anche dopo.

– Per certi versi, Hitler sta già federando l'Europa, – riassunse Altiero.

Le tempie mi pulsavano. Troppi ragionamenti sul filo del paradosso. Eppure mi sembrava che mancasse qualcosa, e lo dissi.

– Che Cosa? – domandarono all'unisono, sorprendendomi un poco.

– Be'... La forma non è il contenuto. Che contenuto avrebbe quest'Europa federata? Sarebbe capitalista o socialista? Rimarrebbero le divisioni in classi?

– Dopo, – fece Altiero scuotendo appena la testa, come tra sé e sé.

Intanto mi era venuta in mente un'altra obiezione.

– E quest'Europa federata manterrebbe o no le colonie dei singoli Stati? Francia e Gran Bretagna non sono solo Stati nazionali, sono anche imperi. Porterebbero in dote le loro colonie d'Africa e Asia? O l'Europa adotterà il principio dell'autodeterminazione dei popoli e dunque, federandosi tra loro, gli Stati europei rinunceranno ai loro imperi? Mi sembra improbabile. E allora, non ne ricaveremmo solo un Superstato imperialista?

Si scambiarono sguardi muti, le fronti aggrottate. Forse, fin lí, non mi avevano ritenuto all'altezza di porre un simile dubbio.

– Sulla questione delle colonie e degli imperi occorre un supplemento di riflessione, – disse Colorni.

– Già, è probabile che nemmeno fra noi tre la pensiamo esattamente allo stesso modo, – chiosò Rossi.

– No, no, no! – sbottò Spinelli. – Tutto ciò dopo, *dopo*! Altrimenti dividiamo subito le forze.

– Forze? – domandai. – Quali forze?

– Quelle che aggregheremo, – rispose. Fissava il vuoto, o il futuro innanzi a sé, con sguardo ardente da profeta. – È vero, la forma non è il contenuto, ma certi contenuti in certe forme non possono entrare, ecco perché servono nuove forme. Si illude chi pensa che si possano evitare le guerre mantenendo gli Stati nazionali. Ragion per cui, l'azione prioritaria è unire quelli che sono d'accordo su quest'obiettivo e *prioritariamente* su questo, e sono certo che ne troveremo molti in tutti i partiti: tra i socialisti, tra i cattolici, tra i liberali…

– E persino tra i comunisti, – aggiunse Colorni.

Spinelli storse le labbra.

– I comunisti? – domandai. – Che rapporto avrebbe con l'Urss quest'Europa federata?

– Non ha senso domandarselo ora, – tagliò corto Spinelli. – Ogni equilibrio sta saltando. Bisogna tenersi pronti al nuovo che sopraggiunge. La via da percorrere non è facile, né sicura. Ma deve essere percorsa, e lo sarà!

– Bella frase, Altiero, segnatela, – disse Ernesto.

Me ne andai perplesso, ma per certi versi consolato. Non ero l'unico a perdermi in *rêveries*. A Ventotene, ciascuno di noi si fissava su qualcosa: io sui miti greci, quei tre sull'Europa unita… E Giacomo?

21.

Giacomo stava sempre piú in disparte, per quanto possibile nel viavai di Ventotene e nella promiscuità dei padiglioni. Si muoveva tra noi, giocoforza, ma era assente e cogitabondo.

Quella solitudine, anche se relativa, gli occorreva come l'aria: doveva respirarla, per raccogliere il coraggio che ancora gli mancava, il coraggio di correre il rischio, di andare incontro alla possibile riprovazione, di passare per folle. Si stava allenando all'isolamento, anche se sperava di essere creduto, o almeno di non essere respinto subito, di avere tempo di mettersi alla prova.

Dopo l'orologio, sembrava enormemente interessato agli uccelli di passo: ne contemplava gli arrivi e le partenze, i voli e gli atterraggi, la malasorte quando finivano in trappola… Sia chiaro: tutti noi guardavamo gli uccelli, ma non con quell'assoluta attenzione, non con quella concentrazione. Nessuno di noi poteva sapere quali pensieri gli turbinassero in capo. Ci fermavamo alla superficie: ha certe fisime, non regge la pressione, non tollera il confino, quanti ne abbiam visti come lui?

Ogni tanto pensava a Ettore e gli domandava: – Dove sei finito, anzi, quando? A quale epoca sei approdato? *Sei approdato*. Riferirsi al futuro usando un tempo passato! Meglio dire: a quale epoca *approderai*? E tornerai indietro? Parlare di un movimento verso il passato usando un tempo futuro… Nemmeno questo va bene.

La grammatica non poteva catturare una simile realtà, cosí reclamò il proprio spazio un linguaggio diverso, quello onirico.

I sogni su Ettore avevano agitato le notti nel periodo tra la scomparsa e l'arresto, ma una volta in carcere Giacomo aveva smesso di farli, o almeno aveva smesso di ricordarli. A Ventotene ricominciò, e sognò Ettore nei piú diversi periodi e contesti.

Sognò Ettore venerato come un dio da irsuti cavernicoli, intrappolato su una barriera corallina popolata di plesiosauri, vagante sulla riva desolata di un mare dell'èra triassica.

Sognò Ettore in un futuro non troppo remoto, dove gli uomini erano ancora uomini, ma gli enigmi e i problemi penosi del Ventesimo secolo erano risolti da tempo, e lui era finalmente libero dal peso di essere un genio, perché era intelligente al pari di tutti, anzi, un po' sotto la media.

Sognò Ettore nel futuro remotissimo narrato da Wells, l'anno ottocentomila e rotti dopo Cristo, circondato dai placidi Eloi che vivevano in superficie o braccato dai bestiali Morlocchi che vivevano nel sottosuolo, gli uni e gli altri discendenti degli umani lungo differenti rami dell'evoluzione.

Al risveglio, quelle avventure e scene mirabolanti non reggevano il confronto col grigiume del confino, e Giacomo iniziava le giornate commiserandosi.

– Ettore, eravamo cosí diversi… Come il giorno e la notte, come la caciara e il silenzio. Ma adesso… Se tu vedessi quanto ti somiglio, adesso! E chissà se, per uno scherzo del destino, tu somigli a me com'ero prima, nella vita che fai, nel tempo in cui ti trovi adesso…

Un sussulto, un lampo a illuminare quel pensiero: – «Adesso»? Proprio un bell'avverbio, da usare in questo caso! Come potresti essere in un altro tempo e *adesso*?

E riprendeva coi *se*: – Se tu vedessi, Ettore, cosa mi hanno fatto la tua scomparsa, l'arresto, un anno ar gabbio e pochi mesi de confino... Se solo Fermi fosse qui, con me, per darmi un consiglio...

E infine: – Non posso tenermi dentro tutto questo. *Non devo* tenermelo dentro.

Dopodiché, terminata la sequenza, riattaccava: – Eravamo cosí diversi, Ettore...

Per lunghi giorni tacque in camerone, tacque mangiando in mensa, tacque spazzando per terra e lavando i piatti quand'era il suo turno. Quando proprio doveva, rispondeva sí o no, ma dalla sua bocca non usciva altro, a parte il «presente» durante l'appello. Noi non ci facevamo nemmeno piú caso: erano in molti a pensare ai fatti propri, e avevamo altro per la testa: la guerra, il nazismo che dilagava, i morsi della fame, la ricerca di surrogati di tè e caffè che non facessero vomitare...

La sera che a Giacomo saltò il tappo eravamo già nel camerone, immersi in un buio pesto.

22.

Nei padiglioni non accendevano piú la luce elettrica. Di sera, l'isola si oscurava, non tanto per paura dei bombardamenti – nel giugno del '40 si diceva ancora: «Capirai, con tutt' 'e poste ca ce stann', proprio Vientutene hann' a bumbardà?» – quanto per un motivo piú concreto: a fornire l'elettricità era una piccola centrale a nafta, e dal 10 giugno, oltre al *Regina Elena*, non s'era piú vista la nave-cisterna. Nei padiglioni, chi aveva ancora del cherosene usava la lampada, altri si arrangiavano con le candele.

Accanto alla branda di Giacomo c'erano, a destra, la mia e, a sinistra, quella di Ravaioli, l'ultima prima dei cessi. La nostra era la fila con le teste al muro portante. Ce n'era un'altra con le teste alla parete divisoria. Nella branda piú vicina all'uscita, isolato per quanto si poteva, dormiva Caramella. Il buio ci privava di una visione buffa, perché sfoggiava una serie di pigiami rosa o a pois.

Detto tra noi, se nelle passeggiate diurne si volava alto con politica e filosofia, la sera nei cameroni poteva addensarsi uno spirito greve. Uno spirito da caserma, da spogliatoio. Per questo, fin da maggio, sulle mise del conte de Alcántara fioccavano commenti di un certo genere:
– Ocio, compagni, che quello lí non è solo una spia, è anche un culattone!

–Alle Tremiti dovevano mandarci lui, non Berengari.

– Naaaa, siete solo invidiose perché è piú bella!

La fatidica sera, dovevano essere circa le ventitre e ancora si chiacchierava, mormorando per non disturbare chi, nonostante il vento e le pulci, riusciva a dormire. Per l'ennesima volta ci stavamo chiedendo quanto sarebbe durata la guerra, e cosa ci avrebbe portato in sorte, e per quanti anni ancora saremmo rimasti al confino. Lamentavamo la nostra impotenza, l'impossibilità di agire...

La frase fu detta a bassa voce, ma per noi, che quella voce non la udivamo da giorni, fu come sentire un tuono.

– Devo dirvi una cosa molto importante.

Nel buio ci girammo verso il letto di Giacomo, sorpresi.

Fu cosí che, avuta la nostra attenzione, fece la domanda, e il nome.

– Avete mai sentito parlare di Ettore Majorana?

23.

Ci raccogliemmo intorno a Giacomo in sei o sette, parlando a voce ancora piú bassa, soprattutto per non farci udire da Caramella.

– Majorana, hai detto? Il nome non mi è nuovo.

– Ma sí, ne hanno scritto i giornali, due anni fa, quand'eravamo a Ponza. È quello scienziato scomparso, uno del giro di Enrico Fermi, un cervellone. Pare lo abbiano cercato ovunque, pure nei conventi, ma niente.

– Anche tu, Giacomo, eri del giro di Fermi, giusto?

– Infatti. Majorana lo conosco, è un caro amico. Ebbene, non è semplicemente scomparso. Non si è ammazzato, e non si è nemmeno dileguato alla Mattia Pascal.

– Che ha fatto, allora?

Una pausa, forse il tempo di dirsi: è arrivato il momento, uno, due…

Tre. – È andato nel futuro.

Nel silenzio che seguí, perfino al buio indovinai le espressioni sbigottite. Non era difficile: anch'io me ne sentivo una in faccia. Inspirammo…

… ed espirammo. Piú di uno fece un piccolo sbuffo, equivalente sussurrato del ridere.

– Vi prego di credermi, – continuò Giacomo, – non è una burla e nemmeno delirio. Nel '38 avevo messo a punto un prototipo di macchina del tempo. Conoscete il romanzo di Herbert George Wells, lo scrittore inglese? Una macchina del tempo, come quella del suo romanzo, per viaggiare nel passato o nel futuro! – E poi, con una chiara nota d'orgoglio: – L'ho costruita con le mie mani.

Ricordai il suo sussulto, i suoi tentennamenti in quel giorno di novembre, quand'ero stato io a nominare Wells per primo.

– E Majorana che c'entra? – domandò Ravaioli.

– Era l'unica altra persona a conoscenza dell'esperimento, e mi ha dato consigli utili. Un giorno è arrivato a Roma all'insaputa di tutti, proveniente da Napoli, dove aveva una cattedra di Fisica teorica. Era già cercato dalla famiglia e dalla polizia, ma io non lo sapevo. Giorni prima aveva spedito una lettera al suo preside di facoltà: c'era scritto che avrebbe preso il piroscafo Palermo-Napoli e si sarebbe buttato in mare. Ma poche ore dopo, aveva scritto un altro messaggio, dicendo che il mare lo aveva «rifiutato». Insomma, aveva cambiato idea. Dopo, nessuno lo ha piú visto. A parte me.

In qualunque altra situazione, con un simile esordio, Giacomo avrebbe trovato orecchie attente, curiose di sapere dove sarebbe andato a parare. Ma bisogna capire com'eravamo noi in quei giorni e ancor piú in quelle notti: indeboliti da una dieta insufficiente, inquieti, preoccupati per le sorti del Paese, dei nostri cari, dei compagni all'estero... La maggior parte di noi aveva poca pazienza, e dunque poca voglia di sentire storie, tantomeno storie fantastiche o addirittura vaneggiamenti. Perciò il giudizio fu dato subito: Pontecorboli era un folle, uno dei tanti che arrivavano al confino già matti o inclini a diventarlo. Mentre parlava, sentii che alcuni tornavano nei loro letti, sicuramente scuotendo il capo. Udii commenti a fior di labbra.

– Bah!

– Poveretto...

– L'è andà.

Anche Giacomo li udí, e perse coraggio. Il tono si fece implorante, il sussurro divenne quasi un gemito.

– Vi sto dicendo la verità! Majorana è venuto nel mio laboratorio e gli ho mostrato il prototipo. Sono uscito un momento dalla stanza e, per chissà quale motivo, ha deciso di collaudare la macchina di persona, senza nessuna preparazione. Sono tornato troppo tardi: la macchina stava già svanendo, ed è svanita con lui dentro, di fronte a me.

E ora svanisco io di fronte a voi, dovette pensare.

Ho cercato di parlare come meglio potevo e invece, ancora una volta, ho grugnito.

Da oggi sarò ancora piú solo.

Provai pietà per l'amico. Non volevo lasciarlo cosí, ad annegare con le proprie parole nel buio del camerone. Pensai a una domanda che fosse sensata, almeno formalmente. Una domanda che contenesse un segnale di fiducia e al tempo stesso un appiglio, un ramo per non affondare nelle sabbie mobili.

– E quando è svanito, dov'era diretto?

Nella risposta di Giacomo colsi gratitudine: – Me lo chiedo ogni giorno, davvero non ne ho idea. Ho però idea di come si possa viaggiare nel tempo, e credo che potremmo arrivare a farlo, proprio noi, qui sull'isola! Posso costruire un'altra macchina. Potremmo andare avanti di alcuni anni e vedere come va la guerra: vedere se sta finendo, se è già finita, se è ancora lontana dal finire... Procedendo per tentativi, troveremmo sicuramente il momento giusto, la fine del fascismo, il momento di ricostruire l'Italia, e cosí ci arriveremmo ancora giovani! O almeno, non ancora vecchi.

Accanto al suo letto eravamo rimasti in due: io e Ravaioli. Nel raggio di alcuni metri proseguiva il brusio, un pissipissi di incredulità, compatimento, forse scherno, finché dai letti piú lontani qualcuno disse: – La finiamo con le preghierine? Date piú fastidio delle pulci, dio cane!

Calò il silenzio.

Nel buio cercai la mano di Giacomo, la strinsi e bisbigliai: – Dormiamo. Possiamo parlarne domani.

– Erminio ha ragione, – disse Ravaioli. – Dormiamo, la notte porta consiglio.

Sentii Giacomo coricarsi, prostrato.

Seduto sulla branda, mi chiesi come avremmo potuto silenziare Radio Confino. Temevo che, sentita quella storia di viaggi nel tempo, la direzione facesse tradurre Giacomo in manicomio.

Fu solo a quel punto che mi accorsi di Caramella. Era sveglio e stava fumando. Vedevo il puntolino della brace, ora piú luminoso, ora piú smorto.

24.

L'indomani, uscendo dal padiglione, vidi che tutti evitavano Giacomo: gli fluivano ai lati come l'acqua di un ruscello intorno a una pietra. Lo presi in disparte e gli dissi: – Per il tuo bene, Giacomo, non raccontare piú di Majorana e di macchine del tempo. Se lo viene a sapere la direzione, per te è la rovina.

Mi fissò attraverso gli occhiali sghembi. Le lenti erano sporche. Teneva le spalle curve, le mani nelle tasche della giacca stazzonata. La scarpa destra era slacciata.

– La rovina? – disse. – Non è già questa, la rovina?

– Che ti è preso, Giacomo?

– Mi è preso che non potevo piú tacere –. Poi sospirò, e quando tornò a parlare mi colse di sorpresa. – Vieni con me in piazza.

– A far che?

– Vieni e basta.

– Va bene, ma... – puntai con l'indice ai suoi piedi. – Allacciati almeno la scarpa.

Quando arrivammo, si pose di fronte all'orologio e me lo indicò. Faceva le quattro, chissà di quale giorno.

Non potei fare a meno di sbottare: – Incora con cl'arlói?!

C'è un modo di gridare sottovoce, tutti lo abbiamo fatto: pur non usando le corde vocali, si imitano la concitazione e la *retorica* dell'urlo. Giacomo tornò a fissarmi e mi parlò cosí, mesto e rabbioso al tempo stesso: – Voi di quell'orologio non sapete niente, niente!

Mi guardai intorno. A una ventina di metri, in piedi di fronte al caffè, prendeva il sole Caramella. Portava un abito giallo, come per mimetizzarsi nel giallo della piazza. Sembrava proprio lo stesso giallo. Ostentava svagatezza, ma ci osservava di sottecchi.

Per sottrarci alla sua attenzione, e per non destare quella dei militi, ci incamminammo.

Giungemmo al muricciolo in cima al porto, quello da dove sventolavamo i fazzoletti per salutare i nuovi arrivi. Il rito non si compiva da settimane, da quand'era scomparso il *Regina Elena*, cioè da quando eravamo in guerra.

Il sole illuminava l'ergastolo di Santo Stefano. Di fronte a noi, oltre la distesa blu, c'era la linea piú scura del litorale, col promontorio del Circeo, l'isola della maga. Isola, perché prima della bonifica aveva il mare davanti e le paludi dietro. Alle sue spalle, si vedevano le montagne dell'Appennino.

– Ascoltami bene, Erminio, – disse Giacomo, e si mise a raccontare.

Fu cosí che mi apparve Roma, dov'ero stato in gita con l'Opera Balilla e poi nell'anno del decennale. Roma bagnata di sole, come doveva essere la mattina di martedí 5 aprile 1938, anno XVI dell'Èra fascista. Mi apparve Porta Maggiore, poi il mio sguardo imboccò la Prenestina. Giacomo descrisse la macchina, narrò per filo e per segno la scomparsa di Majorana e io vidi tutto, davanti ai miei occhi.

Ma ne avevo viste tante di cose, da quand'ero a Ventotene. Vederle non era già crederci. Non riuscivo a credergli, infatti, ma il racconto mi aveva trascinato, e volevo che continuasse.

– E dopo che è svanito con la macchina, cos'hai fatto?

– E che potevo fa'? A parte che non m'avrebbero creduto, tu ci saresti andato dalle guardie, ad attirare l'attenzione?

– Ovvio che no.

– Ecco, appunto. E nemmeno potevo rivolgermi alla famiglia: m'avrebbero preso per un mitomane o peggio, forse avrebbero temuto qualcosa de losco, e comunque avrebbero informato la polizia.

– E i tuoi colleghi scienziati? Fermi, quelli dell'istituto di Fisica...

– Il gruppo di via Panisperna ormai non esisteva piú, s'erano tutti sparpagliati per l'Italia e per il mondo. Fermi era già in rotta di collisione col regime, e passava gran parte del tempo all'estero. Anche per questo avevo fatto il mio esperimento senza informare nessuno, a parte Ettore, che era da tempo un cane sciolto, anzi, lo era sempre stato. Chissà, forse Fermi e gli altri mi avrebbero creduto, ma pure loro, che avrebbero potuto fa'? Majorana era scomparso, e de rintracciarlo non c'era modo.

Poi mi parlò della disperazione, del vuoto, del tentativo di ricominciare e costruire un nuovo prototipo. Mi narrò i sogni, le peripezie di Ettore in futuri lontanissimi o civiltà antidiluviane. In poche frasi descrisse l'arresto e il gabbio a Civitavecchia.

– Che quel bidello fosse un *boja* lo sapevano tutti tranne me. Me l'ha detto in carcere un detenuto de San Lorenzo. C'ho pensato dopo a certi modi, a certe occhiate... Mi so' sentito il piú cretino dei cretini.

E poi l'arrivo al confino, con lo stomaco in bocca e la dignità sotto i piedi, il giorno in cui l'avevo incluso nelle mie *rêveries*, stregato dalla maga.

Approdato col racconto a dov'eravamo, finalmente Giacomo venne al dunque.

– Qui a Ventotene c'è qualcosa che contrae costantemente il tempo. Un fenomeno inaudito, Erminio: il campo gravitazionale dell'isola non equivale al campo inerziale. La massa dell'isola opera sul tempo... all'inverso!

25.

– Parla in modo che io possa capirti, per favore.

Lo riconosco: cercò di farlo, sinceramente e con passione. Si aggrappò a me e fece una vera e propria lezione di fisica, per quanto bizzarra. Una lezione tutta per me, e mentre la teneva, capii cosa sentiva nei miei confronti. Ero l'unico che potesse sperare di convincere, l'unico al cui giudizio tenesse davvero, perché, anche se dei miei sogni a occhi aperti non gli avevo mai detto nulla, sapeva che *io ero come lui*, e lo sapevo anch'io.

– Normalmente una massa curva intorno a sé lo spazio-tempo, con l'effetto di dilatare il tempo, cioè di farlo scorrere piú lentamente. Avviene in misura per noi impercettibile, ma avviene. Infatti, piú ci si allontana dal suolo, cioè dalla massa del pianeta, piú il tempo scorre veloce. Sull'aeroplano di Italo Balbo il tempo scorreva piú veloce, mentre nella postazione contraerea che lo ha abbattuto scorreva piú lento. Einstein lo ha spiegato nel 1907, non abbiamo tutte le conferme sperimentali ma le formule tengono, la teoria descrive la realtà in modo coerente. Be', io ho scoperto una cosa... Su quest'isola avviene il contrario! Piú si è vicini alla massa di Ventotene, piú il tempo scorre veloce. E non solo scorre piú veloce, ma *continua ad accelerare*. Quando l'isola ha preso forma, l'anticipo doveva essere nell'ordine dei milionesimi di secondo, ma da allora è andato sempre aumentando, al punto che...

– Che cosa?

– Oggi stiamo un giorno avanti.

– Eh?!

– È come un… incantesimo della relatività. Stiamo un giorno avanti rispetto al continente. E rispetto al resto del pianeta, probabilmente.

– Vuoi dire una specie di fuso orario?

– No, ma il paragone può aiutarti a capire. Quando ci si sposta dal continente a qui, il viaggio in nave dura poche ore, ma piú la nave si avvicina a Ventotene, piú il tempo scorre veloce, e quando la nave arriva qui ha… scavalcato un giorno.

– Non dire assurdità! Se cosí fosse, perché nessuno se n'è mai accorto?

– E come facciamo a saperlo, che nessuno se n'è mai accorto? Possiamo solo di' che non ne abbiamo mai sentito parlare, e che non sembra essersene accorta la gente che ce sta intorno. Perché?

– Dimmelo tu.

– Ti posso dare due risposte: una per il passato, una per oggi. Fino a pochi decenni fa, nella vita della gente non esisteva il tempo universale, in ogni posto se regolavano in base al sorgere e al calare del sole e in base all'orologio del campanile, che a sua volta se regolava sul sole, che è un parametro relativo, non assoluto, perché il sole mica sorge nello stesso momento in tutto il mondo: *continua a sorgere* mentre il pianeta ruota. Cosí ogni luogo aveva il suo orario: nella tua Ferrara suonava mezzogiorno – la butto lí – due minuti prima che a Modena, e nessuno ci faceva caso, non era un problema, anzi, avevano ragione entrambi i campanili. È diventato un problema solo con l'invenzione della ferrovia, perché per farla funzionare serviva un orario unico, sincronizzato. Per questo, alla fine del secolo scorso, è stato introdotto il tempo universale, coi suoi fusi orari. Prima, accorgersi di uno scarto temporale come quello di cui ti sto parlando sarebbe stato impossibile.

– Al giorno d'oggi no, però.

– Al giorno d'oggi a Ventotene tutto arriva comunque in ritardo, con lentezza e difficoltà, facendo giri contorti. Lo scarto costante di un giorno si *camuffa*, diciamo cosí, all'interno del ritardo variabile dovuto a difficoltà logistiche. In parole povere: se i giornali arrivano comunque vecchi, a un giorno in piú non ci fai caso, chi se ne accorge? Idem per la posta, e per il piroscafo stesso... Una cosa ancora piú interessante capita a chi arriva in volo.

– In volo? Mica c'è un aeroporto, qui.

– Infatti, mi riferisco agli uccelletti. Loro non entrano nel campo di forza dell'isola gradualmente, ma in modo rapido e brusco. Da un momento all'altro, il tempo per loro comincia a scorrere piú veloce. Questo li stordisce, e rende piú facile sorprenderli, catturarli... ucciderli.

– Ma scusa, ragiona un momento: noi riceviamo le trasmissioni radio *in diretta*, cioè piú o meno simultaneamente alla ricezione sul continente.

– Lo pensi tu e lo pensa chiunque. Ma quando le riceviamo, anche quelle hanno fatto un viaggio nel tempo, avanti di un giorno.

– E una trasmissione radio da qui al continente cosa fa? Va indietro di un giorno? E che mi dici del telegrafo dell'ufficio postale? E del telefono della direzione?

– Mica l'ho usata a caso la parola «incantesimo»... Questa è la parte piú misteriosa. C'è una forza che sincronizza i messaggi: in presenza di un'onda che viene dal giorno prima, cioè dal continente, e di un'altra che viene dal giorno dopo, cioè da Ventotene, nella loro interferenza reciproca interviene una specie de «compensazione», che impedisce di rendersi conto dello scarto temporale. In parole povere: io faccio una domanda oggi, tu rispondi ieri, eppure la conversazione fila liscia! È probabile che ci troviamo in un'intersezione della nuova fisica, che capiremmo meglio se avessimo già la teoria che unifica relatività generale e meccanica quantist…

– Stai farneticando! Ti sei messo in testa una teoria bislacca e, senza alcuna prova, pieghi la realtà in modo che si adatti alla teoria!

– Pensaci, Ermi': perché l'orologio in piazza se rompe sempre?

Eccoci davvero al dunque. Forse, una buona volta, avrei capito cosa ci trovava in quel dannato orologio.

Giacomo stava aspettando. Era un momento importante dal punto di vista drammaturgico, e voleva che gli porgessi la battuta.

– Dimmelo tu, Giacomo: perché l'orologio in piazza si rompe sempre?

– Perché non riesce a stare al passo, e ritarda sempre di piú.

– Ma allora dovrebbero rompersi tutti gli orologi, no?

– È quel che succede: prima o poi se rompono tutti. Prova a chiedere a Spinelli quanti ne ripara in una settimana. Solo che delle sveglie o dei cipolloni che la gente tiene in saccoccia non veniamo a sapere nulla, mentre l'orologio in piazza sta là, lo vedemo! Come fai a non capire, Ermi'? Non è necessario ricostruire una macchina del tempo come quella svanita con Ettore! È *l'isola stessa* a essere una macchina del tempo! Bisogna solo scoprire se possiamo comandarla!

– Comandare… un'isola?

– Sí. L'isola ha una sua meccanica, è in senso lato una macchina, potrebbe esserci un modo d'influenzarne il funzionamento. Penso che potrei capire meglio e piú rapidamente se potessi studiare quell'orologio, farci degli esperimenti, ma anche senza la verifica sperimentale, posso arrivarci per via teorica. Sto lavorando a un'equazione. Un'equazione di campo che ho chiamato «Equazione di Ventotene»... Ah, non t'ho ancora detto del vento!

– Il vento?

– Aveva ragione Ravaioli, ricordi quando ha detto che qui funziona l'eolifono, la macchina del vento? In un certo senso è cosí: è l'isola stessa a generare il vento. Detto meglio: nel campo di forza dell'isola, il passaggio di correnti d'aria da una zona di alta pressione a una di bassa pres...

Ma a quel punto sentimmo, scura e radioattiva, una presenza ostile.

Ci girammo, ed erano i Chiaramantesi.

– Voi due, è l'ora dell'appello! – abbaiò Neri.

– Che ci fate ancora qui? Scattare! – berciò Gabriello.

Poiché ci seguirono – e quasi ci spinsero – fino ai padiglioni, dovemmo rinviare a piú tardi il seguito della discussione, ma quel silenzio imposto amplificò il mio sentire: mentre coprivamo la distanza dalla piazzetta a Parata Grande, sentii accanto a me un uomo diverso, un Giacomo nuovo. Lo sentii e lo vidi: nel modo di camminare, nelle spalle ora rialzate, nello sguardo determinato. Aveva ripreso coraggio. Sapeva che non gli credevo, non ancora, ma avermi messo a parte dei suoi segreti gli aveva tolto di dosso un fardello.

Si raddrizzò gli occhiali sul naso, tirò i lembi della giacca per riaccomodarla, e insieme entrammo nel piazzale.

26.

– Petrucci Marcantonio!
– Presente.
– Pievani Prospero!
– Presente.
– Pontecorboli Giacomo!
– Presente.

Con la sua nuova sicurezza, Giacomo avanzò verso il tavolino per ricevere la mazzetta. Dietro il segretario stava in piedi Neri Chiaramantesi. Intorno a Neri, disposti a semicerchio, c'erano forse una dozzina di militi. Prelevate le solite sei lire, Giacomo alzò lo sguardo sulle camicie nere... e qualcosa dovette sconvolgerlo all'improvviso, facendogli smarrire il coraggio appena acquisito, perché fu squassato da un tremito, vacillò, perse l'equilibrio, e per non rovinare a terra si appoggiò a uno dei militi, il quale irritato lo spinse via. Giacomo andò a sbattere contro il tavolo, e il tavolo travolse il segretario, che si sarebbe rovesciato all'indietro, se Neri non l'avesse sorretto, mentre volavano buste e scartoffie e il calamaio cadeva a terra, andando in frantumi e spruzzando inchiostro intorno: sui calzoni dei militi, su quelli del segretario, sulle scartoffie. Il tutto era durato pochi istanti, nessuno aveva avuto nemmeno il tempo di dire: Ehi!

Giacomo si rialzò in piedi, stordito. I militi, rossi in faccia e frementi, stavano per gettarsi contro di lui, ma si udí una voce, un comando stentoreo: – Fermi! Non osate!

Era la voce di Pertini, vicinissima. Mi girai, ed era proprio accanto a me.

La scena parve congelarsi. Sembrava un dipinto. Sembrava Goya. Ma fu solo una frazione di secondo. – Compagni, andiamo, – disse Pertini, ed entrammo nel quadro, cambiandolo. Ci muovemmo tutti quanti, di ogni tribú, persino molti manciuriani. Giacomo scomparve nella folla che eravamo.

Pertini stava di fronte a Neri Chiaramantesi. Si fissavano negli occhi, come quando ci si sfida a chi abbassa lo sguardo per ultimo. Anzi, facevano proprio quello. Tra i loro volti c'era meno di un metro.

Dietro Neri c'era il gruppo dei militi, ai quali si andavano aggiungendo rinforzi, guidati da un agitatissimo Gabriello. Arrivarono a essere una trentina. Il segretario, intanto, se l'era svignata all'inglese ed era corso a chiamare i carabinieri.

Dietro Pertini c'erano centinaia di antifascisti. Magri, debilitati, alcuni ammalati, tutti quanti disarmati, ma pur sempre centinaia, e pieni di odio per la milizia.

Al fianco di Pertini – oltre a me, che gli ero rimasto accanto – si schierò Domaschi, con le sue mani di fabbro, poi si disposero i capi comunisti – Secchia, Scoccimarro, il siciliano Li Causi e anche Terracini, perché in quel momento non valevano i dissensi politici – e i giellisti: Traquandi, Fancello, Dino Roberto. C'era anche Spinelli, col suo fisico temibile. C'era Ravaioli, pronto a usare la zanetta. Tra gli anarchici c'erano magnifici volti da pendagli da forca. Tra i manciuriani c'erano *autentici* pendagli da forca. C'erano sloveni, croati, albanesi, e c'era Menghestú. C'eravamo tutti. Per la prima volta, un fronte unico. I miei occhi si inumidirono, e non solo i miei.

Pertini parlò: – Delle due l'una, – scandí, – o si prosegue la distribuzione delle mazzette, come prima e senza inutili rodomontate, oppure voi della milizia avrete la responsabilità della piú grande zuffa nella storia del confino. Ve le ricordate, vero, le proteste a Ponza? Ve la ricordate la rivolta alle Tremiti contro l'obbligo del saluto romano? Ebbene, saranno niente, al confronto.

Quando ci ripenso, mi gonfio ancora d'orgoglio, l'orgoglio di essere stato compagno di lotta di quell'uomo, di *tutti* quegli uomini. E non posso non collegare quella mattina di fine giugno del '40 al 26 luglio di tre anni piú tardi.

Neri vide la mala parata – la «mala Parata Grande», ci scherzammo sopra dopo – e roteando gli occhi sbraitò: – Camerati, continuiamo l'appello!

Dopodiché, rivolto a Pertini, aggiunse: – Non finisce qui.

– Lo so bene, – ribatté Pertini. – Lo dico a voi fascisti da quasi vent'anni.

I carabinieri arrivarono che era tutto finito. I militi li guardarono con astio, avendone in cambio occhiate di commiserazione. L'Arma non sopportava la milizia, la riteneva un corpo militare superfluo e posticcio, composto da gente di partito, da pagliacci col fez sempre in mezzo alle balle.

Mentre l'appello riprendeva, portai Giacomo al margine del piazzale. Era ancora un po' stordito, ma commosso dalla manifestazione di solidarietà, tanto che mi abbracciò. Non l'aveva mai fatto prima. C'era da capirlo: la sera prima si era visto perduto, isolato da tutti, e invece…

– Che è successo, Giacomo? Perché sei caduto addosso ai militi?

– Ho alzato gli occhi e ho visto…

– Cosa?

Sembrò pensarci sopra, poi mi sorrise: – Già pensi che io sia matto, Erminio. Dirti cosa ho visto non mi conviene.

Se non altro, un ragionamento assennato. Forse proprio matto non era.

Non piú di me, perlomeno.

27.

Forse le mie fantasticherie non sono le stesse di allora, o meglio: qualcheduna sí, mentre altre si modificano man mano che le ripesco nella memoria, in base a ciò che ho appreso dopo. Ma è piú complicata di cosí, perché già allora soltanto *álcune* erano fantasticherie. Solo che fatico a distinguere, si è tutto ricombinato e mescolato... Per l'appunto, ora devo dirti di quell'incontro a Monte dell'Arco, il punto piú alto dell'isola.

Caramella era presente all'appello, aveva risposto alla chiamata ed era andato a prendere la mazzetta con l'aria di chi passeggiasse per un boulevard a braccetto con Lord Brummell. Anche Ravaioli era presente, e s'era mosso appoggiandosi al bastone, il bastone che pochi minuti prima stava per diventare un'arma. C'erano entrambi, sí, ma non erano che corpi, *doppelgänger*. Proprio in quel momento Hermes e Atena si trovavano dalla parte opposta dell'isola, la parte proibita, nascosti dalla bassa boscaglia di Monte dell'Arco, per un conciliabolo d'urgenza.

Il monte era sferzato dal vento, per udirsi i due numi dovevano stare molto vicini.

– Pontecorboli sa della svista di Chronos, – disse Hermes. – Sa che il tempo qui corre piú veloce –. Stava per raccontare della sera prima in camerone, ma Atena lo prevenne.

– Ho sentito. E l'ho visto, stamane in piazza. Indicava l'orologio a Squarzanti. Gli ha spiegato tutto.

– Sí, e ieri sera, diversi hanno sentito l'inizio del suo racconto.

– Quel racconto non è affar nostro. Noi lo sappiamo, Majorana non sta viaggiando nel tempo. O meglio, lo sta facendo, ma al pari di chiunque altro. A noi importa quello che Pontecorboli ha intuito. Il nostro compito è aiutare i confinati mentre l'isola corre verso il Kairos. Aiutarli a resistere. Il problema è che Pontecorboli sta attirando l'attenzione. L'episodio di poco fa, durante l'appello, puzza di pesce, non trovi anche tu? I Chiaramantesi...

– Proprio qui ti volevo, sorella. Ho scoperto chi sono i Chiaramantesi.

– Davvero? – Come una bambina eccitata, Atena si portò le mani strette a pugno davanti allo sterno e le batté piú volte l'una contro l'altra. – Dimmi, chi sono?

– Sono gli Aloadi. Oto ed Efialte, figli di Poseidone e Ifimedia.

– Gli Aloadi? Ma non si erano ammazzati a vicenda?

– Cosí sembrava, eppure i Chiaramantesi sono loro.

– E come lo hai scoperto?

Hermes sorrise malizioso: – Ho le mie tecniche di indagine. E ho già inviato un dispaccio ad Artemide.

– Adesso tocca a me, fratello. Ho notizie importanti da fuori.

– Notizie? E quali?

– Prima la buona o prima la cattiva?

– Fammi pensare... La cattiva.

– I numi nordici hanno risposto alla nostra lettera. Ecco il dispaccio –. Le apparve in mano un rotolo di pergamena, e lo passò a Hermes, che commentò: – Se la sono presa comoda... – Poi svolse il rotolo e vide che era scritto in alfabeto runico: uff, tutte quelle ᛇ, ᛈ e ᛋ... Vide che il primo firmatario era Odino, e a seguire gli altri: Thor,

Loki, Freya e quella sfilza di nomi che sembravano borborigmi: Viðarr, Hǫðr, Jǫrð…

Hermes lesse riga dopo riga, con espressione vieppiú corrucciata.

– Maledetti paraculi! – disse infine, riavvolgendo il rotolo. – Dicono che esageriamo, che la civiltà non è in pericolo, che in fondo di guerre ce ne sono state tante, bla bla bla… È chiaro che puntano su Hitler. Se vince la guerra lui, con le sue cazzate wagneriane, le valchirie, i nibelunghi, il Valhalla…

– … contano di sopravvivere, *loro*, – completò la frase Atena. – Ma la parte piú interessante è dove pretendono di darci lezioni di mitologia.

– Sí, dicono che il fascismo coltiva la cultura classica e dunque se vincesse Hitler, vincerebbe anche Mussolini e noi rimarremmo in auge, anzi, lo saremmo piú di prima. Questo è, preciso sputato, il pensiero di Ares. Secondo te c'è il suo zampino?

– Il suo zampone, casomai. Insomma, la matassa della guerra mondiale dobbiamo sbrogliarcela noi dell'Olimpo, da soli, e nemmeno tutti, perché Ares e Poseidone stanno col nemico, Dioniso è sempre ubriaco ed Efesto è ancora in preda alla melancolia.

Hermes sospirò. – E la notizia buona?

– Ho seguito il tuo consiglio e ho parlato con Eolo, signore dei venti.

Il messaggero degli dèi si illuminò: – Dunque?

– Mi ha riassunto i suoi screzi con Poseidone, dei quali non sapevo nulla, e sono certa che nel Dodekatheon *nessuno* ne sa nulla. Eolo conduce una vita appartata e non frequenta l'Olimpo, e Poseidone non aveva alcun interesse a raccontarci queste storie. Senti un po' qui…

Mentre Atena si accingeva a raccontare, l'occhio di

Hermes fu disturbato da un baluginio. Veniva dal mare. Guardò tra i rami, giú dalla ripa scoscesa, e ancora una volta vide il riflesso. Dall'acqua sbucavano le punte del tridente.

– Ehi... – mormorò, e toccò il braccio della sorella, perché si voltasse. Indicò il mare.

Atena cercò tra le onde e vide.

– O ἰχθύς ἐν τῷ μύθῳ, – disse.

– Proprio cosí, – fece Hermes, stringendo i pugni. – *Piscis in fabula*.

28.

– Avrà udito le nostre parole? – chiese Atena dagli occhi dardeggianti.

Hermes ci pensò sopra. – Con questo vento che ulula e rimbomba? Ne dubito. Eolo ci sta favorendo. Inoltre… – di nuovo indicò il mare. – Guarda il tridente: si sposta.

Di nuovo Atena cercò tra le onde.

– Poseidone non è qui per noi. Sta solo facendo il periplo dell'isola.

Ripresero allora i discorsi di prima.

Hermes incoraggiò la sorella: – Per l'appunto, mi stavi dicendo di Eolo…

– La storia, come sai, dura da molto. C'è un conflitto di competenze sulle tempeste: il vento è di pertinenza di Eolo, ma le onde sono di Poseidone. Quando il vento solleva le onde, chi ha giurisdizione? La faccenda non è mai stata risolta, e tra i due ci sono millenni di screzi.

Dopo quella premessa, Atena riferí della lotta recente tra i due, e concluse: – Sai bene che Poseidone è livoroso. Se l'è legata al dito. Anche dopo la chiusura della colonia a Lipari, ha tentato piú volte di provocare Eolo. Il signore dei venti non ne può piú, ed è disposto a darci qualunque aiuto.

– Bene, ma come agiremo? – domandò Hermes.

– Per cominciare, togliamo di mezzo gli Aloadi.

I giganti Oto ed Efialte – detti gli Aloadi perché figli adottivi di un certo Alòeo – avevano combinato guai fin da piccoli. All'età di cinque anni erano già alti quindici metri e larghi tre, e ciò li aveva resi arroganti.

Un giorno si erano messi in testa di dare la scalata al cielo, cosí avevano sollevato il monte Ossa, quasi duemila metri, e lo avevano messo sul Pelio, quota millecinquecento e rotti. Poiché sopra i due monti vi era ancora cielo, avevano adocchiato il monte vicino, l'Olimpo. Per prendere anche quello, si sarebbero dovuti scontrare con gli dèi, ma erano soltanto in due, e smuovere l'Ossa li aveva stancati. Cosí se n'erano andati, lasciando una montagna sopra l'altra. A rimettere in ordine era stato Zeus, che ai due imbecilli l'aveva giurata.

Un'altra volta, Oto ed Efialte si erano ficcati in testa di riempire il mare buttandoci dentro montagne. Stavano di nuovo sollevando l'Ossa, quando Zeus li aveva visti e folgorati. Folgorati, ma non uccisi. Gli Aloadi non erano immortali, ma un oracolo aveva detto che nessun dio né uomo né bestia avrebbe potuto ammazzarli.

Incarogniti contro i numi dell'Olimpo, gli Aloadi avevano teso un agguato al piú stupido di essi, vale a dire Ares. Lo avevano tramortito, portato in Tracia e chiuso in una giara di bronzo, che avevano nascosto in casa di Eribea, loro madre adottiva. Ares era rimasto prigioniero un intero anno, finché Hermes, l'indagatore, non l'aveva trovato e liberato.

– Se penso che quella volta gli ho salvato il culo, a quel fascista...

– E adesso lui e gli Aloadi sono dalla stessa parte, – disse Atena. – Cose dell'altro mondo.

Un'altra volta ancora, gli Aloadi avevano invaso l'isola

di Nasso, sterminando i Traci che la abitavano e proclamandosene sovrani. I nassioti superstiti avevano chiesto aiuto agli dèi, e in rappresentanza dell'Olimpo era giunta Artemide.

Gli Aloadi avevano accolto la dea silvestre nel palazzo con commenti volgari e laide proposte.

– Mi arrapano le femmine un poco mascoline, – le aveva detto Efialte. – Hai le gambe muscolose e quelle chiappe lí, uuuuuhhh, devono essere belle sode... Ti va di chiavare?

La dea s'era imporporata e aveva mostrato i denti: – Come osi?!

– Quando ti incazzi sei ancora piú gnocca, – aveva detto Oto. – Che belle zanne che hai, chissà come sei brava a mordicchiare il cazzo...

Artemide si era controllata, aveva lasciato il palazzo e aveva finto di ripartire per l'Olimpo. Sapeva di non poter uccidere quei due, ma sapeva anche che il mattino dopo sarebbero andati a caccia, e aveva un piano.

L'indomani, nei boschi di Nasso, la dea si era tramutata in cerva, un bellissimo esemplare, e si era mostrata agli Aloadi, che subito l'avevano inseguita. Ora la avvistava Oto e ora Efialte, e ogni tanto scoccavano frecce, mancando la preda. Poi i due fratelli si erano divisi, e ciascuno ignorava dove fosse l'altro. Era quel che Artemide attendeva.

La cerva era apparsa al centro di una piccola radura, in modo che entrambi i fratelli, nascosti nella macchia, la vedessero senza vedersi tra loro. Artemide aveva calcolato il punto giusto: gli Aloadi avevano scoccato le frecce nel medesimo istante, la preda si era scansata e i due si erano trafitti a vicenda, uccidendosi.

Tutti credevano che le anime degli Aloadi fossero giú nel Tartaro, l'abisso primordiale, talmente profondo che, gettandovi un macigno all'alba, avrebbe raggiunto il fondo al tramonto. E invece erano ricomparsi a Pandataria, tracotanti come sempre, travisati da camicie nere. Era evidente che Poseidone, avuta la potestà sulle isole di confino, aveva piazzato un po' di suoi sgherri.

– Sapendo che sono tornati, – disse Hermes, – Artemide si infurierà e fremerà per intervenire.

Atena allargò le braccia: – Guardati intorno. Questa rada vegetazione, questa sterpaglia, è quanto di piú simile a un bosco Pandataria possa offrire. La dea dei boschi qui non può agire.

– È anche dea della caccia. Può causare un incidente di caccia, come l'altra volta.

– Non c'è modo. Qui si caccia con trappole di crini di cavallo, e a farlo sono gli isolani, non gli Aloadi. E poi, la stagione del passo è finita. No, dobbiamo occuparcene noi, magari con l'aiuto di Eolo.

– Hai già un'idea?

– Non ancora, ma l'avrò presto. Colpendo gli Aloadi, avremo vinto la prima battaglia.

– Ma la guerra sarà ancora lunga, – disse Hermes, e sul suo viso calò un'ombra, e la fronte si corrugò.

– A cosa pensi, fratello?

– Penso che per sconfiggere il fascismo avremmo davvero bisogno di Efesto... Ma il dio dei metalli è ancora sprofondato nelle sue paturnie, e io mi rendo conto di provare rancore, e di questo mi dolgo. Ares e Poseidone sono contro di noi, è una cosa che capisco, so cosa pensarne. Ma cosa debbo pensare di chi si sottrae alla pugna e trascorre le giornate in apatia?

– Non crucciarti, Hermes. Te l'ho detto, Efesto si scuoterà. E sarà al nostro fianco.

29.

Durante il pranzo alla mensa dei giellisti, Giacomo fu circondato di affetto. Con pacche sulle spalle e motteggi toscani, Traquandi lo accompagnò tra forche caudine di altre pacche sulle spalle, altri motteggi e vigorose strette di mano. C'erano Rossi, Fancello, Calace, Roberto, Domaschi, il milanese Riccardo Bauer – un altro degli arrestati del '30, arrivato sull'isola insieme a Rossi – e diversi altri compagni. Lo stanzone era pieno.

Oltre all'affetto, però, c'era altro. Qualcuno aveva riferito gli strani discorsi della sera prima, e tutti avrebbero voluto saperne di piú, capire se era stato lo svarione di un momento o se Giacomo pativa qualcosa di serio. Si resero conto di averlo avuto sotto gli occhi ogni giorno, di averlo visto triste e cupo, e di averlo trascurato. Nessuno lo aveva mai veduto ricevere posta, doveva essere davvero solo. Forse una parola in piú avrebbe fatto la differenza, forse un tentativo di coinvolgerlo in una delle loro discussioni oppure, pensava Traquandi, di implicarlo maggiormente nella gestione della mensa... Avrebbero voluto parlarne, ma fuori, oltre la soglia, incombevano ben sette militi, uno per ciascuno dei pericolosissimi intenti a mangiare, e dopo quanto avvenuto all'appello, i neri custodi erano piú tesi e minacciosi del consueto. Ragion per cui, non si poteva dir molto. Ma il chiarimento – fu la tacita intesa – era solo rimandato.

Alla mensa nostra, invece, si discusse. Fuori c'era un solo milite, quello che seguiva Pertini, e si era pure assopito sulla seggiola. Eravamo ormai a fine giugno, e la canicola induceva a torpore.

Da noi pranzava anche Ravaioli, che quel giorno sembrava nervoso. Mangiava facendo cozzare la punta del cucchiaio sul fondo del piatto. Forse, pensai, i fatti del piazzale gli avevano ricordato il pestaggio subito a Fossano.

Da una settimana la mensa serviva soltanto lenticchie, cucinate in vari modi. Era il turno della zuppa. Ci eravamo da poco chinati sui piatti quando il discorso cadde sulla strana voce che circolava, e né io né Ravaioli potemmo esimerci dal riferire. E poi lo chiedeva Pertini: ogni sua richiesta, anche la piú cortese, io la vivevo come un ordine.

Raccontai la conversazione notturna, senza il minimo accenno al seguito mattutino. Ravaioli confermò tutto e aggiunse: – Sulle prime, ho pensato che potesse essere un provocatore, ma ho scartato l'ipotesi quasi subito…

– Hai fatto bene, – assentí Pertini, – un provocatore non avrebbe raccontato una storia tanto inverosimile.

Colorni non poté fare a meno di intervenire: – Dal mio punto di vista, che è quello del filosofo della scienza…

– Scusami, Eugenio, – lo interruppe Pertini, – non te l'ho mai chiesto: cosa fa esattamente un filosofo della scienza?

Colorni sorrise. – Be', per esempio, si interroga sui limiti del modo di pensare e di esprimersi degli scienziati, limiti sui quali gli scienziati stessi non si interrogano. Lo posso illustrare spiegando cosa non mi convince in questa faccenda del viaggio nel tempo.

Io ero tutto orecchie. – Dicci, cosa non ti convince?

– Il concetto stesso di «viaggio nel tempo», – rispose Eugenio. Posò il cucchiaio, si nettò baffi e pizzetto col tovagliolo, e attaccò la lectio magistralis: – «Viaggio nel tempo» è un'espressione viziata da finalismo e antropomorfismo. Un'immagine quasi *turistica*: «Quanto sarebbe bello visitare la Firenze di Lorenzo il Magnifico, o la Roma dell'anno Duemila!» Potrà funzionare nei romanzi, perché innesca una storia, ma indulgere nel suo utilizzo non è buona scienza. Se lo spazio-tempo, che ha una certa struttura, in determinate condizioni può assumerne una diversa, ciò non va descritto nei termini di un *nostro* viaggiare nel tempo. Viaggiare nel tempo significherebbe muoversi verso il passato o prendere una scorciatoia per il futuro. Nei romanzi entrambe le cose avvengono piú o meno a piacimento, e ci si immagina che un uomo possa percorrere, come ho letto una volta su un giornaletto, «cent'anni in un minuto». Ma se passano cent'anni, non passa un minuto. Si può parlare forse dell'esperienza *soggettiva* del trascorrere di un minuto, che però è variabilissima, inafferrabile, non può essere presa a parametro. Ora, proviamo a sostituire al tempo lo spazio: diremmo mai che si possono fare «cento chilometri in un centimetro»?

Ravaioli, che per tutto quel discorso aveva tamburellato con le dita sul tavolo, si fermò. – Certo, su una mappa in scala uno a dieci milioni.

Eugenio, lievemente sorpreso, chiuse gli occhi per un secondo, verificò il calcolo e disse: – Sí, ma parliamo di un senso figurato, di una metafora. È come dire che si «viaggia» per mille anni in un minuto leggendo una pagina sul bignamino di Storia.

– Il... bignamino? – si stupí Ravaioli. – E che cos'è'?

– Quando insegnavi tu non c'erano ancora, – spiegai. – Sono libretti che gli studenti usano di straforo, molto invisi agli insegnanti. Ciascuno contiene un'estrema sintesi di una materia. Servono a studiare poco.

Pertini, uomo all'antica, scosse il capo. – Solo sotto il fascismo...

– Fuori della metafora che ci forniscono le mappe, – riprese Eugenio, – «cento chilometri in un centimetro» è una contraddizione in termini. In questo modo capiamo che lo è anche «cent'anni in un minuto». Contraddizione inevitabile, perché sono *i termini stessi* a essere inadeguati. È inadeguata la premessa stessa di un *uomo* che *viaggia* nel tempo nel senso che abbiamo detto. Nell'universo tante cose contravvengono a quello che ci sembra l'ordine del tempo, ma si tratta di atomi, particelle, quanti, non di uomini, e non «viaggiano» come viaggiano gli uomini, perché viaggiare è un'*esperienza*, e i quanti non fanno esperienze. In parole povere, il mondo non è confezionato a nostra misura. Vedete, a paragone della complessità dell'universo, noi abbiamo strumenti molto poveri per vedere la realtà: si tratta dei nostri sensi. Dai sensi derivano il nostro pensiero e il nostro linguaggio, che ci pongono al centro delle cose, e dunque non ci aiutano a capire che accade, perché al centro delle cose noi non siamo. Non siamo noi i protagonisti della realtà. *Non ci sono proprio* «protagonisti». Orbene, questa antropomorfizzazione è sottesa a tutta la teoria di Pontecorboli...

– La teoria di Pontecorboli? – lo interruppi. – E come la conosci?

– Ho messo insieme quel che avete riferito di ieri sera e certe cose che mi ha detto durante le nostre conversazioni. Era sempre molto guardingo, ma almeno un poco doveva rivelarsi. La sua non è una teoria scientifica ma una narrazione, una narrazione finalistica e per giunta pseudoautobiografica, visto che il viaggiatore del Tempo è lui, o almeno progettava di essere lui. Meglio ancora: egli *fantastica* di aver progettato di essere lui. Ecco, – concluse, – vi ho mostrato cosa fa un filosofo della scienza –. Impugnò di nuovo il cucchiaio e riprese a mangiare la zuppa di lenticchie, a quel punto certamente fredda.

Pertini fissò me e Ravaioli, perplesso. – Mah! Voi ci avete capito qualcosa?

Poi si udí un'altra voce: – In campana, ché se ve sento io, può sentirvi pure coso, qui.

Spinelli si era affacciato sull'uscio e indicava il milite addormentato.

– Anche sentisse, non capirebbe un'acca, – ribatté Ravaioli.

Poi Spinelli entrò nella mensa e, soprattutto, entrò in argomento. A modo suo.

– Coi discorsi di Colorni non si va da nessuna parte. C'è una lingua del giorno e una lingua della notte. Pontecorboli vi ha parlato nella lingua della notte, che Colorni sta cercando di tradurre nella lingua del giorno. Il viaggio nel tempo di cui parla Pontecorboli è un'esperienza dionisiaca, mentre Colorni è apollineo da fare schifo. Ma consolatevi, sono sicuro che Pontecorboli stesso compie un errore simile: anche durante il giorno continua a parlare nella lingua notturna, che è fatta di visioni, credendo di usare la lingua diurna, quella della ragione.

– Dovevano mandarti al confino a Cuma, – disse Colorni, – almeno stavi in compagnia della Sibilla.

E Pertini, sempre piú perplesso: – Voi due le passate sempre cosí le vostre giornate?

– La mia preoccupazione, – mi inserii, – è che questo linguaggio notturno arrivi alle orecchie della direzione. Non temete che Pontecorboli venga mandato in un reclusorio psichiatrico?

Spinelli alzò le sopracciglia, strinse le labbra e inclinò la testa a destra. L'espressione dello scettico che sta pensando: Bah!

– In un anno a Ventotene, – disse, – ho sentito ogni sorta di farneticazioni. Siamo tutti mezzi matti. Quelli come noi non vengono mandati in manicomio, ma al confino. E al confino ci stiamo già.

Nel pomeriggio, avrei voluto chiedere a Giacomo tante cose. Le osservazioni di Colorni mi avevano riempito la testa di interrogativi, di nuove curiosità. Cosa implicava il fatto che a Ventotene il tempo scorresse piú veloce? Sull'isola invecchiavamo piú in fretta o piú piano che altrove?

Quanto al discorso di Spinelli, sentivo quelle frasi rimbalzare tra le case, saturando lo spazio di echi e riverberi. *C'è una lingua della notte... Vi ha parlato nella lingua della notte... Nella lingua notturna, che è fatta di visioni...*

Cercai Giacomo, ma non lo trovai. Quel pomeriggio, nessuno lo vide piú.

Lo avvistarono da un Mas al crepuscolo, riverso sulla spiaggia di Calanave.

30.

Giacomo era vivo, ma ridotto male. Lo avevano pestato con metodo: aveva un mostruoso bernoccolo in testa, gli occhi neri e il naso rotto, la camicia fradicia di sangue. Aveva ecchimosi su entrambi gli avambracci e sulle cosce. Si seppe poi che aveva piú dita delle mani fratturate e tre costole incrinate. Le tipiche ferite di chi, dopo i primi cazzotti, cade a terra e si raggomitola, con le mani a coprirsi la testa, mentre lo prendono a calci e mazzate.

Lo portarono in infermeria, privo di sensi, si può immaginare con che delicatezza. Noi venimmo a saperlo solo la mattina dopo, quando già i fascisti scolpivano nel marmo la loro versione: Giacomo era ruzzolato dalla scalinata che scendeva alla spiaggia. Forse era stato colto da un malore. Del resto, non era apparso malfermo sulle gambe già la mattina, durante l'appello? O forse, insinuavano i militi, aveva tentato il suicidio. In ogni caso, si trovava oltre il limite di confino. Un'infrazione da aggiungere al suo fascicolo.

Uditi quegli spropositi, una delegazione di confinati chiese udienza al direttore Meo. La capeggiavano Pertini e Bauer, che mi chiesero di farne parte, in quanto «migliore amico» della vittima.

Quel giorno Meo era indisposto. Ci ricevette di malavoglia il vicedirettore Guida. Ricordo la data sul suo calendario a strappo: 28 giugno 1940, anno XVIII, E. F. Sulla parete dietro la scrivania, Pasta-e-fagioli esibiva il suo cipiglio nel ritratto d'ordinanza.

– Non prendiamoci in giro… – esordí Pertini.

– Come vi permettete? – scattò Guida. – Non consento certi toni!

– Non faccia torto alla nostra intelligenza. Questa storia del malore non sta in piedi. È evidente che Pontecorboli è stato aggredito e brutalmente percosso.

– Evidente a chi? In base a che? La caduta dalle scale in seguito a un malore spiega benissimo i lividi e le fratture, senza bisogno di congetture inutili o, peggio, calunniose.

– Ha ragione, non fa una piega, – disse Bauer. – Del resto, carceri e caserme d'Italia sono piene di scale che riempiono di botte la gente.

– Fate poco lo spiritoso, che non ci metto niente a…

– Tutti dicono che il corpo era sulla spiaggia, – lo interruppe Pertini, – ad almeno dieci metri dal piede della scalinata. Secondo lei…

Ancora il «lei». Guida inspirò forte.

– Secondo lei come si concilia la posizione del corpo con l'idea di un malore e di una caduta dalle scale?

– E che ne saccio io? Sarà stato un… malore attivo. Dopo la caduta avrà fatto ancora qualche passo.

Tutti rumoreggiammo, indignati. – Lo sappiamo benissimo, noi e voi, che è stata la milizia! – tuonò Pertini.

Guida sbatté il pugno sulla scrivania e si alzò dalla sedia. – Non permetto che si alzi la voce nel mio ufficio! Le vostre sono affermazioni molto gravi!

– È grave che quei due bruti rimangano impuniti, dopo le violenze che hanno commesso! C'è stato il precedente di Berengari…

– E basta mo'! Fuori! Guardie, fate uscire questi individui, subito!

Quella mattina, e nei giorni seguenti, nessuno vide i Chiaramantesi.

Nel pomeriggio sentimmo da Radio Confino che Giacomo non aveva ancora ripreso i sensi, e che lo avrebbero portato in ospedale sul continente, proprio come Berengari. A Napoli, oppure a Formia.

– E in che modo, se non c'è il piroscafo?

– Forse con uno dei Mas.

– No, col motopeschereccio di un pescatore di Ponza, dicono.

Pensai che, se la teoria di Giacomo era giusta, spostandosi in continente avrebbe guadagnato un giorno.

– Speriamo che Pontecorboli se la cavi.

– Lo hanno colpito duro sul cranio, quelle dannate scale.

– Un giorno la pagheranno, gradino dopo gradino.

– Se si risveglia, potrebbe ritrovarsi scimunito. Può capitare, quando batti la testa.

– In ogni caso vedrete che, anche se si riprende, non lo fanno tornare piú. Faranno come con Berengari, lo manderanno alle Tremiti o dio solo sa dove.

Già. E se non fosse tornato... Addio, segreti dell'isola – o della psiche – ancora da svelare. Addio, storie bislacche dal finale ancora ignoto.

Addio, macchina del tempo.

31.

Fu per un'incredibile combinazione che al caso Pontecorboli si sovrappose il caso Piancastelli.

Giuseppe Piancastelli, quarant'anni, operaio comunista di Imola, era a Ventotene dal marzo del '39. Prima si era fatto tredici anni di carcere.

La stessa sera in cui Giacomo fu pestato, Piancastelli fu piegato in due da un improvviso dolore all'addome, nel bagno del suo camerone. L'indomani, mentre noi eravamo in udienza, il medico della colonia lo visitò, disse che era una colica intestinale e gli prescrisse di curarsi – si fa per dire – con applicazioni di acqua calda.

Per due giorni, incapace di camminare e pallido da mettere spavento, Piancastelli rimase coricato sulla branda, senza poter prendere sonno, coperto da un velo di sudore freddo, intento a sopportare stoicamente fitte che toglievano il respiro.

Fu chiaro che si trattava di peritonite. Doveva essere ricoverato e operato al piú presto.

Tornammo a chiedere udienza. Il 30 giugno, una delegazione guidata da Terracini fu ricevuta dal direttore.

Nemmeno Meo sembrava stare granché bene: ogni tanto tremava, come se fosse scosso da brividi. Ma aveva sempre il suo piglio arrogante.

Esordí cosí: – L'aggi'a mannà a o 'spidale? Pure a iss'? Non sarà che adesso tutti dicono di star male per andare in continente?

– Sta dicendo che reputa Piancastelli un simulatore? – chiese Terracini, allibito.

– Non sono un dottore e non leggo nel pensiero. Ma da qualche tempo le traduzioni in ospedale sono troppo frequenti.

– Forse perché qui chi sta bene s'ammala e chi è malato peggiora, – disse Terracini. – Oppure casca dalle scale.

– Faccio finta di non aver sentito, – disse Meo. Si stava arrabbiando. – Piancastelli è un comunista pericoloso, insuscettibile di ravvedimento. Prima di concedergli un trattamento di favore, ci penso due, dieci, venti volte!

– Trattamento di favore? Quell'uomo ha la peritonite, può morire da un momento all'altro!

– Lo dite voi, che ha la peritonite! Il medico dice che è una colica.

– Non è una colica! Lei scherza con la vita delle persone!

– E finiamola con questo lei, lei, lei! Sono forse una femmina io? Datemi del voi!

La delegazione non ottenne nulla, e Piancastelli continuò a peggiorare. Per non gridare di dolore, mordeva un fazzoletto annodato. Fili di bava gialla colavano dagli angoli della bocca.

La notte del 2 luglio fu un lungo incubo bianco, nessuno dei compagni di padiglione chiuse occhio. All'alba, dopo una serie di gemiti corti e ravvicinati, Piancastelli perse i sensi. I compagni si misero a battere sulla porta: – Aprite! Aprite! Sta morendo! Aprite! – Poi cercarono di sfondarla. Quando arrivò il poliziotto di guardia, i chiavistelli si erano piegati sotto i colpi, e un cardine era saltato.

Finalmente, d'urgenza, si decise la traduzione del malato in ospedale.

Quando Piancastelli fu adagiato nella barca, Terracini si chinò e lo baciò sulla fronte. Avevamo tutti le lacrime agli occhi. Sapevamo che ormai era tardi.

Il 5 luglio, via telegrafo, giunse la notizia. Piancastelli era morto il giorno prima, nella clinica Cusumano di Formia.

Se penso a un momento in cui fummo davvero prossimi alla rivolta, penso a quel 5 di luglio. Il caldo, la fame, l'isolamento, gli abusi subiti, l'arroganza dei fascisti, un compagno appena ucciso – sí, ucciso – e l'altro ricoverato in gravi condizioni... Tutto questo ci avrebbe resi ferini, e gli istinti avrebbero prevalso, se i compagni piú lucidi non ci avessero riportati alla ragione.

Cosa avremmo ottenuto, rivoltandoci? Avremmo preso le bastonate e forse il piombo, per poi essere di nuovo sparpagliati nelle carceri del regno, subire altri processi e condanne, perdere quello che a Ventotene avevamo messo su – le mense, la biblioteca, le scuole clandestine – e ricominciare da capo chissà dove. Per giunta col Paese in guerra, con le sempre maggiori restrizioni che ciò avrebbe comportato.

Dall'isola dovevamo andarcene, ma non cosí.

Da fuori, però, sembravamo un vulcano fumigante a un passo dall'eruttare. E la direzione, lo sentivamo, aveva paura. Una sollevazione non sarebbe finita male solo per noi, ma anche per loro. Un direttore e un vicedirettore che si fanno scoppiare una rivolta sotto le chiappe diventano subito un ex direttore e un ex vicedirettore.

Meo, che forse si era accorto di aver tirato troppo la corda, era sempre piú pallido, e sembrava invecchiato di colpo.

– Avrà mica visto un fantasma?

– Sí, il fantasma di Piancastelli.

I Chiaramantesi, invece, mordevano il freno. Erano riapparsi dopo alcuni giorni trascorsi chissà dove e chissà come, e si aggiravano per il paese in cerca di pretesti. Non ho piú visto persone guardate con tanto odio. Mai piú.

La mattina del 7 luglio, nel dormiveglia, stavo appunto pensando a quei due, quando mi resi conto di non conoscerne i veri nomi. E di non sapere se fossero davvero fratelli. Li avevamo sempre chiamati «fratelli Chiaramantesi», per similitudine coi due prepotenti usciti dalla penna di Benelli, ma per quel che ne sapevo, potevano anche non essere parenti.

Subito dopo, mi resi conto che non avrei saputo descriverli.

Eppure li vedevo quasi ogni giorno da anni. Che forme avevano i loro nasi? Di che colore avevano i capelli? Come mai non ne ricordavo le fattezze? Non solo non le ricordavo: mi sembrava di non averle mai conosciute. Ricordavo il rosso dei capillari esplosi negli occhi di Neri, il giorno della dichiarazione di guerra, ma di che colore aveva le iridi? Non lo sapevo, né lo avevo mai saputo. Possibile? E allora come mai ero sempre stato in grado di distinguere un Chiaramantesi dall'altro?

Scivolai di nuovo nel sonno, un sonno inquieto e fratturato, e al mio risveglio il camerone era già quasi vuoto.

Rimasi pensoso per l'intera mattina, finché non approfittai dell'appello per interrogare i compagni intorno a me.

– I veri nomi di quei due? Mai saputi!

– Nemmeno io.

– Il colore dei capelli? Non ci ho mai fatto caso.

– Il loro aspetto? Boh. Ti saprei solo dire che sono grossi e fanno paura.

– Come distinguo Neri da Gabriello? Che domande! Neri è il capo, cammina sempre davanti, fa sempre tutto per primo.

Chiesi a Pertini se, durante le udienze con Meo e con Guida, fosse mai saltato fuori il vero nome dei due militi.

– Non che io ricordi. Di chi stessimo parlando è sempre stato implicito. E ovviamente, non si è usato nemmeno il nomignolo. Sarebbe stato come chiamare Andrea «Pasta-e-fagioli».

– Non ti sembra strano, Guido? – domandai quella sera a Ravaioli, sottovoce. – Quei due ce li abbiamo davanti da un sacco di tempo, eppure nessuno saprebbe dire che aspetto hanno, e nessuno sa i loro nomi.

– La milizia incarna un'idea, – lo sentii dire nel buio, – l'idea di prepotenza, di protervia. I nomi dei militi non hanno davvero importanza. Non a caso chiamiamo quei due con nomi presi da una tragedia. Non a caso chiamiamo Neri il capo dei neri. Non sono uomini, sono materiali mitologici. La nostra mente li elabora e li plasma.

A quali miei pensieri stava alludendo?

Ma no, era impossibile.

Forse mi aveva parlato nella lingua notturna. Una lingua che dal tramonto all'alba collegava le menti, mettendo in comune visioni e misteri.

32.

Anche Giacomo divenne materiale mitologico. Radio Confino ci inoltrava bollettini sul suo stato di salute: era rinvenuto il giorno dopo il ricovero a Napoli. Aveva la testa e le mani ingessate, il torace fasciato, ma pian piano si stava riprendendo.

Giacomo si trasformò in un martire paradossale, finalmente presente tra noi solo adesso che era lontano. La sua condizione divenne un esilio nell'esilio, e tutto ciò che lo riguardava ne ebbe almeno parziale legittimazione.

Pontecorboli faceva strani discorsi sul tempo? Non potevano essere piú strani di quelli di Spinelli, per dirne uno a caso. Lo stesso Spinelli lo aveva ammesso!

Pontecorboli aveva un'idea, seppure squinternata, su come superare il fascismo? Meglio un'idea squinternata che nessuna idea, meglio un'utopia balzana che la rassegnazione.

Pontecorboli aveva cercato di metterci a parte di importanti segreti e noi, filistei che non eravamo altro, avevamo diffidato di lui.

Fu in quel clima di contrizione che nel nostro camerone cominciò a farsi strada un'idea: perché no?

– In fondo, farlo provare non costa nulla! Metti che la costruisce davvero, la macchina del tempo…

– Ma perché, secondo te torna qui? Te l'ho detto, lo manderanno alle Tremiti. Lo hanno fatto con Berengari, lo faranno anche con lui.

– E noi minacciamo di rivoltarci se non ce lo rimandano! In questo momento i fascisti ci temono!

Passando di bocca in bocca, le frasi dette da Giacomo la sera prima del pestaggio si dilatarono e si arricchirono di dettagli. Lo stesso Giacomo, in quel mese di luglio, avrebbe acquisito reputazione di luminare, braccio destro di Enrico Fermi, vincitore morale del premio Nobel, perseguitato dal fascismo perché rifiutava di mettere il proprio genio al servizio del regime. Quanto alla macchina del tempo, nell'immaginazione di quei compagni era un congegno intricatissimo, aggrovigliato di cavi che avvolgevano quadranti e manometri, irto di antenne e spinterometri dai quali crepitavano scariche. Ravaioli, professore di Storia dell'arte, riconobbe in quelle fantasie una volgarizzazione, e al tempo stesso esagerazione, del Rococò.

Ciò per quanto riguardava lo stile. Nella sostanza, invece, la macchina del tempo era una sorta di vascello spostabile tra le epoche piú o meno a piacimento, una nave con cui partire alla volta di nuove Argonautiche. Trionfava, in quei discorsi, la concezione turistica di cui aveva parlato Colorni.

– La fine della guerra? Perché andare avanti di cosí poco? Andiamo direttamente nel socialismo, no?

– Eh, sapessimo a che punto comincia...

– La questione è un'altra: perché, di fronte alle immense potenzialità che questa scoperta rivoluzionaria offre, ci accontentiamo di vedere la fine del fascismo?

– «Ci accontentiamo»? Fino a ieri era la tua massima aspirazione!

– Ci sposteremo nel tempo, ma c'è anche lo spazio. Saremo nel futuro, ma saremo sempre qui a Ventotene. Poi come ce ne andiamo?

– Ci pensiamo quando arriviamo, no?

– E se andassimo nel passato invece che nel futuro? Mandiamo due compagni fidati nel '14 e ammazziamo Pasta-e-fagioli!

– Sí, bravo, cosí muore da socialista e diventa un martire rivoluzionario!

– Uccidiamolo nel maggio del '15, allora. Quando si era già venduto. Cosí l'Italia non entra nemmeno in guerra.

A quel punto partí una diatriba tra chi la guerra l'aveva avversata e chi invece l'aveva fatta, tra antimilitaristi e «interventisti democratici». Fu superata ridimensionando il ruolo della personalità nella Storia.

– Voi sopravvalutate l'influsso che ebbe Pasta-e-fagioli sul corso degli eventi. Io di certo non mi arruolai perché lo diceva lui. L'Italia sarebbe entrata in guerra anche senza quel guitto.

– Ammazziamolo nel '16, quand'è al fronte!

– Tu ci torneresti, al fronte? Io no.

– Allora quando va in licenza!

– Scusate, ma se andiamo nel passato e lo ammazziamo, allora lo abbiamo ammazzato. Ma se lo abbiamo ammazzato, perché oggi ce l'abbiamo ancora tra i coglioni?

– Perché se andiamo ad ammazzarlo nel '16, creiamo un altro corso degli eventi, diverso da quello che noi abbiamo vissuto.

– E che ne è di quest'ultimo?

– Non scompare, altrimenti non ci saremmo noi che decidiamo di tornare indietro nel tempo e uccidere Pasta-e-fagioli. Si apre un bivio nel tempo, insomma. Lungo una via Pasta-e-fagioli muore giovane, lungo l'altra diventa il duce.

– Quindi per noi non cambierebbe niente! Ma allora perché darsi la pena?

– Nell'altro corso del tempo, le cose cambierebbero eccome.

– Ma a noi che ce ne viene, scusate?

– Ce ne viene che li aiutiamo a evitare il fascismo.

– Questo che principio sarebbe? «Proletari di tutti gli universi paralleli unitevi»?

– È vero, compagno, mi pare che si stiano spingendo un po' troppo oltre i concetti di solidarietà e altruismo.

Da quella retorica del «perché no?» restammo fuori in pochi.

Ne restai fuori io, perché sapevo quanto quei discorsi fossero distanti dalle vere teorie – o «narrazioni pseudo-autobiografiche» – di Giacomo. Ma adottai la linea «né aderire, né sabotare».

Ne restò fuori Ravaioli, forse perché aveva già visto come andava a finire coi piani per freddare Pasta-e-fagioli.

E ne restò fuori Caramella, perché tenuto a distanza.

Ma Atena ascoltava.

33.

Il dolore dell'isolamento, del non ricevere lettere da casa, io lo provavo per via indiretta, perché lo provavano i compagni e le compagne intorno a me. Erano padri feriti nel loro essere padri, strappati ai figli piccoli, allontanati quand'era tempo di vederli crescere, consigliarli, guidarli. Erano figli di genitori anziani che passavano i loro ultimi giorni in solitudine, straziandosi per quegli stessi figli, prigionieri su un'isola lontana, e magari per i loro fratelli partiti in guerra, forse già morti sulle Alpi occidentali. Erano mariti di donne costrette a farsi in quattro per mantenere i bambini.

E, naturalmente, erano madri ferite nel loro essere madri, erano figlie, sorelle, mogli.

Potevamo scriverci solo con parenti stretti e congiunti. In teoria avremmo potuto farlo anche con altre persone: dovevamo indicare per iscritto i nomi dei corrispondenti e loro, «previo controllo da parte delle autorità», dovevano accettare il rapporto epistolare. Solo che, una volta convocati in questura o dai carabinieri, subivano pressioni per lasciar perdere. In un'atmosfera fosca, tra insinuazioni

(*Una persona come voi, rispettabile, ancora incensurata…*)

e frasi fatte da romanzo d'appendice

(*È un consiglio amichevole… Non vi parla il poliziotto ma l'uomo…*)

si veniva intimiditi con le buone, poi, se necessario si passava alle cattive. Quelli che tenevano duro e firmavano l'accettazione, si ritrovavano sorvegliati e importunati in mille modi, finché non erano costretti a troncare la corrispondenza. E con che soddisfazione te ne dava notizia l'autorità del confino! Tal dei Tali ha dichiarato di non voler piú corrispondere con voi. Il signor X non le scriverà piú. La signorina Cocchi Giuliana, convocata alla stazione dei carabinieri di San Pietro in Casale, non ha accettato il rapporto epistolare. Dopo un po', per non inguaiare nessuno, smettevi di indicare chicchessia.

Io non ricevevo una lettera da anni. Moglie e figli non li avevo, fratelli e sorelle nemmeno, ero orfano di madre e mio padre non scriveva quasi mai – e le volte che lo faceva erano cartoline.

Avevo avuto un breve scambio con Glauco, un mio ex compagno di classe e di ateneo. Dopo il diploma all'Ariosto, anche lui si era iscritto a Lettere a Bologna, e insieme pendolavamo tra le due città. Come me, si era avvicinato al milieu socialista, ma senza prender parte ad attività cospirative. Gli avevo scritto una prima volta da San Giovanni in Monte, e un'altra non appena giunto al confino, *maliziando* – cosí si diceva – entrambe le lettere.

Nella prima gli avevo chiesto notizie su come andava a Ferrara, avvisandolo che nella seconda avrei nascosto un codice:

> [...] E come va nella città estense? Io sto rileggendo le *Epistulae ad familiares* di Cicerone, ma la cella è buia e faccio fatica, ho letto solo la prima lettera e, della seconda, solo le prime tre parole dopo il nome del destinatario. Pensa! *Solo le prime tre parole!* [...]

Se si fosse trattato di altri, avrei disperato che riuscisse a capire, ma Glauco era un appassionato di enigmi: sciarade, indovinelli, anagrammi, crittografie.

Pochi giorni dopo mi avevano tradotto al confino. Erano trascorse due settimane prima che da Bologna mi inoltrassero la sua risposta:

> [...] Come potrei non capirti? Non riuscire a leggere è una sofferenza. In ogni caso, trattandosi di Cicerone, anche solo *tre parole* aprono interi mondi [...].

Nella lettera seguente, dove raccontavo della mia traduzione al confino, le prime tre parole dopo il nome del destinatario fornivano il codice per maliziare le comunicazioni future:

> Caro Glauco, *la seconda lettera* è piú difficile della prima, perché sono successe tante cose e non so da dove cominciare [...].

La sua lettera successiva l'avevo letta dapprima nel modo normale, poi mi ero concentrato sul messaggio a chiave. In alcune parole, la seconda lettera era scritta con un tratto leggermente piú spesso. Le avevo messe in fila, compitando sottovoce.

– V... i... v... i... a... n... i...

Il messaggio diceva: «Viviani cacciato da liceo, non piú a Fe. Compagni a Bo bene».

Cacciato? Viviani? Alla fine c'erano riusciti, dunque. Avevano mandato al confino anche lui? O peggio?

Era colpa mia?

Gli avevano fatto pagare le colpe dell'allievo cospiratore?

Avevo chiesto ulteriori dettagli: «V dove sta?»

Ma Glauco non mi aveva piú risposto. Forse sentiva sul collo il fiato degli sbirri. Del nostro professore non avevo piú saputo nulla.

Il 19 luglio, sulla linea dell'orizzonte, apparve come un miraggio la sagoma di una nave. Una sagoma familiare.

– Ehi, è tornato il pirosc... È tornato il piroscafo!

Ma ci vollero sguardi attenti prima di esserne sicuri. Sí, era il *Regina Elena*, ma aveva qualcosa di diverso. Quando fu piú vicino, capimmo: era tutto ridipinto di verde militare.

Lo accogliemmo con entusiasmo: fazzoletti, grida di giubilo, sembrava l'arrivo del *Titanic* a New York, *si naves licet componere spectris*. Ci dissero che avrebbe cambiato giro: soppresse le partenze da Napoli, sarebbe arrivato solo da Gaeta, ogni martedí e venerdí. Bene, purché arrivasse!

Le barche a remi cominciarono l'andirivieni. Finalmente nuove vettovaglie, e finalmente la posta, i giornali! I marinai scaricarono le lettere di un mese: ce n'erano dieci sacchi. Per leggere l'intero mucchio, la direzione impiegò tre giorni. Ne ricevemmo una parte il lunedí successivo, e l'altra il martedí.

La lettura fu una cerimonia, uno spettacolo. Notizie buone, notizie cattive, notizie cosí cosí, preoccupazione per chi era partito in guerra, rassicurazioni che comunque si tirava avanti, e la pagella del nipotino, la lontana cugina morta di parto, e notizie dello zio emigrato in Argentina, e ogni tanto un biglietto del censore, «SEQUESTRATA PER CONTENUTO INOPPORTUNO», e le frasi cancellate col [redacted] e ovviamente le lettere maliziate: il tal compagno era a Tours e stava bene, il partito aveva beccato una spia eccetera.

C'era anche, dopo mesi, una lettera di mio padre. O meglio, una busta con dentro un vaglia e una cartolina. Era del 7 giugno:

> Caro figlio, spero che questa mia ti trovi bene. Qui si va avanti senza novità. Ti mando sessanta lire. Il terreno a Malborghetto rende abbastanza. Fammi sapere se ti serve qualcosa. Trascorrerò il mese di luglio al mare, se rispondi manda all'indirizzo di Porto Garibaldi. Il tuo affezionato, P.

– Sarò importuno, – commentò Ravaioli, – ma vien da dire: pensa se non era affezionato!

– Cosa vuoi mai… – risposi, sospirando. – Sono l'unico figlio, e ai suoi occhi sono un fallito, per colpa di sovversivi che mi hanno traviato. Aggiungi che affettuoso non lo è mai stato...

Senza i morsi della fame e col conforto – o almeno l'ancoraggio – di notizie da casa, si spense quella nota prolungata d'isteria, il bordone che aveva accompagnato ogni discorso e attività.

Le prove delle orchestrine, che si erano rarefatte, ripresero con vigore. Dal camerone dove stava Calace tornarono a prorompere versioni *zum-pa-pà*, allegre con brio, di *Reginella* e *I' te vurria vasà*. Un pomeriggio rimasi perplesso sentendo un timbro nuovo, possente, straniante in mezzo alle chitarre, alle cornette e ai mandolini, che lottavano per non esserne sovrastati. Una zampogna! Mi affacciai: la suonava Ravaioli. Vide le mie sopracciglia inarcate e mi salutò col mento.

La sera, indicando lo strumento riposto sotto il letto, gli chiesi: – Ma dove hai imparato a suonare quella?

– La zampogna? – si schermí, ridendo. – L'ho praticamente inventata io!

Anche Beethoven, Gluck e Monteverdi ripresero ad animare i grammofoni.

Tornò pure la nave cisterna, e con essa la luce elettrica. Le notti si fecero meno scure, e i dialoghi in camerone meno febbrili, piú rarefatti e distesi. La macchina del tempo divenne prima un argomento come tanti, poi scivolò via dalle conversazioni.

34.

Forse fu quella rilassatezza a giocarmi uno strano scherzo, o forse anch'io, al pari di Giacomo, non potevo piú tenermi tutto dentro. Fatto sta che un giorno andai vicino, *pericolosamente* vicino, a raccontare le mie *rêveries*. Anzi, in parte le raccontai, pur facendole credere un gioco, un innocuo divertissement.

Accadde il 25 luglio, un giovedí. Da un po' di tempo, la mattina andavamo a fare il bagno a Cala Rossano. Era un'insenatura tra il porto e un pendio roccioso, solcato da un sentiero che portava al cimitero. C'era una spiaggia a forma di mezzaluna e avevamo il permesso di starci due ore, sorvegliati da terra e da mare. Lasciavamo i libretti rossi al baracchino d'ingresso, dove un agente li raccoglieva. Per tutto il tempo che stavamo lí, una barca a motore rimaneva all'ancora al limite della cala, con a bordo due militi. Spesso quei due militi erano i Chiaramantesi. Vestiti di nero sotto il sole, pescavano e ci guardavano ingrugniti, sempre nell'attesa di un pretesto per scattare. Ignorarli ci riusciva piuttosto bene: facevamo gare di nuoto, scherzi in acqua e castelli di sabbia, come i bambini. Soprattutto, prendevamo il sole. Quell'elioterapia leniva i dolori di molti confinati, sofferenti di reumatismi o peggio.

Ricordo la comunista Camilla Ravera. Afflitta da malanni mai chiariti, durante la primavera era uscita a stento dal padiglione. Le avevano concesso di occupare una stanzetta, in origine pensata per la custode, e stava quasi sempre a letto, lamentando debolezza e un cerchio alla testa. Buona parte del cibo che provava a mangiare le causava disturbi, specialmente il pane e la pasta, cosí si nutriva di riso, verdura, frutta e pochissimo altro. La penuria di giugno l'aveva patita ben piú di noi: peggio di lei erano stati solo i tisici piú gravi.

Con l'estate, però, la Ravera se ne uscí dal padiglione, al braccio di Terracini, per venire a Cala Rossano. Era pallida e magra, ma le bastò qualche mattina in spiaggia, adagiata su una sdraio, perché oltre al colore riacquistasse il suo tipico buonumore.

Un giorno di brezza e onde spumose trovammo il mare pieno di meduse. Animali imperscrutabili, composti quasi solo d'acqua. Ombrelli fatti di pioggia, come trompe-l'œil fluttuanti, figure di Magritte in movimento. I loro tentacoli sprigionavano un veleno urticante. Ne ricordavo l'effetto sulla gamba di un cuginetto, una lontana estate a Porto Garibaldi, che ancora si chiamava Magnavacca. Ricordavo quanto aveva urlato, in lacrime, correndo di qua e di là sulla battigia. Dei bambini piú grandi mi avevano insegnato un trucco, e cosí lo avevo messo in pratica: – Vieni, Nino, ci penso io! – Gli avevo fatto la pipí sulla gamba. Non aveva funzionato.

Per poter nuotare senza rischi, i confinati catturarono le meduse una dopo l'altra, e una dopo l'altra le gettarono in un mucchio sulla sabbia. Un cumulo di almeno cinquanta esemplari, *vivo*, agonizzante. Meduse che gemevano mute, i tentacoli mossi dal vento, sotto il sole che le uccideva.

La scena mi fece *scaréz*, ribrezzo, e commentai: – Almeno Perseo la testa mozzata della Medusa la mise dentro una bisaccia…

Ernesto Rossi, che non solo aveva partecipato alla caccia, ma si era seduto accanto al mucchio senza il minimo disgusto, s'incuriosí e mi chiese: – Quel macabro reperto che fine fece? Ho fatto il mio bravo liceo, e ho bene in mente la statua del Cellini, ma la storia, intendo dire nei dettagli, non la ricordo...

Mi accovacciai di fianco a lui, e guardando il mare blu spiegai: – Per prima cosa, va detto che dal collo aperto della Medusa uscirono, come in un parto, il cavallo alato Pegaso, che tutti ricordiamo, e un gigante di nome Crisaore. Perseo mise la testa nella bisaccia, con l'intenzione di donarla ad Atena. La testa con gli occhi sbarrati era un'arma, bastava puntarla verso un nemico per pietrificarlo, e una ciocca dei capelli-serpenti era sufficiente a respingere un esercito.

– Avrebbe fatto comodo agli inglesi a Dunkerque! – commentò Rossi. – E gli farebbe comodo anche adesso.

Da due settimane, infatti, era in corso la Battaglia della Manica, tra aerei britannici e tedeschi.

– Perseo, – continuai, – raccolse il sangue della Medusa, anzi, potremmo dire i *sangui*, perché erano due, e avevano poteri magici: quello che colava dal lato destro del corpo poteva resuscitare i morti, mentre quello del lato sinistro era un veleno potentissimo. Poi l'eroe salí in groppa a Pegaso e presero il volo.

– E l'altro tizio, il gigante?

– Andò per i fatti suoi, sono altre storie. Piú tardi, Perseo e Pegaso stavano sorvolando le coste del Corno d'Africa, quando videro un mostro marino. Lo Pseudo-Apollodoro usa la parola κῆτος, che vuol dire «balena»...

– O «grande squalo», sí. Come *cetus* in latino.

– Esatto. Quel *cetus* stava per divorare una ragazza legata a uno scoglio. Pegaso planò giú e Perseo, usando gli occhi della Medusa, pietrificò il mostro. La ragazza salvata si chiamava Andromeda, e piú tardi divenne sua moglie.

– Ma perché era legata a uno scoglio?

– Vicenda lunga, che ci porterebbe lontano dalla Medusa. Basti dire che c'entrava Poseidone, il mostro era roba sua. Quando Atena ricevette la testa mozzata, la fissò al suo scudo, per colpire i nemici alla bisogna.

– Complimenti per la memoria, anzi, per l'erudizione! È chiaro che non l'hai studiata solo al ginnasio, ques...

Un'ombra ci schermò il sole. – Ho sentito che si parla di mitologia. Posso unirmi?

Era Spinelli. Anch'egli si accovacciò vicino al mucchio moribondo, che si lamentava nel silenzio piú assoluto.

Rossi riprese il discorso: – Ti stavo per chiedere che studi hai fatto, Erminio.

– Dovevo laurearmi in Lettere, a Bologna. Poi mi hanno arrestato e non ho mai scritto la tesi. O meglio, avevo scritto l'indice e l'introduzione, ma già prima dell'arresto avevo avuto qualche problema...

– Coi fascisti, intendi? – chiese Rossi.

– Con *un* fascista. Il mio relatore. Goffredo Coppola, nientemeno.

– Il filologo? – fece Spinelli. – Quel razzista schifoso che scrive sulla terza pagina del «Popò d'Italia»?

– Abbassa la voce, Altiero, – disse Rossi.

– Mica ho urlato, e poi siamo controvento, chi ce sente?

– Sí, proprio lui. Ora, dovete sapere che quello di Bologna è stato da subito uno degli atenei piú fascistizzati d'Italia. Vi assicuro che in pochi posti si possono trovare una piaggeria tanto densa nei confronti del regime e una gara tanto feroce a chi bacia piú volte e piú bavosamente i piedi di Pasta-e-fagioli.

– I piedi? – ridacchiò Spinelli. – Apprezzo l'understatement, come dicono gli inglesi.

– Grazie. Sotto quest'aspetto, il rettore Ghigi è un

vero tanghero, e il Coppola un impiastro repellente. Le sue sgangherate invettive contro gli ebrei le avrete lette sul «Popò», ma anche sul piano accademico non scherza. Uno studioso di spessore, non c'è dubbio, ma piega tutto al servilismo nei confronti del regime. Per dirne una, è stato capace di inserire in un libro su Callimaco una sviolinata nei confronti di Graziani!

– Chissà in questi giorni come sarà esaltato, allora! – commentò Rossi.

Ai primi di luglio, infatti, il generale Graziani era tornato in Libia come successore di Balbo: nuovo governatore e nuovo comandante in capo delle forze italiane in Africa settentrionale.

– E che problemi hai avuto con Coppola? – chiese Spinelli.

– La mia idea di tesi era *I mari Adriatico, Ionio e Tirreno e gli arcipelaghi d'Italia nei miti greci*. Per forza il relatore doveva essere lui, che aveva la cattedra di Letteratura greca. E ha accettato, anzi, lí per lí era entusiasta, ma quando ha letto l'indice e l'introduzione... Lí sono cominciati i problemi. Quel che volevo dire nella tesi, a lui non andava bene per niente.

– E cos'è che volevi dire?

– Davvero vi interessa? – domandai, guardando prima l'uno e poi l'altro. – Non vorrei dilungarmi e annoiarvi...

– Stai scherzando? Siamo a Ventotene! Abbiamo tutto il tempo del mondo!

Il tempo del mondo, già.

E cosí esposi la prolessi della mia tesi, e nel mentre pensai che non l'avevo mai esposta a nessuno. Mi era rimasta in gola nel marzo del '36.

– Volevo mostrare come, nel mito greco, i mari d'Italia siano sempre spazi aperti e illimitati, e il solcarli sia occasione di incontri inattesi e sorprendenti tra popoli diversi e diverse razze umane, tra uomini e divinità, tra uomini, animali e mostri. Incontri che spesso avvengono nel segno del conflitto aperto, ma piú spesso nel segno di un conflitto ambiguo, intriso di seduzione, o nel segno dell'accoglienza, dell'apertura al mescolarsi, anche dell'erotismo. Il conflitto aperto è per esempio quello tra gli Achei e Polifemo, sull'isola Lachea. Il conflitto ambiguo e intriso di seduzione è invece quello tra Odisseo e Circe, proprio laggiú, – e indicai col dito il promontorio, oltre il mare. – Odisseo deve resistere a una seduzione anche quando incontra la sirene, nello Stretto di Messina. Quanto all'accoglienza, possiamo citare Eolo, che ospita Odisseo per un mese nel suo palazzo a Lipari, e ovviamente Nausicaa e i Feaci, che Odisseo incontra nello Ionio, naufragando a Corfú. E questo solo limitandoci all'*Odissea*. Volevo anche sottolineare che in molti di quei miti l'incontro via mare è occasione di rapporti sessuali non solo tra diversi popoli, ma tra umani e non umani, rapporti che generano sempre nuove ibridazioni. Ecco qual era l'impianto della mia tesi.

Lí per lí tacquero entrambi, le labbra schiuse. Il tempo di due battiti di palpebre, poi sbottarono quasi all'unisono.

– Ah! Ah! Ah! – fece Rossi. – Ma come t'è venuto in mente di presentare una cosa del genere?

– Ah! Ah! Ah! – fece Spinelli. – L'impiastro nun l'ho mai visto in faccia, ma me l'immagino lo stesso, mentre legge 'sta roba…

– Lo so bene, di aver agito senza considerazione. Mi sa che ero rapito, irretito dall'originalità e dalla forza della mia interpretazione. Perlomeno, a me sembrava originale e forte. Per quanto riguarda la faccia, con tutto il suo parlare di razza ariana, Coppola è scuro di pelle e ha chiaramente antenati saraceni, ma giuro che l'ho visto sbiancare.

– Quindi, in un certo senso, avrebbe dovuto ringraziarti! – disse Spinelli.

– Invece si è incazzato, e parecchio. Ha detto che le mie erano «insensatezze», che la cosa importante dei mari d'Italia era che fossero, appunto, «d'Italia», e ha attaccato una manfrina sulle nostre tradizioni, citando Pasta-e-fagioli, blaterando di noi italiani che «fin dall'*Odissea* e prima» – ha detto proprio cosí – siamo «popolo di poeti, di artisti, di eroi, di navigatori, di trasmigratori»... In soldoni, per i fascisti Odisseo era italiano.

– L'italiano era Polifemo, se proprio vogliamo, – disse Rossi.

– «Popolo di santi, poeti e cannibali», – declamò Spinelli.

– Insomma, mi ha chiesto, o per meglio dire intimato, di cambiare completamente l'impianto della tesi, allo scopo di «celebrare l'italianità dell'ambientazione dei miti classici». Poi mi ha beccato la polizia...

– Ma tu lo avresti fatto? – mi chiese Spinelli. – Intendo dire, le avresti scritte quelle scempiaggini?

– Be'... Ecco...

Respirai forte.

– Mi ero messo in un bel guaio. Avrei potuto cambiare tesi, rivolgermi a un altro relatore, ma sarebbe stato uno strappo... Avrei attirato su di me certe attenzioni, forse lo stesso Coppola avrebbe diffuso sospetti sul mio conto, se ancora non l'aveva fatto... E pensare che invece ero già sorvegliato! Stavo ancora meditando sul da farsi, quando l'Ovra ha deciso per me. E mi è rimasta...

Spinelli e Rossi pendevano dalle mie labbra.

– Questa storia mi è rimasta qui, – portai la mano al pomo d'Adamo. – E non mi va né su né giú.

– Animo! – fece Rossi, battendosi le mani sulle cosce. – Qui siamo all'università di Confinopoli, che è meglio di molti atenei del continente. Fai conto che stiamo discutendo la tua tesi.

– Giusto, – disse Spinelli, – e io te vedo già *magna cum laude*. Mi piace molto la tua lettura dei miti greci. Ci mostra i mari d'Italia come mari d'Europa.

– Non solo d'Europa, anche d'Africa, – puntualizzai.

Li avevo proprio affascinati, e ne volevano ancora.

– Prima citavi Eolo e il suo senso dell'accoglienza, – disse Rossi, – ma qui dove stiamo, con noi non sembra molto tenero: il vento ci tormenta giorno e notte, e d'inverno ci leva la pelle!

– Mica solo d'inverno... – disse Spinelli. – E pure Poseidone è un bel manigoldo, col mare in tempesta che non fa arrivare le navi, e fa dare di stomaco ai confinati sul piroscafo.

– Aspettate, – li interruppi, – tra i due c'è differenza –. E mi alzai in piedi.

Fu un cambio di prospettiva: ora parlavo a loro dall'alto in basso.

– Di Poseidone sappiamo molto, e «manigoldo» è una giusta definizione.

Raccontai delle imprese del dio del mare, velleitarie e nefande, ma senza spingermi oltre quanto si trovava nel canone.

– Insomma, – conclusi, – se dovessi attribuirgli un'appartenenza politica, direi che Poseidone è un fascista.

– Ma certo! – esclamò Altiero. – È perfettamente coerente! Ed Eolo?

– Su Eolo ho una mia idea, ma...

Stavo tremando? Forse un refolo di vento sulla schiena sudata...

– È un'idea piuttosto eterodossa…

Avevo tremato. Se n'erano accorti?

– Insomma, non è che un gioco, – provai a dire, – un divertissement…

– Sentiamolo! – disse Ernesto.

35.

Raccontai di Poseidone guardiano marittimo del confino, e della lotta di Eolo per scacciarlo da Lipari.

– Sicuramente Poseidone si è piazzato là nell'autunno del '26, quando il fascismo ha aperto la colonia. La mia idea è che Eolo abbia riportato una vittoria importante in un momento che si situa tra il 17 agosto del '28 e il 27 luglio del '29.

– Oh, bella! – fece Ernesto, ridendo. – E come mai tra queste due date?

– La prima è quella dell'evasione fallita di Spangaro. La seconda quella dell'evasione riuscita di Lussu, Nitti e Rosselli.

Sgranarono gli occhi. Stavo ripescando una storia di cui non si parlava da tempo.

– Un giorno d'agosto Antonio Spangaro, giovane comunista udinese, si impadronisce di un sandolino e tenta di lasciare l'isola, ma Poseidone aizza le onde, il fuggitivo rischia di annegare e alla fine decide di tornare a riva. I friulani hanno fama di teste dure, e infatti Spangaro è determinato a non consegnarsi, vuol dare filo da torcere ai fascisti. Prima che lo catturino, rimane alla macchia sull'isola per piú di un mese.

– Dicono che Pasta-e-fagioli fosse furibondo, – commentò Spinelli, – e non fatico a crederlo.

– A un certo punto, però, Eolo ce la fa a riprendersi Lipari, e finalmente un'evasione riesce perfettamente.

Un piano ben architettato: un motoscafo partito da Tunisi raccoglie Lussu, Rosselli e Nitti, e via, chi s'è visto s'è visto. Con Poseidone a pattugliare i dintorni, anche quei tre avrebbero fallito, come Spangaro, o come Stramucci e Marcaleone. Poseidone, però, non si rassegna, e le scaramucce con Eolo vanno avanti fino al '33, quando la vittoria del signore dei venti è definitiva, e la colonia viene smantellata. Ricapitolando, Eolo fa il suo lavoro, se il vento soffia forte non è perché ci abbia in antipatia, anzi, ha in antipatia il fascista Poseidone. Non è detto che sia proprio antifascista, ma di sicuro non sta dall'altra parte.

I loro volti sembravano fotografie: immobili. Li avevo ammaliati.

– È davvero un bel gioco, questo! – disse Rossi, scuotendosi. – Inserisce tutti noi dentro un nuovo poema epico! Come potremmo chiamarlo?

– La Ventoteneide! – disse una voce allegra alle nostre spalle.

Era l'albanese Lazar Fundo.

Fundo era arrivato a Ventotene alla fine dell'inverno. Aveva quarantun anni, statura media ed era biondo, a dire il vero quasi calvo, con un viso scavato da cui sporgevano naso e mento, entrambi a punta. Giornalista, ex comunista, il suo percorso somigliava a quello di Spinelli, ma molto piú vicino agli eventi, dato che era stato a lungo in Russia e aveva rischiato di soccombere nelle famose purghe di Stalin. Da tempo aveva rotto coi comunisti albanesi, ed era nella lista nera dell'Internazionale in quanto «trotskista».

Anche Fundo era appassionato di cultura classica. Leggeva il greco e andava in giro con le tasche piene di pezzetti di carta: versi di poemi, appunti, citazioni trascritte dai libri che prendeva in biblioteca. Ogni tanto si fermava, pensoso, e si rovistava in tasca. Estraeva una manciata di cartigli, trovava quello che gli serviva, lo rileggeva muovendo appena le labbra, lo riponeva e si rimetteva in cammino, anche lui legato al filo dei pensieri, perso in chissà quali visioni.

Oggi che le case editrici pubblicano testi scritti al confino, ci vuol poco a farsi idee sbagliate, a pensare che scrivere fosse facile. Macché, potevi scrivere solo su un quaderno che ti dava la direzione, su tua richiesta. Le pagine erano numerate ed era vietato strapparle. Il quaderno te lo davano la mattina e al secondo appello lo restituivi. La polizia controllava le pagine una a una, e l'indomani te lo ridavano. Se volevi scrivere altro, dovevi farlo di nascosto. Fu cosí che Spinelli e Rossi stesero il loro manifesto sull'Europa. Ma sto andando troppo avanti.

– Non potevo fare di meno di sentirvi, – disse Fundo nel suo italiano lievemente impreciso. – Io dico cosí: anche Ares può solo essere un fascista.

– Naturalmente! – risposi subito. – Ares è il dio della forza bruta, dei massacri, della guerra fine a sé stessa. Non a caso il fascismo lo esalta. A essere precisi, il fascismo esalta Marte, il suo corrispettivo nella religione romana. I due non sono perfettamente equivalenti, basti dire che Marte è il padre di Romolo, e sembra un po' meno scemo… Ma uno come Ares non va tanto per il sottile, ed è lusingato delle attenzioni dei corifei fascisti.

– E allora, – mi incalzò Fundo, – io dico che Atena anche è antifascista! Nell'*Odissea* è contro Poseidone, e in altri miti sfida tante volte con Ares e lo umilia.

Ero eccitato e preoccupato al tempo stesso. Dove mi stavano portando?

– Certo, – risposi. – Atena non può che essere decisamente antifascista. È anche lei una divinità della guerra, ma in modo diverso da Ares: lei è la dea delle guerre per giusta causa. Che è come dire che è la dea delle rivoluzioni, no? È la dea dell'intelligenza contro la forza bruta, ecco perché sfida e sconfigge Ares. È la protettrice del lavoro operoso, quindi del proletariato. Infine, è la protettrice della libera sovranità delle *pòleis*. Non a caso Atene si chiama cosí in suo onore.

– Sai una cosa? – fece Rossi. – Con queste storie mi hai fatto venire un'idea per un pupazzo!

Ernesto chiamava «pupazzi» le sue vignette, brillanti caricature che disegnava ovunque e di continuo: sui margini bianchi dei giornali, sulla carta del macellaio, sulle pietre coi gessetti…

– Tempo scaduto! – gridò l'agente dal baracchino. – È ora di lasciare la spiaggia!

Come uscendo da un incanto, tornai a sentire le voci, le risate, il rumore del vento e delle onde.

Mi guardai intorno: i bagnanti raccoglievano le loro carabattole, scrollavano gli asciugamani, si pulivano i piedi dalla sabbia. Sulla punta piú lontana della mezzaluna vidi Ravaioli, immobile, completamente vestito. A pochi metri da lui c'era Caramella, in calzoncini corti e canottiera a strisce. Erano distanti, ma mi parve che guardassero la barca dei Chiaramantesi. La osservai anch'io: si stava avvicinando. Neri e Gabriello venivano a sincerarsi che tutto fosse a posto, e magari a spingere via i piú lenti a pedate nel culo.

In quell'istante il vento si mise a urlare.

La notte prima, su richiesta di Atena, Hermes aveva raggiunto la dea dagli occhi sfavillanti a Punta Eolo, tra i resti di Villa Giulia e il cimitero. L'isola era avvolta dal buio. La Via Lattea divideva in due il cielo. Le stelle si stagliavano contro il cosmo e sembravano sciami di lucciole.

– Sorella, perché incontrarci proprio qui?

– Perché voglio mostrarti una cosa. Mi è venuta un'idea.

– Un'idea su come togliere di mezzo gli Aloadi?

– Sí, e me l'hanno data proprio loro. Ricordi quando volevano riempire il mare gettandovi dentro montagne?

– Come dimenticarlo? Ero accanto a papà quando li ha abbrustoliti.

– Bene, allora seguimi.

Tenendo l'ingresso del cimitero alla propria destra, avevano girato intorno all'alto muro. Il lato meridionale dava su Cala Rossano. Erano scesi in quella direzione, percorrendo forse venti metri, quando Atena si era fermata.

– Avevi mai fatto caso a questo? – aveva chiesto a Hermes, indicando un grosso masso in bilico sul pendio.

Poi gli aveva spiegato il piano.

– Mi piace! – aveva detto il messaggero.

– Noi dovremo essere lí, e aspettare che raggiungano il punto giusto. Daremo il segnale a Eolo, e colpiremo. Di quei due non dovremo piú preoccuparci, vedrai.

36.

Il vento soffiò sempre piú forte, tanto da farci barcollare. Qualcuno gridò e ci gettammo a terra, mentre sulla spiaggia si formava un mulinello, che vorticando cominciò ad allargarsi, facendo volare teli, ciabatte, cappelli di paglia e, infine, meduse. Vidi le meduse, creature d'acqua, danzare nell'aria. *Splaf!*, fece una, spiaccicandosi sul baracchino all'entrata della spiaggia. Nella cala si alzavano onde cattive, la barca dei Chiaramantesi era scossa di qua e di là e Gabriello gridava, mentre Neri, diafano in volto, tratteneva conati di vomito. Chi dei due era Oto? Chi dei due era Efialte? Stavano comunque riuscendo a muovere la barca, ed erano ormai vicini alla riva, sulla punta piú lontana della mezzaluna, dove poco prima avevo visto Ravaioli.

– Se Eolo sta con noi, – gridò Rossi nel marasma, – ha uno strano modo di dimostrarlo!

E proprio allora si udí un *burubúm burubúm*. Alzammo gli occhi: dal pendio del cimitero rotolava una pietra enorme, che all'ultimo rimbalzo spiccò il volo, e sulla sua traiettoria c'era la barca.

– Nooooooooo! – gridò Oto, oppure Efialte.

CRASH! fece quel meteorite, colpendo in pieno e sfasciando la barca, e sbriciolando molte ossa degli Aloadi.

In quello stesso istante il vento smise di soffiare.

Io, Rossi, Spinelli e Fundo ci guardammo attoniti. C'erano meduse ovunque. Tutti si stavano alzando, sbalorditi, e già qualcuno si avvicinava alla barca, ridotta a un rottame di legno, corpi, sangue, gemiti e camicie nere.

Il poliziotto del baracchino suonò il fischietto per chiamare i soccorsi.

Il primo a parlare fu Spinelli:

– Ernesto, che stavi dicendo poco fa a proposito di Eolo?

37·

I Chiaramantesi erano vivi, ma sfracellati. Li attendevano lunghi mesi d'ospedale in continente, ingessati da capo a piedi, gli arti in trazione, costretti a cagare nella padella e a pisciare nel pappagallo. Scomparvero dall'isola e nessuno li vide piú. Forse stavolta erano davvero in fondo al Tartaro.

Non potevamo festeggiare per le vie, ma nelle mense si sprecarono i brindisi, indiretti e alcuni criptici, ma per noi perfettamente comprensibili.

– Al compagno Berengari!

– *Prosit!*

– Al compagno Pontecorboli!

– *Prosit!*

– Alla pasta e fagioli!

– *Proooot!*

– Al compagno Pietrone!

– *Sbadabàm!*

Il brindisi cifrato era forse una precauzione superflua, perché la fine dei Chiaramantesi – *quella* fine, come dinosauri spazzati via dall'asteroide – aveva sconvolto la milizia. L'aveva sconvolta a tal punto che da qualche giorno s'era allentato il pedinamento. Fuori dagli usci delle mense non c'era nessuno, nemmeno una camicia nera.

Cifrato o no, un brindisi lo fecero tutti, perché tutti avevano odiato i Chiaramantesi. Brindarono anche alla mensa degli acquatici, con la limonata. Brindarono perfino i manciuriani.

Non che gli altri militi fossero fiorellini, e certo non erano fiorellini gli sbirri e i carabinieri, ma Neri e Gabriello si erano attirati odio puro. Ora, non solo la giustizia proletaria li aveva colpiti, ma il giustiziere – «il compagno Pietrone» – non era punibile. Il sospetto che lo avesse spinto giú qualcuno fu accantonato subito: decine di persone, compreso l'agente di guardia, avevano visto e sentito la tromba d'aria.

Due ras della milizia erano stati eliminati, e nessuno poteva farci nulla.

L'attentato perfetto è quello che si compie da solo.

Alla mensa di noi socialisti, dove mangiava anche lui, Fundo ci insegnò a brindare in albanese.

– Al compagno Eolo!

– *Gëzuar!*

Poi Pertini fece un discorso.

Da fuori, al solito, non mostrava un'incrinatura, ma era in una fase di bilanci e di pensieri malinconici. Si avvicinava la scadenza del suo periodo di confino, e sapeva già che lo avrebbero tenuto lí. La prefettura avrebbe proposto la riassegnazione, e il ministero avrebbe agito di conseguenza, come faceva per ogni antifascista di spicco. Pertini, ufficioso portavoce dei confinati e, agli occhi di Meo, piantagrane, non aveva speranze di andarsene a breve.

Non c'era uomo che ammirassi di piú. Scegliendo la lotta contro il regime, aveva rinunciato a una carriera promettente da avvocato, e tra esilio, carcere e confino aveva bruciato ogni residuo di gioventú. Era riparato in Francia a ventinove anni, lo avevano arrestato che ne aveva trentatre, e ormai ne aveva quarantaquattro. A casa, nei pressi di

Savona, aveva la madre anziana, che tanto aveva sofferto per il figlio, e desiderava rivederla almeno una volta, prima che morisse. Aveva quel peso nell'animo, ma se c'era una cosa a cui teneva, era che il nostro morale non fosse troppo basso. E quel giorno era bello alto.

Disse: – Cari compagni e amici, oggi vi vedo lieti, e questa capacità di essere lieti, di essere superiori, di restare vivi anche sotto il tallone dei prepotenti, questa, compagni, è la nostra piú grande forza. Quella dei prepotenti non è forza, ma debolezza. La condizione in cui ci troviamo dimostra che, nonostante spadroneggino da anni, i fascisti hanno ancora paura di noi. Se non avessero paura, nessuno di noi si troverebbe qui. E questo dice molto della loro debolezza. Noi, compagni, dobbiamo sempre tenerci pronti, non dobbiamo arretrare di un solo centimetro, perché il momento verrà! Verrà il momento di opporre la nostra forza alla loro debolezza. Prima o poi coi prepotenti c'è il redde rationem, e... – Un sorriso gli illuminò il volto. – E sí, ogni tanto dà una mano anche la natura! – Infine chiamò il brindisi: – All'idea che non muore!

– Viva!

Perfino il direttore e il vicedirettore, dopo un iniziale turbamento, parvero sollevati. I Chiaramantesi erano sempre stati patate bollenti.

Pietrone fu spostato di pochi metri e rimase su un lato della spiaggia. Dopo che riaprirono Cala Rossano, c'era chi andava a toccarlo e diceva: – Grazie.

38.

Trascorse anche l'agosto del '40, mentre la Luftwaffe bombardava i porti inglesi, la Raf bombardava per la prima volta Berlino e l'Italia attaccava la Somalia britannica.

Venerdí 6 settembre, al posto del *Regina Elena* – che non avremmo piú rivisto – arrivò da Gaeta un piroscafo piú piccolo, il *Santa Lucia*, e dal *Santa Lucia* scese, subito trasmessa da Radio Confino, una notizia inattesa.

Giacomo stava ormai bene, presto lo avrebbero dimesso, e si stava battendo per non essere mandato altrove. Chiedeva di tornare a Ventotene. Minacciava di fare lo sciopero della fame.

Di scioperi della fame ce n'erano stati: solitari e collettivi, nelle colonie e nelle carceri, per protestare contro punizioni ingiuste, riduzioni delle mazzette, confische di libri... Ma che uno facesse lo sciopero della fame per andare al confino dove preferiva non ci sembrava di averlo mai sentito.

Ripartirono i mormorii notturni.

– Ma figurarsi se i fascisti lo accontentano... Il ministero non è mica un'agenzia di viaggi...

– Io se torna mica mi dispiace, intendiamoci, ma perché vuole tornare?

Un perché lo sapevo io, e forse, con gli elementi che aveva, poteva capirlo Eugenio. L'isola un giorno avanti,

(Voi di quell'orologio non sapete niente!)

il campo di forza che funzionava a rovescio,
(*Sto lavorando a un'equazione*)
l'incantesimo della relatività,
(*Io faccio una domanda oggi e tu rispondi ieri*)
Ventotene come macchina del tempo.
(*Se potessi studiare quell'orologio*).

– Pensa che fortuna, per lui, che non ci siano piú i Chiaramantesi…

– Ma lo saprà che non ci sono piú?

– Difficile che non lo sappia, ne avrà parlato anche Radio Ospedale del gesto del compagno Pietrone…

– Non vorrà tornare per la faccenda della macchina del tempo?

Gradualmente, il palloncino delle ipotesi fantastiche tornò a gonfiarsi.

Una notte provò a sgonfiarlo Ravaioli: – Secondo me ci ricamate troppo sopra. Vuol tornare qua perché si sta meglio che alle Tremiti, chiedete a chi c'è stato. E rispetto a un paesino del Molise o della Lucania, almeno sta tra compagni. Lo avete mai visto ricevere una lettera? È solo come un cane, poveraccio.

E forse quello era il vero perché.

Stavolta, dopo la conversazione in spiaggia, le ipotesi fantastiche mi sembrò di capirle meglio, di coglierne la funzione di gioco, di sfogo, quasi di terapia. Se io e tre compagni serissimi, in pieno giorno, avevamo parlato dell'antifascismo di Atena, di Poseidone in combutta col regime e di Eolo che favoriva un'evasione da Lipari, non era poi cosí strano che, nel cuore della notte, altri compagni facessero congetture sui viaggi nel tempo.

La differenza era che, piú la notte avanzava, meno si sentiva il bisogno di mettere i discorsi in cornice, di premettere: «Questo è un gioco», «Questo è un divertissement», come avevo fatto io quel giorno al mare, per non espormi. Il linguaggio notturno non aveva cornici, passava di visione in visione, generava paradossi, apriva scenari, descriveva gli effetti di incursioni in altre epoche.

Tornò in voga il Rococò.

– Chi potrebbe costruirla una macchina del tempo?

– Che domande... Abbiamo un fabbro del calibro di Domaschi, che ha le mani d'oro... Abbiamo un orologiaio... Con la guida di Pontecorboli potrebbero...

– Mettici anche i falegnami: c'è Gigino lo stipettaio...

Non una frase di quei discorsi usciva dal camerone, niente era mai ripetuto alla luce del giorno.

Io e Ravaioli continuammo a starne fuori. Quanto a Caramella, dormiva un sonno invidiabile. Un sonno pieno e soddisfatto, indifferente a pulci e rumori. Lo sentivi ronfare dal momento che spegnevano la luce.

Di Giacomo non venimmo a sapere piú nulla finché, la mattina del 20 settembre, dal *Santa Lucia* non scese la notizia che a tutti sembrò chiudere la faccenda. Stufi delle sue fisime, i fascisti lo avevano nutrito a forza, trascinato fuori dall'ospedale e mandato al confino a Longobucco, sulla Sila.

Gli aspiranti temponauti si rassegnarono, e di nuovo cambiarono discorsi.

39.

Il 26 ottobre, vigilia del mio ventisettesimo compleanno, Ernesto Rossi mi mostrò il pupazzetto al quale stava lavorando. Dire «pupazzetto» lo sminuiva, perché era un'opera di ampio respiro. Lui la definiva «una piccola Cappella Sistina», ma a me ricordava piú il Ciclo dei mesi di Palazzo Schifanoia. In ogni caso, era il racconto per immagini del confino a Ventotene. Lo stava dipingendo con gli acquerelli su un vassoio di legno di forma ottagonale. Al centro campeggiava una scenetta mitologica, circondata da vari riquadri. In uno di questi si vedeva il passeggio, e c'erano già le prime caricature: Spinelli incombente su Colorni, e Terracini che leggeva su una sedia a sdraio. In un altro riquadro, riconobbi una cena alla mensa giellista. Era ancora soltanto uno schizzo, ma già era chiaro che avrebbe parodiato il *Cenacolo* di Leonardo.

Ma a colpirmi, a emozionarmi, fu la scenetta al centro, ormai quasi terminata: un Eolo paffuto e biondo, a cavallo di una nuvola, apriva il suo otre e con le raffiche di vento scacciava due sirene da Ventotene e faceva saltar via la corona a Poseidone. Quest'ultimo, scarmigliato e dalla barba lunga e nera, con una mano si aggrappava all'isolotto di Santo Stefano e con l'altra agitava minaccioso il tridente. Sulla destra, in rotta verso Ponza, si vedeva il *Santa Lucia* col suo pennacchio di fumo.

– È un auspicio, – spiegò Rossi sorridendo. – Lo hai

detto tu, ricordi? Se Eolo ha cacciato Poseidone da Lipari, può cacciarlo anche da Ventotene.

Avevo condiviso un pezzetto del mio mondo, e ora si era materializzato, eccolo lí, davanti ai miei occhi.

Nel dipinto, il *Santa Lucia* era scosso dalle onde.

– «Τὰ γοῦν τῶν πλεόντων τὸ σώζειν αὐτούς...»

Sentii quella frase nelle orecchie, scandita dal mio vecchio professore. La reminiscenza mi stupí. Quand'era successo?

– Squarzanti, traduca lei...

Viviani era parte del nodo che non andava su né giú.

La sera del fatidico 14 marzo del '36, giorno del mio arresto, dovevo incontrarlo per raccontargli della tesi, e di quel che mi aveva detto Coppola. Avevo un grande bisogno del suo parere. Due giorni prima gli avevo telefonato, ed era parso contento di sentirmi, anzi, divertito.

– Ma certo che possiamo parlarne, caro Squarzanti, – mi aveva detto, col suo accento veneto di sempre. – Anzi, mi fa piacere che, dopo anni trascorsi all'ombra delle piú alte cattedre dell'Alma Mater Studiorum, compresa la cattedra che fu di Carducci, al momento di compiere la scelta che coronerà i suoi studi il discente si ricordi del suo umile docente di liceo.

La sera del 14 marzo, mi aveva detto, avrebbe commemorato Orazio in occasione del bimillenario. Forse avremmo potuto tenere il nostro «conciliabolo» dopo la conferenza?

Avevo risposto che mi andava bene. Per la stessa sera, ma piú tardi, avevo già il rendez-vous all'albergo *Tripoli*. Si prospettava una serata densa.

Volevo appellarmi al magistero morale di Viviani, prima che a quello accademico. E cosa gli avrei chiesto esattamente? Cosa mi aspettavo da lui? La benedizione di un antifascista di lungo corso, il condono preventivo del mio compromesso? Un salvacondotto per scrivere ciò che non pensavo, come sotto il fascismo facevano in molti, pur di ottenere il risultato e laurearmi?

In fondo, fior di docenti avevano prestato giuramento di fedeltà al fascismo, spergiurando, per continuare a…

A fare che? Come se l'erano raccontata?

Io provavo a raccontarmela cosí: sarei rimasto socialista, avrei continuato a cospirare, e mantenere certe apparenze poteva non solo avere un senso, ma essere utile.

O forse speravo nel contrario? Forse mi aspettavo da Viviani la giustificazione per l'idea che cominciavo a intrattenere: fare un «bel gesto», rigettare Coppola e le sue imposizioni, rompere l'etichetta, cercare un altro relatore e se non l'avessi trovato pazienza, o la va o la spacca.

Tra quelle due opzioni, Viviani sembrava non aver scelto né l'una né l'altra: era rimasto antifascista senza ostentarlo, ma anche senza umiliarsi, in alto sopra le teste dei filistei. La sua statura era riconosciuta anche da Quilici, che gli chiedeva articoli per il «Corriere Padano».

Già, ma come potevo paragonare due storie, due condizioni cosí diverse? Un quarantacinquenne solido e temprato, cresciuto prima del fascismo, reduce di guerra, laureatosi nel '16, e un ventitreenne cresciuto sotto il regime trionfante, studente in un ateneo dove imperava la piú abietta menzogna?

Avevo in testa tutto ciò quand'ero uscito di casa, in via Voltapaletto, diretto al Castello Estense.

Quel rimuginare l'avevano interrotto due uomini in soprabito scuro.

– «Τὰ γοῦν τῶν πλεόντων τὸ σώζειν αὐτοὺς καὶ ἀπολλύναι ἐπ᾿ ἐμοί ἐστι· πλεῖ δὲ ἔτι».

– Squarzanti, traduca lei l'ultima battuta di Poseidone.

– Sí, professore… Dunque… «θάρρει, ὦ τέκνον… Consolati, figlio… ἀμυνοῦμαι γὰρ αὐτόν… Lo punirò io… ὡς μάθῃ ὅτι… affinché sappia che…»

– Trovi una forma meno cacofonica. Lei come direbbe?

– «Cosí imparerà che»?

– Bene, Squarzanti, prosegua.

– «Cosí imparerà che… καὶ εἰ πήρωσίν μοι ὀφθαλμῶν ἰᾶσθαι ἀδύνατον… sebbene mi sia impossibile curare la… πήρωσίν… Ho intuito il senso della frase, professore, ma questo preciso sostantivo non…»

– Deriva dal verbo πηρόω, Squarzanti, che per coincidenza somiglia a un verbo latino, le viene in mente quale?

– *Pĕrĕo, pĕris, perii, pĕrire.* «Perdersi, scomparire, andare distrutti, andare in rovina»… E «perire», appunto. Quindi la «πήρωσίς ὀφθαλμῶν» potrebbe essere la rovina degli occhi, la perdita degli occhi, la morte degli occhi…

– E la morte degli occhi come la esprimerebbe in italiano corrente?

– La cecità. «Sebbene mi sia impossibile curare la cecità… τὰ γοῦν τῶν πλεόντων… almeno le cose dei navigatori…»

– Sia meno letterale.

– «Almeno quel che riguarda i navigatori… τὸ σώζειν αὐτοὺς καὶ ἀπολλύναι… il salvarli e il distruggerli… ἐπ' ἐμοί ἐστι… sta a me, spetta a me. πλεῖ δὲ ἔτι·… Egli ancora naviga».

– Molto bene, Squarzanti. Dunque Poseidone ricorda al figlio Polifemo che le sorti dei marinai sono nelle sue mani, e finché Odisseo e i suoi compagni solcano i mari, egli potrà colpirli. Il grande patriota risorgimentale Luigi Settembrini rese cosí quella frase: «Ed insegnerò io a colui, che se non posso risanare i ciechi, io posso e salvare e perdere i naviganti». Settembrini tradusse i *Dialoghi* di

Luciano mentre era prigioniero all'ergastolo di Santo Stefano, al largo di Gaeta, dove lo avevano mandato i Borboni e dove rimase otto anni.

Mi alzai di scatto sulla branda, boccheggiante, succhiando aria. Nell'ultima parte del dormiveglia dovevo aver trattenuto il respiro.

Il camerone era buio e si udivano i consueti rumori: chi russava, chi si rigirava sulla branda, chi bofonchiava nel sonno. Uno schiaffo uccise una pulce. Il vento soffiava e scuoteva l'edificio.

Mi massaggiai la fronte sudata, e le tempie.

Era stato Viviani, Viviani e nessun altro, il primo ad accostare, nella mia mente, Poseidone alle Ponziane, la vendetta di Poseidone alla repressione e alla prigionia, il mondo dell'*Odissea* a quello della lotta politica.

Come avevo potuto dimenticarlo?

Accesi la candela e guardai l'orologio: era l'una.

Buon compleanno.

40.

La mattina, ero all'imbocco di via degli Olivi e stavo per entrare in biblioteca, quando mi sentii chiamare.

– Ehi, Squarzanti! Erminio!

Era Terracini. Veniva verso di me, trafelato, gli occhiali a mezz'asta sul naso, il cappello inclinato sulla pelata, la giacca svolazzante perché troppo larga, come troppo larghi erano tutti i nostri vestiti.

– Scusami, compagno, ma ho nuove di Pontecorboli e volevo dirle prima a te. Quand'era qui eri il suo miglior amico, e mi sembrava giusto...

Attraversando la piazzetta della chiesa, che verso l'ora di pranzo era quasi deserta, Terracini era passato sotto le finestre della direzione e aveva udito Meo imprecare. Si stava sfogando con alcuni poliziotti, per via di qualcosa che aveva appena saputo, di una qualche gatta da pelare.

Con cautela, Terracini aveva teso l'orecchio, senza fermarsi, ché avrebbe dato troppo nell'occhio, ma camminando lentamente avanti e indietro.

Meo sbraitava metà in italiano e metà in napoletano. Si lamentava di essere trattato come una pezza da piedi, diceva che non potevano rispedirgli «quello là», che lui aveva già un diavolo per capello a mandare avanti quella gabbia di matti.

All'inizio Terracini non aveva capito di che stesse parlando, ma poi l'aveva sentito dire, e ancora oggi è come se lo sentissi: «Chille è 'no jettatore, l'ho capito dal primo giorno, quando è venuto qua e feteva di vomito! Porta scarogna! Jettatore lui, e jettatore pure chill'altro con la peritonite!»

Quello con la peritonite poteva essere solo Piancastelli, dunque l'altro doveva essere Giacomo. Infatti Meo aveva aggiunto: «A giugno per poco non succedeva un quarantotto! Ce l'eravamo levati dai coglioni, e invece... All'ospedale ha fatto pure 'o sciopero d'a fame, ha fatto 'o pazzo, e mo' me lo rimandano da martire! Quello sta morendo, e adda murí propri' accà?»

– Ma chi, Giacomo? – chiesi a Terracini quand'ebbe finito il racconto. – È lui che sta morendo?

– Pare di sí. E ritorna a Ventotene.

– Ma di cosa, sta morendo? Com'è possibile?

Terracini si strinse nelle spalle. – Ti ho detto tutto quello che ho sentito. Mi spiace –. E prima di congedarsi aggiunse: – Non resta che attendere Radio Confino.

Sentendomi lievemente instupidito, come uno appena sceso dall'ottovolante, varcai la soglia della biblioteca.

– Eccone un altro! Cos' te vol? – disse Mario Maovaz, alzando gli occhi dal giornale.

Accoglieva tutti cosí.

La biblioteca era uno stanzone foderato di scaffali, con annessa una saletta di lettura. La gestiva un comitato nel quale era rappresentata ogni tribú. Era l'unico organo unitario, il solo ambito nel quale non si congelarono mai i rapporti coi comunisti, nemmeno quando Hitler e Stalin sembravano andare d'amore e d'accordo. Raffreddati sí, congelati mai. I libri erano troppo importanti.

Ciascuno di noi versava al fondo di gestione due lire al mese, che servivano per ordinare nuovi libri. Spesa che sovente andava a vuoto, perché la direzione sequestrava i titoli ritenuti «inopportuni». Oltre a questo, bloccava e inoltrava al ministero i testi in lingue straniere, perché fossero esaminati e approvati da «esperti». Solo dopo quel placet sarebbero tornati indietro, il che non sempre avveniva. Figurarsi se al ministero avevano tempo e voglia di leggere *The General Theory of Employment, Interest and Money* o *Le problème moral dans la philosophie de Spinoza et dans l'histoire du spinosisme*... Nonostante questo, nell'autunno del '40 il catalogo contava oltre duemila volumi. In buona parte provenivano dalla biblioteca di Ponza, chiusa insieme alla colonia ormai piú di un anno prima.

Nemmeno in quel caso era andato tutto liscio: l'ispettore di pubblica sicurezza Capobianco, incaricato di sovrintendere alla chiusura e al trasferimento, aveva confiscato molti titoli che riteneva «sovversivi», e li aveva fatti bruciare in un bel falò. Non le facevano solo i tedeschi, certe cose.

Insomma, la biblioteca era tollerata ma temuta, sottoposta a occhiute sorveglianze e repentine perquisizioni. Come per rammentarci che *videt Dux omnia*, tra gli scaffali era incastonato, stridente, il ritratto di Pasta-e-fagioli. Quel ritratto diceva che i libri sarebbero sempre stati in pericolo.

La biblioteca era vuota. A quell'ora i confinati erano in mensa. Tranne Maovaz, che spesso si portava lí il piatto di pasta, o si accontentava di un panino, per non interrompere la lettura dei giornali. Li compulsava tutti avidamente, ogni giorno, per capire come stesse davvero andando la guerra.

Maovaz era un repubblicano triestino, anzi, dalmata. A cinquantasette anni era uno dei piú anziani del confino, benché ne mostrasse molti di meno e, perfino nelle condizioni che pativamo, serbasse un fisico da atleta. Forse, tra i confinati, piú vecchio di lui c'era solo l'anarchico Schicchi, che stava per affrontare il settantacinquesimo inverno.

Maovaz aveva una lunga storia alle spalle. Nei primi anni del secolo aveva fatto il marinaio e si era trovato a Odessa proprio nel 1905, allo scoppio della prima rivoluzione russa. Era stato uno dei pochissimi *foresti* – cosí diceva lui – a prendervi parte. Dopo la guerra e la fine dell'Austria-Ungheria, aveva continuato a viaggiare, finendo a fare l'albergatore sul Mar Rosso. Tornato a Trieste, al suo essere mazziniano e massone aveva aggiunto una conversione al buddhismo e poi l'adesione a Giustizia e libertà. Finito nel mirino dell'Ovra, si era fatto la consueta trafila di galera e confino. Quando l'avevano mandato alle Tremiti, aveva partecipato alla grande rivolta contro il saluto romano, finendo in carcere a Lucera. A Ventotene era arrivato cosí, «condotto per molte genti e molti mari».

E da qualche tempo era il nostro nuovo bibliotecario.

Mi ero diretto in biblioteca con l'idea di cercare, sugli scaffali, le opere di Luciano di Samosata, ma il racconto di Terracini mi aveva fatto scordare il proposito, e ora me ne stavo lí, davanti a Maovaz, incerto, ciondolante.

Dicevano che parlasse sette lingue, compreso l'arabo, anche se io l'avevo sempre sentito usare una miscela di italiano e parlate venetoidi.

– Cos' te ga, Squarzanti? Ti senti poco bene?

La domanda che io rivolsi a lui non l'avevo prevista in alcun modo.

– Quando sei diventato bibliotecario, Pontecorboli era ancora qui?

Si grattò la testa, certamente pensando: uno è qui tranquillo che legge il giornale e varda ti che seccatori che arrivano...

– Lo hanno portato via a giugno, giusto? Allora no, il bibliotecario era Bidoli. E prima ancora Anderlini.

La seconda domanda dovette sembrargli un autentico *non sequitur*: – Abbiamo *La macchina del tempo* di Herbert George Wells?

Ecco cosa si seppe di Giacomo, frammento dopo frammento, tra fine ottobre e metà novembre.

Nel posto sperduto dove lo avevano scaraventato, si era preso la tubercolosi, e in una forma piuttosto grave. Tutto quel che aveva patito negli ultimi due anni, e segnatamente negli ultimi mesi, era sfociato in quel male, che tanti di noi conoscevano.

Anche con la tubercolosi Giacomo non aveva mai smesso di chiedere, di reclamare il ritorno a Ventotene. Perplessi, gli avevano domandato piú volte il perché e lui aveva risposto: – Ventotene è dov'ero prima, è là che mi dovete riportare. È l'unica cosa giusta.

Gli avevano detto che era un pazzo: semmai chi era malato chiedeva di mutare il confino in semplice ammonizione, per poter tornare a casa, o almeno di essere mandato in un sanatorio. Arrivarono a dirgli, in un raptus di sincerità: lo sanno tutti che per i tisici il clima di Ventotene è il clima peggiore!

– Eppure ce ne avete mandati, senza troppe remore. Infatti ci sta un padiglione solo per loro, con l'infermeria proprio lí accanto. È quello il mio posto. Pure Pertini aveva la tubercolosi, ed è guarito. Voglio andare a Ventotene.

Poi aveva fatto un altro sciopero delle fame. A Longobucco, di imboccarlo a forza non se l'era sentita nessuno, e lui era andato avanti. Digiuno e tisi insieme lo avevano quasi stroncato, ed era ormai in condizioni critiche quando dal ministero avevano deciso di accontentarlo: ma sí, se ne andasse pure al diavolo a Ventotene! Il Paese era in guerra, c'erano un sacco di rogne da grattare e si era già perso fin troppo tempo appresso a quello squinternato, che lo si mettesse sulla corriera, sul treno, sul piroscafo, sul carro funebre, amen, l'importante era toglierselo dai piedi. Con tanto di firma del sottosegretario Buffarini Guidi.

Dal che si poteva capire una cosa: la direzione della colonia non aveva fatto rapporto *proprio su tutto*. Sugli eventi di giugno – un accenno di rivolta e un altro paio di proteste – Meo e Guida dovevano aver glissato.

Prima di affrontare il lungo viaggio, però, Giacomo doveva riprendere un po' di forze. La rogna di un confinato morto in traduzione il ministero se la risparmiava volentieri. E cosí, contro il suo parere, lo avevano mandato in sanatorio a Taranto.

Nel frattempo, cominciava la campagna di Grecia.

41.

Che la guerra di Grecia avesse come unico movente il narcisismo di Pasta-e-fagioli lo capimmo subito perfino noi. Capimmo pure che sarebbe stata un disastro.

Come sempre, leggevamo tra le righe degli articoli, mettevamo in fila le incongruenze e facevamo la tara a ogni annuncio della radio, soppesando i cambi di tono, la scelta del tal vocabolo al posto del tal altro, lo scarto tra la data di un evento e quella in cui veniva riferito... Il piú bravo di noi era Maovaz, che passava la stampa al setaccio, spingendosi a leggere anche i necrologi, le previsioni del tempo, gli annunci economici. Ogni dettaglio, ogni frasetta «dal sen fuggita» poteva rivelare qualcosa. I retroscena non potevamo conoscerli, ma quando, piú tardi, li venni a sapere, aggiunsero solo un po' di colore.

Il 7 ottobre, truppe tedesche entrarono nel regno di Romania, su invito del nuovo dittatore, il generale Antonescu. Costui temeva di essere invaso dall'Urss, per via di certi pozzi di petrolio, quindi aveva offerto ai tedeschi l'avamposto ideale per *invadere* l'Urss. Lo sapevano tutti, era lí che si andava a parare. Sotto il ghiaccio sottile del patto Hitler-Stalin, i κήτη non avevano mai smesso di nuotare.

Dell'ingresso in Romania, Pasta-e-fagioli fu informato soltanto l'11. L'andazzo era quello: la Germania faceva e disfaceva, decideva e si muoveva, degnandosi di avvisarlo solo quando le pareva.

– Ne ho abbastanza! – sbraitò. – Cosa sono io, un lacchè, un reggicoda?! Ah, ma stavolta la vedrà, il Führer, la vedrà! Stavolta lo metto io, davanti al fatto compiuto!

Il duce bramava una guerra tutta sua, non piú subordinata a quella dei crucchi ma parallela, sí, ecco la parola giusta! «Parallela»! Fu cosí che, per dispetto, decise di invadere un Paese, d'infilata. «Senza dir asino né porco», diciamo a Ferrara. Invadere un Paese. Meglio se nei Balcani, per poter partire dall'Albania.

– Che faccio? – si domandò. – Invado la Grecia o la Jugoslavia? – Per decidere, adottò il piú sensato metodo di analisi geopolitica: fare ambarabacicicocò sulla mappa.

– Il dottore si ammalò, am, ba, ra, ba, ci, ci, co... cò! La Grecia!

A quel punto chiamò il genero, che era anche ministro degli Esteri. – Galeazzo! Invadiamo la Grecia!

Galeazzo, c'al iera un imbezíl, ne fu subito entusiasta e si mise a orchestrare provocazioni, per avere almeno uno straccio di casus belli. Nel resto dell'entourage, invece, molti rimasero sconcertati: – Ma perché la guerra alla Grecia? Che senso ha?

La dittatura di Ioannis Metaxas si ispirava al fascismo nostrano, lo emulava fino al punto di adottare camicia nera e saluto romano, ma non sta scritto da nessuna parte che i fascismi debbano amarsi, o aver fiducia l'uno nell'altro. In fin dei conti, non può esistere l'*Internazionale nazionalista*, sarebbe soltanto un ossimoro.

Metaxas al duce stava sulle balle. L'emulazione greca lo irritava. L'imitazione è caricatura, perfino quando non è malevola. Sí, chi ti imita, chi ti emula, spesso ti fa sentire ridicolo, insinua il sospetto che tu sia un fesso, o un pallone gonfiato.

Quando l'Italia aveva invaso l'Albania, degli screzi c'erano stati. Metaxas, temendo sconfinamenti e pure peggio, si era allarmato e aveva chiesto un intervento della Gran Bretagna. In soldoni, Londra aveva detto: «L'Italia non osi toccare la Grecia», e non era successo piú nulla.

Era passato già piú di un anno e, perlomeno su quel versante, ogni cosa pareva tranquilla. Tanto che, il 2 di ottobre, Pasta-e-fagioli aveva ordinato, in vista dell'inverno, una massiccia smobilitazione dell'esercito: piú di cinquecentomila uomini erano già sulla strada di casa, o si preparavano a partire. Ma dieci giorni dopo... Ambarabacicicocò.

Ad Atene, l'ambasciatore Grazzi ricevette il testo in codice dell'ultimatum al governo greco la sera del 27 ottobre, mentre dava una cena di gala per «festeggiare la distensione nei rapporti italo-ellenici». Costernato e terreo in volto, brindò con ministri e pezzi grossi, mentre in una stanza lí accanto gli addetti decifravano il dispaccio. Un lavoro lento e certosino: sfiorava le settecento parole.

Era un ultimatum fittizio, farina del sacco di Galeazzo, scritto per essere irricevibile. L'ambasciatore aveva l'ordine di consegnarlo a Metaxas personalmente, alle tre di quella stessa notte. Cosí cominciava il XVIII anniversario della Marcia su Roma: tirando giú dal letto Metaxas, per spregio, e dichiarando guerra per ripicca. Ripicca due volte: verso la Grecia che ci imitava e la Germania che ci snobbava.

E cosí, moribondo di vergogna, Grazzi andò a casa del dittatore e lo fece svegliare. Nell'atrio, in vestaglia e ciabatte, Metaxas lesse il lungo papiello, alzò gli occhi dall'ultimo foglio e pronunciò una sola parola, l'avverbio negativo olofrastico che doveva passare alla storia.

– Ὄχι.

No.

L'invasione partí il giorno dopo. Il piano prevedeva un attacco di terra dall'Albania italiana – dai monti del Pindo, al confine con l'Epiro – e un attacco dal mare, con sbarco anfibio nell'antica Corcyra.

Poseidone aveva garantito che sarebbe andato tutto bene. – Voi dovrete aspettare il segnale: quando il mare è una tavola blu, muoverete la squadra navale. Sbarcherete sicuri a Corfú!

E invece, quel 29 ottobre, lo Ionio si volse in tempesta, selvaggia mandria di cavalloni, costringendo ad annullare lo sbarco. Niente offensiva via mare.

Poseidone era furibondo: lo Ionio si era imbizzarrito *contro di lui*! Un nome gli volò tra le labbra: Eolo! Doveva esserci l'otre di Eolo, in quella storia! Ma il nume dei venti non poteva aver agito di propria sponte, non poteva sapere dell'attacco. Si era mosso il Dodekatheon. Anzi, visto che ormai eran dieci, il Dekatheon.

In piedi su uno scoglio, in mezzo alla burrasca, il dio del mare guardò in direzione dell'Olimpo, agitò il pugno e gridò: – Μαλάκες! – Poi ringhiò la sua maledizione, espressa in modo ottativo con funzione desiderativa: – Che la guerra possa presto raggiungervi! Che i mortai fascisti possano bombardare il vostro bel monte!

Ma anche l'offensiva di terra era partita male: sulla catena del Pindo, battuta da un acquazzone che durava da tre giorni, le truppe italiane affondavano in uno sconfinato pantano, che rendeva indistinguibili piste e sentieri, impaludava i pensieri, appesantiva gli stivali fin quasi a non poterli sollevare. Fu in tali condizioni che fanti e alpini sostennero i primi scontri con le forze greche, che si battevano con la furia di chi difende la propria terra. La faccenda apparve subito improba, e nessuno poté fare a meno di chiedersi: – Ma perché facciamo guerra alla Grecia?

Se solo, prima di attaccare il Paese degli Olimpi, Pasta-e-fagioli avesse ripassato la mitologia! L'Epiro era la terra di Deucalione e Pirra, marito e moglie, gli unici scampati al diluvio universale. Erano le sole persone oneste su una Terra corrotta e sfibrata, perciò Zeus le aveva messe sul chi vive, comandando loro di costruire un'arca. Su quell'arca avevano navigato per giorni, mentre le piogge affogavano ogni vivente e cancellavano ogni paesaggio, finché le acque non si erano abbassate.

In un Epiro non piú sommerso, ma ridotto a distesa di fango, gli sposi uscirono dall'arca. Videro Hermes, divino araldo, con le ali ai sandali e il bastone caduceo adorno di serpenti. In un mondo senza piú uomini, erano i soli a serbarne la memoria. Il primo giorno dopo il diluvio, tutti gli dèi, gli eroi e le loro storie esistevano *per due persone*.

Pirra chiese a Hermes: – Ti preghiamo, o nume, dacci nuove compagne e compagni che con noi ripopolino il mondo!

– Sono qui per questo, – rispose lui. – Avrai compagni se farai quel che dico: getta alle tue spalle le ossa di tua madre.

Pirra e Deucalione si guardarono sgomenti, poi capirono: il dio stava parlando dei sassi, le ossa della madre Terra che si andava asciugando.

Fecero come aveva detto: lanciarono pietre dietro di sé, e Hermes le colpí una a una col bastone, impugnato a mo' di mazza da pallabase. Una volta colpita e caduta nel fango, dalla pietra nasceva un umano: una donna, se scagliata da Pirra; un uomo, se tratta da Deucalione. Con quelle nuove genti, dall'Epiro, il mondo si era ripopolato.

Un mito cosí avrebbe potuto prendere forma solo in una terra di autunni fradici e disgeli melmosi, di alluvioni e torrenti bizzosi che ogni tanto si gonfiano e spazzano via tutto.

Attaccare l'Epiro a fine ottobre era stato l'ennesimo, tragico sfondone di Pasta-e-fagioli.

I numi dell'Olimpo non avevano mai avuto simpatie per Metaxas, al contrario. Ma di lui non si erano occupati. Il principale cruccio era la guerra, e il regno di Grecia era rimasto neutrale. Tuttavia, l'arrogante ultimatum italiano li aveva scossi: non potevano permettere un'invasione. Non volevano un esercito dell'Asse accampato alle pendici dell'Olimpo.

Poiché l'esercito fascista sarebbe entrato dall'Albania, Zeus aveva ammassato nubi sul confine epirota, e rovesciato sul Pindo in tre giorni la pioggia di un mese.

Scoperto che la marina italiana sarebbe sbarcata a Corcyra, Hermes aveva avvisato Eolo.

Poi Metaxas aveva detto il suo Ὄχι.

Il primo novembre, col sostegno degli dèi, i greci partirono al contrattacco.

42.

– Se pol ordinarlo, se te vol.

Avrei voluto rileggere il romanzo di Wells, per capire meglio Giacomo, l'amico – nel nostro imperscrutabile modo di essere amici – geniale o pazzo, che della sua ossessione per il tempo aveva fatto una malattia. La malattia che ora, chiudendo un circuito, gli accorciava il tempo, oltre a mozzargli il fiato.

Avrei voluto rileggerlo, *La macchina del tempo*, ma in biblioteca non l'avevamo.

Potevo ordinarlo, aveva detto Maovaz, cosí avevamo scritto alle edizioni Delta di Milano, che l'avevano pubblicato nel '29.

Si trattava proprio del tascabile, del costo di due lire, che stavo leggendo quella volta, seduto contro un muro di Porta degli Angeli – a Ferrara la chiamano tutti la «Casa del Boia», benché nessun boia vi abbia mai vissuto – un *dopmezdí* di settembre del '30, quando Viviani, passeggiando, mi aveva notato.

La scuola doveva ancora ricominciare, perciò non mi vedeva da giugno. Stavo giusto attaccando un nuovo capitolo, intitolato *Il tramonto dell'umanità*, quando un'ombra aveva coperto le pagine ed eccolo lí, torreggiante su di me, Viviani.

Mi ero alzato di scatto, come quando entrava nell'aula.

– Buon pomeriggio, Squarzantibus, come andiamo? – Lo faceva anche in classe: quand'era di umore leggero declinava i nostri cognomi in un latino alla Folengo.

– Abbastanza bene, grazie, professore...

– Le piacciono le storie di meraviglie scientifiche, a quanto vedo.

Mi ero subito schermito: – È solo una lettura di svago...

– Di svago, ma di nobile ascendenza. Si può risalire fino alla *Storia vera* di Luciano, passando per *Gli stati e gli imperi della Luna* di Cyrano de Bergerac e per molte altre opere piú o meno note. Ogni libro, anche quello con meno pretese, viene da una storia. Costí, – e indicò il tascabile, – non si viaggia nella luna, bensí in un lontano futuro, ma in fondo è lo stesso *tòpos*.

– Vuol dire che lo ha letto anche lei questo romanzo, professore?

Non mi ero immaginato che avesse quei gusti. Nella mia testa, Viviani era solo i classici greci e latini, e invece il raggio delle sue esplorazioni era ampio. Piú tardi lo scoprii anche appassionato di melodramma: Verdi, Donizetti, Puccini, e conosceva benissimo Wagner. Tornava spesso a Verona, la sua città, per vedere le rappresentazioni nell'Arena.

– Detto tra noi, Squarzantibus... – aveva aggiunto, abbassando la voce. – Wells è socialista. In questa traduzione, per motivi che è facile immaginare, sono spariti alcuni passaggi, ma anche cosí si colgono le idee dell'autore, ci faccia caso. Ma rimanga tra noi. Buon proseguimento.

– Grazie, professore, arrivederci, – avevo detto alla sua schiena che si allontanava.

Ora che ci penso, quel «rimanga tra noi» avrebbe dovuto elettrizzarmi: io e il mio professore – il grande Viviani, grande per valore e per stazza – uniti da un segreto! Ma non avevo ancora diciott'anni, ero cresciuto nella campana di vetro del fascismo e di idee politiche sapevo poco, men che meno di come potessero annidarsi in un testo letterario. Non potevo afferrare il senso di quelle frasi di Viviani, la mano che mi aveva teso.

La parola «socialista» l'avevo sí udita, da piccolo, quando mio padre si lamentava degli scioperi, della Camera del lavoro che sobillava i braccianti e seminava zizzania tra proprietari e mezzadri, compreso Marzola, anzi, «il povero Marzola», che conduceva il nostro piccolo fondo a Malborghetto e che mio padre riteneva un *minus*. – Adèss l'è dvantà socialista infín lú, al pòvar Marzola! – gridava. – Non se ne può piú, qualcuno dovrà pur mettere ordine!

Ma dentro *La macchina del tempo,* che finii in due giorni, non trovai nulla che potesse collegare Wells al *pòvar* Marzola. E anni dopo, quando diventai socialista, del libro m'ero ormai dimenticato.

Soltanto grazie a Giacomo mi era tornato in mente quell'incontro sulle mura di Ferrara, e con esso le esatte parole di Viviani.

O forse, rammentando, le avevo inventate?

Ma no, come avrei potuto inventarmi che la traduzione italiana era incompleta?

Già che c'eravamo, nella lettera alle edizioni Delta avevamo richiesto altri titoli della collana Scrittori italiani e stranieri: *La sonata a Kreutzer* di Tolstoj, *Tifone* di Conrad e *Il figlio della serva* di Strindberg.

– È curioso, Mario, sei il bibliotecario e non ti vedo mai leggere un libro…

– No go tempo pei libri, è piú importante leger i giornai. Nei giornai se trova tuto, se te zerchi ben.

Il primo venerdí di novembre – o era il secondo? – tornò a Ventotene Ursula Colorni. Aveva con sé le due figlie piccole, Silvia, di due anni, e Renata, di uno, ed era al quinto mese di una nuova gravidanza.

Mi rendo conto che, per il modo... poco casto in cui ho accennato a lei in un paio di occasioni, potrebbe sembrare che la considerassi solo una bella donna, la sposa di un marito invidiato dagli altri maschi... Me compreso... Ma no, non è cosí. Certo, la totale mancanza di vita erotica si faceva sentire, e dava ai miei pensieri, e a quelli di tutti, inevitabili torsioni. Torsioni che oggi, rievocando quei giorni, è difficile invertire, però no, non ho mai... Le mancherei di rispetto se... Già il poco che allora sapevo di lei bastava per stimarla come compagna.

Ursula, che di cognome faceva Hirschmann, aveva militato nella gioventú della Spd, il partito socialdemocratico tedesco, poi si era avvicinata alla Kpd, il partito comunista. Di entrambi serbava un cattivo ricordo.

A quello che era stato il partito di Bebel e Kautsky, Ursula rimproverava la passività, l'essere rimasto imbelle di fronte all'ascesa di Hitler. I capi socialdemocratici avevano creduto il nazismo un momentaneo scoppio di follia, un fenomeno di breve durata, e piú volte avevano frenato la classe operaia, esortandola a non reagire alle violenze, a «non accettare provocazioni». Quel precedente le faceva ammirare gli antifascisti italiani al confino: la colpiva che si fossero rifiutati di fare il saluto romano, e avessero affrontato botte e carcere, finché non avevano vinto e l'obbligo era stato tolto. La rivedo al tavolo della nostra mensa, in uno dei suoi soggiorni a Ventotene, forse proprio nell'autunno del '40. La risento che dice, costruendo le frasi un po' all'italiana e un po' alla tedesca: – I sozialisti italiani hanno come tutti gli antifascisti in Europa fatto errori, ma piú dignità dei nostri hanno dimostrato. Quando dopo il fuoco del Reichstag furono incarcerati, alcuni capi della Spd ai compagni piú giovani di fare il saluto nazista raccomandavano! Il nazismo durerà poco, dicevano, alzate la mano e *Heil, Hitler*, dite, cosí potrete tornare a casa, a continuare la vita di partito. Ma il partito ormai non esisteva piú.

E Pertini, scuotendo la testa: – Eh, cara Ursula, anche qui ne abbiamo dette e fatte di belinate, non molto diverse da quelle che racconti…

E Ursula che si mette a ridere: – Questa parola non l'ho mai sentita prima: «Belinate»! Cinque anni che sono in Italia e ogni giorno ne imparo una nuova. Cosí tanti sinonimi avete! Il tedesco è piú povero.

Ursula ed Eugenio si erano conosciuti nel '32, in una biblioteca berlinese di cui non ricordo il nome, dove lui stava studiando Leibniz. Si erano frequentati, ma soltanto come amici, benché lui fosse già innamorato.

Dopo la vittoria di Hitler, Ursula era espatriata in Francia, mentre Eugenio era tornato in Italia. Nel '34 aveva vinto un concorso per insegnare Storia e Filosofia nelle scuole superiori, e si era trasferito a Trieste. Insegnava e cospirava, e sospirava pensando a Ursula.

Intanto, a Parigi, lei si era avvicinata ai comunisti in esilio, per poi ritrarsene con disgusto. L'avevano respinta il settarismo e il verbalismo: invece di costruire un'opposizione al regime, la stampa della Kpd si incarogniva a denunciare «deviazionisti» e «trotskisti», arrivando a pubblicarne nome, cognome e indirizzo, che equivaleva a segnalarli alla Gestapo.

Costruire un'opposizione no, ma fantasticarla sí: «Imprekor» e la «Rote Fahne» descrivevano nei dettagli scioperi, manifestazioni e sommosse che non avevano mai avuto luogo. Ingigantivano minimi episodi di resistenza, e quando non c'erano li inventavano, fino a dipingere un Paese in rivolta contro Hitler, che intanto era passato con il rullo compressore.

– Nella parlata ebreotedesca, – disse quella volta Colorni, – c'è un termine adatto per questo fenomeno: *Trepverter*. Avete presente quando, a una cena o a una festa, qualcuno vi rivolge un'osservazione mordace, un motto sarcastico che vi mette a disagio davanti a tutti, e voi vorreste avere una replica arguta, la frase giusta che rimetta al suo posto l'arrogante, ma non vi viene in mente nulla? E avete presente quando trovate la risposta perfetta, la battuta che l'avrebbe distrutto, ma ormai è tardi e non potete piú usarla? Bene, in yiddish si dice *Trepverter*, le «parole delle scale», perché la battuta viene in mente sulle scale, quando già te ne stai andando.

E Ursula, dopo averci pensato: – In tedesco *Treppenworte* sarebbe. Ma non si usa.

E Pertini, un tempo esule a Parigi e Nizza: – In francese si usa eccome, lo chiamano l'*esprit de l'escalier*.

– Ecco, – concluse Colorni, – la stampa clandestina dei comunisti tedeschi era piena di *Trepverter*. L'insurrezione immaginata dopo. La resistenza *de l'escalier*.

Ma, in fondo, non erano *de l'escalier* tutti i discorsi che facevamo a Ventotene? Se al fascismo si fosse risposto al momento opportuno, nessuno di noi sarebbe stato lí.

Nel '35 Ursula aveva raggiunto Eugenio a Trieste, dove si erano messi insieme, si erano sposati e due anni dopo avevano avuto la prima figlia. Nel '38, il trauma: Eugenio arrestato, il polverone antisemita sui giornali, la prigione, il confino. Rimasta da sola con la bimba, Ursula si era trasferita a Milano, dalla madre di Eugenio. E come per rinsaldare un legame messo alla prova, con Eugenio aveva fatto un'altra figlia, e adesso era di nuovo incinta.

I confinati socialisti e giellisti adoravano le due bambine e tenevano volentieri Silvia – Rossi la chiamava «Minuzzolo», un toscanismo per briciola, granellino – facendola giocare, mentre Eugenio e Ursula, con Renata in braccio, passeggiavano nel vento d'autunno, discutevano e talvolta, con discrezione, litigavano. Mi accadde di captare mezze frasi scambiate a voce bassa, mentre entravo in mensa e loro uscivano: «Non è niente, una sciocchezza... Però...» Ma il piú delle volte li vedevo sorridenti, nel peripatetismo di Ventotene, e spesso con loro c'era Altiero, che all'epoca mi sembrava il terzo incomodo e parlava, parlava, parlava...

Per la guerra fascista, novembre fu un mese di autentiche batoste.

Nelle prime due settimane, la controffensiva greca annientò la divisione alpina Julia e cominciò a spingere l'occupante oltreconfine.

La sera dell'11, un lunedí, aerei inglesi bombardarono le navi da guerra nel porto di Taranto, mettendo fuori uso metà della flotta. Dapprima il regime cercò di insabbiare la notizia, ma poiché circolava ovunque, i giornali dovettero scriverne, cercando di sminuire i danni riportati, e piú sminuivano, piú si intuiva la verità.

La mattina del 14 le forze greche, cogliendo di sorpresa il nemico, sconfinarono in Albania, con l'obiettivo di prendere la città di Coriza con l'intero suo altopiano.

Il 18 Pasta-e-fagioli tenne un discorso forzato e nervoso, dai toni che, rispetto agli usuali, suonarono perfino sommessi. Lo ascoltammo alla radio. Dopo aver descritto una guerra d'Africa in larga parte immaginaria, nella quale l'Italia giganteggiava, passò al fronte greco e chiese al popolo di aver fede in lui:

– *Affermai cinque anni fa: spezzeremo le reni al Negus. Ora, con la stessa certezza assoluta... Ripeto, assoluta... Vi dico che spezzeremo le reni alla Grecia!*

Mentre parlava, gli ultimi soldati italiani venivano cacciati dal suolo ellenico.

– Sta andando male, – commentò Maovaz. – Mi ve lo digo: in Grecia comincia a cascare il fascismo. In un anno i xe finidi.

– Un anno? – si schermirono un po' tutti. – Non ti sembra di esagerare?

– Al massimo un anno e mezzo. Scometemo?

Venerdí 22 novembre i greci occuparono Coriza.

E proprio quel venerdí, prendendo alla sprovvista anche Radio Confino, Giacomo tornò a Ventotene.

43.

Un passo fuori dalla barca, un altro ancora e Giacomo fu sull'isola, un anno dopo il suo primo arrivo, in un mattino che sembrava lontanissimo.

Un'altra giornata cupa, ancora mare mosso, ancora i ferri ai polsi e alle caviglie, ma stavolta era solo, niente compagni. Di nuovo barcollava, ma il mal di mare era l'ultimo dei motivi. Era magrissimo, e tossiva, tossiva forte, eppure tra un colpo e l'altro scorgemmo un'espressione fiera. Sotto un paletot marrone non troppo liso portava un abito verde bottiglia, che non gli avevo mai visto addosso. Gli cadeva largo – *qualunque* indumento gli sarebbe caduto largo – ed era di povera fattura, ma si vedeva che era nuovo. Doveva aver fatto domanda al ministero, per poter tornare a Ventotene non coi soliti stracci, ma con un minimo di dignità. Gli occhiali erano diritti sul naso, e portati fieramente. Vide i fazzoletti bianchi, sorrise e ci fece un cenno.

Dietro il muretto, c'eravamo io, Pertini e Colorni. Il giovane milite che tallonava Pertini stava a qualche metro di distanza, assorto e annoiato come non mai. Detestava quel compito, e faceva ben poco per nasconderlo.

I carabinieri strattonarono Giacomo. Lo guardammo salire la rampa, sotto di noi. Mi ricordò Pinocchio tra i cani mastini.

– Non la capirò mai, questa storia, – disse Pertini, che

la tisi la conosceva. Ma non era solo per la tisi. Al mondo non c'era cosa che Pertini desiderasse piú di rompere il giogo, andarsene da Ventotene, tornare a vivere, riprendere la lotta. Coi disastri della guerra, diceva, la classe operaia sarebbe tornata a farsi sentire. Ci sarebbero stati scioperi, i sindacati fascisti sarebbero andati in pezzi, e noi avremmo dovuto esserci. Noi socialisti e noi tutti. Invece, almeno per il momento, eravamo impiombati lí, i piú fortunati – si fa per dire – a Ventotene e i piú disgraziati lassú, in cima allo scoglio maledetto che incombeva nella coda dell'occhio, inumati vivi a Santo Stefano. E mentre la vita e la lotta ci reclamavano, un compagno aveva addirittura brigato per venirci a crepare, su quei dannati sassi? No, Pertini non capiva.

Era stato proprio lui, scrutando la scialuppa, il primo a riconoscere Giacomo: – Non è Pontecorboli quello?

– Sí, è lui, – avevo confermato.

– Incredibile, ce l'ha fatta... – aveva detto Eugenio.

E Pertini: – Ce l'ha fatta, sí. A scegliersi la tomba.

Amareggiato, scosse il capo e si allontanò, seguito dal milite.

– Ahia! – fece Eugenio. Aveva in braccio Silvia, che gli stava tirando il pizzetto. La rimproverò affettuosamente, poi guardò me. Fece un cenno col capo verso Giacomo e la sua scorta e mi chiese: – C'entrano le sue teorie, vero? Quei discorsi sui viaggi nel tempo. Si è convinto che qui a Ventotene ci sia qualcosa, e non voleva starne lontano.

Non mi chiedeva davvero una risposta, e non gliela diedi.

– Ho provato già a spiegarvelo una volta, – disse Spinelli, che ci aveva appena raggiunti, – e Colorni m'ha detto che ero come la Sibilla cumana. Pontecorboli...

Ma a quel punto tacque, perché Pinocchio e i gendarmi avevano raggiunto la cima della rampa.

– Buongiorno, compagni! – gridò Giacomo, levando al cielo i polsi ammanettati. Sul volto arrossato dalla tisi aveva appena un'ombra di barba, segno che il giorno prima aveva chiesto di radersi. Come Arione il citaredo, pensai. Abbigliato di tutto punto, prima di cantare il suo *nòmos*.

– Ciao, Giacomo! – rispondemmo.

– È bello rivedervi! – aggiunse, ma sull'ultima sillaba la voce gli si incrinò per la mancanza di fiato, e riprese a tossire.

Quanto alle nostre, di voci, si strozzarono in gola. Non dicemmo nulla, mentre lui si tamponava la bocca con un fazzoletto pieno di macchie brune. Il gruppo passò oltre per entrare in direzione.

Silvia li indicò col dito e disse: – Papà, parla con la bua il signore!

– Sí, amore, – rispose Eugenio, gli occhi lucidi. – Parla con la bua.

E senza dire altro ci allontanammo, divergenti, ciascuno per la sua strada.

Mi aspettavo che Meo desse a Giacomo una strigliata, invece non volle nemmeno vederlo. Ormai si era convinto che portasse iella.

Lo sistemarono nel padiglione dei tubercolotici. L'espressione potrebbe trarre in inganno, ma gli alloggiati non ricevevano chissà quali cure: semplicemente, avevano piú spazio e un modesto sopravvitto. Il resto dovevano farlo l'olio di fegato di merluzzo e, contro la febbre, il canforato di piramidone, che c'era una volta sí e due no.

Nel pomeriggio, Giacomo dormí profondamente. Intanto, Radio Confino trasmetteva la notizia del suo ritorno.

Quella sera ripresero i discorsi del camerone, ma con

molto amaro in bocca, come un'emottisi della coscienza. La morte dietro l'angolo cancellò le velleità e spense i sogni rococò, che lasciarono il posto a un rispetto intriso di compassione. Per la prima volta dopo mesi, nel buio si udí quella parola:

– Poveraccio.

44.

L'indomani andai a cercare Giacomo. Mi accolse con entusiasmo. Non era abbastanza in forze per passeggiare, ma non voleva piú stare a letto, cosí si infagottò nel paletot, si gettò addosso una coperta e si adagiò su una sdraio, sul lato sud del padiglione, al riparo dal gelido vento di tramontana.

Da un grammofono suonava Beethoven. Era un disco di Colorni, il *Concerto per pianoforte numero 4 in Sol maggiore*, opera 58. Per qualche strano gioco del vento, la musica sembrava giungere da nord, e invece veniva da sud, dalla camera in paese dove Eugenio stava con Ursula e le bimbe.

I confinati passavano e salutavano, discreti. Chi aveva il cappello se lo toglieva. Giacomo ricambiava con un cenno. – È un bel salto, da Longobucco... Là non vedevo mai nessuno.

Lo salutò, passando, perfino Caramella. – I miei rispetti, professore –. Portava un cappotto bianco, di una pelliccia che non riconobbi, forse di capra.

Giacomo mi raccontò le sue ultime vicissitudini. A Napoli, dov'era ricoverato, lo avevano preso di forza dal letto, portato alla stazione e sbattuto su un treno cellulare per Foggia, ancora in pigiama, ma incatenato di tutto punto. A Foggia un altro treno fino a Bari, e a Bari un altro treno fino a Taranto, e a Taranto un altro treno fino a Mirto Crosia, sulla costa ionica della Calabria, dove lo avevano fatto salire su una corriera, seduto tra due carabinieri, e lo avevano portato a Longobucco. Nel complesso, il viaggio era durato tre giorni. Era arrivato sudicio, spossato, incapace persino di parlare.

Longobucco era un paese tra boschi di querce e castagni, che prima della guerra contava quasi ottomila persone, ma adesso erano svariati di meno, perché gli uomini validi erano in Africa o in Grecia. Anzi, in Grecia non piú: erano stati respinti in Albania, almeno quelli vivi.

In paese erano confinati diversi abissini, anche membri importanti del vecchio entourage del Negus. C'era perfino il famoso ras Immirù, che tanto filo da torcere aveva dato agli invasori fascisti. Ma Giacomo aveva il divieto di incontrarli.

– Alla fine me so' preso la *tibbiccí*, come dicono i dottori –. E, quasi a sottolinearlo, nel petto riesplosero i colpi di tosse. Aspettò che si calmassero. – O, piú probabile, i microbi li avevo già in corpo. Se vede che a Longobucco s'annoiavano, e pe' svagasse m'hanno sbranato i polmoni.

Poi mi prese la mano.

– Erminio, tu mi vedi conciato male, ma guarirò. Guarirò, e schiuderò il segreto di quest'isola. Lo so che me credi un pazzo…

– *Tutti* ti credono un pazzo, Giacomo. Solo un pazzo avrebbe fatto di tutto per tornare qui.

– Erminio, stavolta ci ho fatto caso, mentre ero sul piroscafo. L'ho sentito, ho sentito distintamente il campo di forza dell'isola. C'è un momento in cui il tempo comincia ad accelerare…

Ebbi un moto di insofferenza. – Giacomo, questa storia ti ucciderà.

– Anche il tuo scetticismo ha una specie de campo di forza, Erminio. Fino a un certo punto mi credi, e dopo quel punto non mi credi piú. Ma non so dov'è la soglia. Di quello che t'ho raccontato, a cosa credi? E a cosa no?

– Be'... Majorana è davvero scomparso, su questo non ci piove. Non ci piove sul fatto che sei un fisico...

– E pure un tisico, adesso –. Gli venne da ridere, ma ripartí la tosse, e gocce di sangue finirono sulla coperta. – Merda...

Era stanco, e volle tornare nel camerone. Gli diedi una mano ad alzarsi e lo sorressi fino alla branda.

– Mi ripiglierò, Erminio, vedrai. Mi ripiglierò, e riuscirò a convincerti.

Uscendo dalla cittadella confinaria notai Lazar Fundo. Era fermo in via dei Granili, assorto ad ascoltare Beethoven. Mi vide e mi parlò nel suo italiano, quasi mai scorretto ma sempre strano.

– Proprio tu! Ieri in biblioteca ho trovato dentro una rivista di filosofia una citazione di Federico Nietzsche dove parlava di Dioniso, che mi ha fatto venire in mente te, aspetta...

Si rovistò nelle tasche ed estrasse un pugno di cartigli.

– Senti questo... «Commisurata con la serietà, la sacralità e la severità di altre religioni, la religione dei Greci rischia di essere sottovalutata come un fantastico giocare»... Non finisce qui e va avanti però aspettami, è un altro foglietto... No, non trovo piú... Ah, ecco! No, manca una parte in mezzo, qui dice già: «I Greci fecero attenzione a non attribuire agli dèi l'esistenza del mondo, e dunque la responsabilità per la loro condizione». Purtroppo il resto l'ho perso, deve essere caduto dalle tasche...

– Sembra un brano della *Nascita della tragedia*. Cosa diceva?

– Se ho capito bene, che gli dèi greci come noi li conosciamo compiuti, con le loro caratteristiche e le loro storie, sono stati creati per celebrare la vita intiera. Tutto quello che esiste è divinizzato, non solo il bene ma tutto, cosí vediamo che anche gli dèi soffrono, lottano, provano dolore, vengono puniti se sono arroganti e questo permetteva ai Greci, che erano un popolo molto sensibile, un popolo di poeti, di accettare il dolore come parte della loro vita. Grazie agli dèi e alle loro storie i Greci non sono soccombuti alle forze oscure ma hanno trovato un bilancio...

– Un equilibrio, sí. Apollo e Dioniso.

– Sí, da una parte c'era Dioniso, un dio dell'ubriacamento e del noi che ci perdiamo nella notte. È un dio delle cose che non hanno contorni stagliati, che ti fa ballare sull'orlo del niente, e dall'altra parte c'era Apollo, il dio della luce del sole, delle strutture chiare. Infatti Dioniso è dio della musica...

Mentre Colorni è apollineo da fare schifo.

Spinelli aveva detto cosí, quella volta.

– ... e Apollo è il dio della scultura. Ma io non volevo parlare con te di Dioniso, erano quella cosa che la mitologia greca può sembrare una fantasticheria giocosa e quell'altra cosa che per i Greci gli dèi non hanno colpa del mondo, ma ci lottano dentro come noi... Alla fine è come dire che ci sono fascisti e antifascisti, non è vero? Mi sono ricordato quella volta sulla spiaggia, l'estate scorsa. Il giorno delle meduse che volavano.

Quel bislacco eppure a suo modo preciso riassunto... Non so che darei per poter rivedere Fundo. Ma non potrò parlarci mai piú. Quante cose e parole, quanti universi e quanti futuri si perdono, insieme alle persone.

Andai a cercare Spinelli in bottega. Era nel cortiletto sul retro, con le sue galline e il gallo, che aveva chiamato

Platone. Stava gettando il becchime, prendendolo a manciate da un sacco che teneva in grembo. Lo spargeva con gesti ampi e teatrali, suscitando cori di coccodè. Portava una giubba coloniale trovata chissà dove, e nel complesso sembrava il direttore di una banda di paese. Gli chiesi di finire il discorso iniziato al muricciolo.

– Quale discorso?

– Stavi dicendo una cosa su Giacomo, ieri, ma ti sei interrotto quando è passato.

Coccodè! Coccodè! Coccodè! Coccodè!

Ci pensò sopra un momento, finché non ritrovò il filo del giorno prima e lo riprese.

– Vedi, Squarzanti, noi di giorno parliamo un certo linguaggio, o perlomeno… – avvicinò il dorso della mano al mio sterno e lo mosse avanti e indietro, come se stesse suonando la fisarmonica, – … perlomeno *noi*, le persone intelligenti e raziocinanti.

– *Domine non sum dignus*, ma grazie per avermi incluso.

La mano sfarfallò, a disperdere nell'aria la battuta, e Altiero proseguí: – In questo linguaggio *a* è diverso da *b*, due piú due fa quattro e gli effetti non sono le cause. Si fanno calcoli, si persegue la chiarezza, si fa virtú del realismo… Questa lingua diurna è fatta di dialogo, discussione, confronto. Poi c'è, complementare e necessaria alla prima, una seconda lingua: quella notturna, dove *a* può pure essere diverso da *a* e due piú due può anche non avere risultato. È una lingua fatta de visioni, slanci febbrili, collegamenti che di giorno sarebbero impossibili, e che parliamo a noi stessi e a nessun altro.

Coccodè! Coccodè! Coccodè!

– Ora stai attento, Squarzanti: pensare di notte col linguaggio del giorno inaridisce, chiude l'anima ai misteri e alle rivelazioni. I miei ex compagni comunisti compiono proprio quell'errore. Invece Pontecorboli ha un altro problema...

Coccodè! Coccodé!

– Pensando nel linguaggio della notte, Pontecorboli deve aver toccato una verità di qualche genere, ma non sa tradurla nel linguaggio del giorno. Di quest'isola, è probabile che abbia indovinato qualcosa di vero e importante. Ed è probabile che abbia ragione quando dice che riguarda il tempo. Ve l'ho detto pure io, – e indicò col dito in direzione della piazza, – quell'orologio è una bella metafora, anche se ancora non sappiamo di cosa. Ma Pontecorboli intuisce che, se ci parlasse nel linguaggio con cui pensa, noi non capiremmo, allora cerca di tradurlo, parla de scienza, fa calcoli, s'immagina equazioni, ma non è una vera traduzione, perché non ne esce niente de comprensibile: è un mascheramento, è la lingua della notte travestita da lingua del giorno.

Coccodè!

– È la stessa distinzione tra Apollo e Dioniso?

– Ah, già, dimenticavo che tu t'esprimi coi miti greci. E fai bene, a volte il linguaggio mitico è necessario, quando hai afferrato qualcosa di essenziale ma ancora non riesci a esprimerti con la lingua della razionalità. Guarda Platone... Che fai, Squarzanti, guardi il gallo? Platone Platone! Il filosofo! Lui 'sta cosa l'aveva capita, si vede quando abbandona il ragionamento e si mette a inventare o rimodellare miti... Ma m'avevi fatto una domanda: sí, diciamo di sí. Tu ce lo vedi Dioniso parla' nella lingua de Apollo, e viceversa?

Saltai un passaggio e andai dritto al punto.

– Dunque, secondo te, Giacomo dice la verità?

Spinelli chiuse e mise via il sacco del becchime. La ressa di polli stava finendo, gli uccelli già sazi tornavano a razzolare nel cortile, in balia di quella condizione stupefatta, di quell'assenza di scopo che ai nostri occhi hanno le loro vite.

– Sicuramente dice *una* verità. Bisogna capi' quale.

Intanto i greci, quelli in carne e ossa, continuavano ad avanzare in Albania.

Sulla cima dell'Olimpo, mentre contemplava le battaglie, Zeus intonava un motivetto antitaliano che giú a valle era molto in voga. Era un pezzo beffardo piú di una pernacchia, perché usava la melodia di una canzone italiana, quella che faceva: «*Oh, campagnola bellaaaa!*»

♫ «*Koròido Mousolini, | kanis sas den tha mini*...»

Mussolini, buffone, di voi non rimarrà nessuno.

Il 5 dicembre i greci occuparono Delvina.

Il 6 dicembre occuparono Saranda, che da pochi mesi si chiamava Porto Edda, in onore della figlia di Pasta-e-fagioli, moglie di Galeazzo e contessa di Cortellazzo.

Il cortellazzo dalla parte del manico ormai lo aveva il generale Papagos, comandante delle forze elleniche, che il 9 dicembre occuparono anche Argirocastro.

Lo stesso giorno, in Egitto, le truppe britanniche sfondarono le linee italiane a Sīdī el-Barrānī.

45.

L'anno nuovo era ormai vicino. Io lo attendevo senza illusioni: a marzo sarebbe scaduta la mia misura di confino, ma, come Pertini, sapevo che me l'avrebbero rinnovata.

Per via di continue tempeste, perdemmo qualche venerdí, in senso letterale e forse non solo. In un paio di occasioni il *Santa Lucia* non poté salpare da Gaeta; un'altra volta salpò, ma non riuscí a gettare l'ancora e dovette tornare indietro.

Il carbone non si vedeva da settimane. In mensa accendevamo il fuoco con legna umida, perché *tutto* era umido, ma la cappa aspirava male, cosí la sala si riempiva di fumo. Poi venne a mancare l'olio, c'erano sempre meno verdura e sempre meno frutta.

Giacomo aveva il sopravvitto, ma pure quello era poca cosa: latte condensato, biscotti, qualche arancia. Stava sempre a letto, debole e a corto di fiato, ma intento a scrivere formule su fogli che poi doveva nascondere, mentre sul quaderno della direzione scriveva poche righe.

Meo voleva scoprire perché «'o jettatore» avesse voluto tornare a ogni costo, ché gatta ci covava, qualcosa sotto doveva esserci. Cosí piazzò nel padiglione due *trombette*: un paio di finti tubercolotici, manciuriani sani come pesci, o non piú malati di chiunque altro.

Non posso dire con precisione quando il direttore venne a sapere dei discorsi sulla macchina del tempo, sulla scomparsa di Majorana, sull'isola che era un giorno avanti e quant'altro. Sono certo, però, che già prima di Natale scrisse a Roma, chiedendo «ulteriori ragguagli sul confinato Pontecorboli». Col nuovo anno, quei ragguagli li ricevette, ci meditò sopra, ci meditò ancora, e ancora, e infine decise di infischiarsene. Lasciar fare, lasciar passare. Tanto quel matto stava crepando, e tutti avevano ben altro a cui pensare, col piroscafo che arrivava una volta sí e due no, la penuria che tornava a mordere, 'sto friddo 'e pazze e 'sti fottuti temporali, ci fosse un giorno che non piove, mannaggia 'a maronn'. Lui ne aveva pure troppi, di grattacapi, tra la guerra che andava male e nuovi confinati in arrivo, quasi tutti comunisti. Per non dire del cuore, che ogni tanto perdeva un battito o ne faceva uno di troppo. In quei momenti, sentiva come un singhiozzo in testa. Doveva proprio andare a Napoli, e farsi vedere da un medico, uno vero.

Il 22 dicembre i greci occuparono Himara. Dall'inizio della controffensiva, erano penetrati in territorio albanese di oltre cinquanta chilometri.

Il 28 dicembre Pasta-e-fagioli, coda tra le gambe e orecchie basse, chiese l'aiuto della Germania.

Auf Wiedersehen für immer, guerra «autonoma e parallela».

E addio per sempre anche al 1940.

Parte terza

La discesa, il Kairos

(gennaio 1941 - luglio 1943)

Io, di sicuro, i Proci superbi non biasimo affatto,
se, da quei tristi che sono, commettono tanti soprusi:
essi giocan la testa, ché mangiano senza riguardo
tutti d'Ulisse i beni, pensando ch'ei piú non ritorni;
ma corrucciato sono col resto del popol, che tutti
ve ne sedete in silenzio, né ardite coi vostri rimbrotti
porre a dovere i Proci, che pure son pochi, e voi molti.

Odissea, 2, 233-239.

46.

I vecchi giellisti portavano a Giacomo il pranzo e la cena, che lui toccava appena. Soffriva di una dispepsia che si faceva sempre piú grave, sovente provava nausea e non tratteneva il cibo, ma si sforzava comunque di assaggiare. Almeno nei primi tempi.

– Cucinano meglio di una madre, questi anarchici! – lo incoraggiava Fancello. – Fanno i miracoli, col poco che c'è!

Dopo qualche giorno, Giacomo li pregò di portare porzioni piú piccole, per evitare sprechi mentre intorno c'erano penuria e fame.

Spesso, in due o tre, restavano a tenergli compagnia. Seduti accanto al letto, gli narravano di Salvemini, di Lussu, dei Rosselli, di quando stampavano il foglio clandestino «Non mollare». – Hai capito, Giacomo? – gli dicevano. – Non mollare nemmeno tu.

Ogni tanto Traquandi si guardava attorno: le pareti, gli armadietti, le brande… e i due manciuriani, che subito abbassavano gli occhi. Non solo non parevano tisici, ma avevano proprio l'aria da spie. – C'è pieno di pillacchere in 'sto piattolaio! – sentenziava Traquandi, alzando la voce.

Tra loro e Giacomo l'accordo era tacito e chiaro: parlare di tutto, ma non di quelle storie di viaggi nel tempo. A lui andava bene, tanto non avrebbero capito. Quei discorsi sarebbero solo stati fuori luogo.

Un'altra cosa di cui con Giacomo non si parlava era

l'aggressione di giugno. Lui non voleva tornarci sopra, e i Chiaramantesi erano per tutti acqua passata. Quella del compagno Pietrone non era stata solo giustizia, ma catarsi. O meglio: c'erano già troppi patemi per dedicare pensieri agli Aloadi. A volte mi sembrava di ricordarli soltanto io.

Poi Giacomo assaggiò le pietanze con sempre maggiore sforzo, finché non le toccò quasi piú. Riusciva solo a sorbire un po' di minestra, a mandar giú l'olio di fegato, a succhiare un frutto ogni tanto. Qualcosa nello stomaco doveva pur mettere, per poter prendere la medicina, ma ormai di solido non digeriva nulla.

I giellisti lo andavano ancora a trovare, ma lui peggiorava e loro non sapevano piú che dire. I discorsi si *arrocchiavano*, come diceva Traquandi, si attorcigliavano su sé stessi. E mettevano malinconia.

Perfino i militi che attendevano all'esterno si fecero sempre piú saturnini, come se in cuor loro pensassero: che lavoro infame, tallonare chi visita un amico che muore.

Intanto, il 9 gennaio i greci avevano preso Këlcyrë, mentre in Africa, battaglia dopo battaglia, le forze alleate avanzavano tanto in Libia quanto in Eritrea. Il 5 gennaio era caduta Bardia e il 22 gennaio Tobruch, dove sei mesi prima si era sfracellato Balbo, novello Fetonte. Il 6 gennaio, gli alleati erano entrati in Somalia: per l'impero di cartapesta di Pasta-e-fagioli era l'inizio della fine.

Il duce ricevette una sola lieta notizia il 30, cavandone un piacere meschino e fugace: ad Atene Metaxas era morto di sepsi, per una faringite mal curata.

Lo stesso giorno, gli alleati presero Derna.

Nel frattempo, cominciarono i bombardamenti su Napoli. La sera si udivano tonfi remoti, e oltre Ischia si alzavano bagliori che noi non vedevamo, perché chiusi nei padiglioni, ma che gli isolani commentavano fitti, l'indomani, a capannelli, nelle vie, nelle botteghe, con la paura che presto o tardi accadesse anche lí. Pasta-e-fagioli si era definitivamente – *ci* aveva definitivamente – portato la guerra in casa.

La stampa fascista raccontava nei minimi dettagli i bombardamenti tedeschi sulla Gran Bretagna, ma restava vaga su quelli che subiva l'Italia, e minimizzava. Un giorno Maovaz lesse a voce alta un titolo e un catenaccio della «Stampa» di Torino:

> IL BOMBARDAMENTO DI GENOVA - Morale altissimo - Procede intensa l'opera di soccorso - Fervido messaggio del segretario del partito - manifestazioni di solidarietà.

– Te ga sentí? Troppi aggettivi. Se la prima cosa che i scrivi xe «morale altissimo», vol dir che el xe 'sai basso. Se si premurano di dire che l'opera di soccorso la xe «intensa», vol dir che i danni xe peggio de quel che i disi. E cosí via. Xe questo el modo de leger i giornai!

A Ventotene la censura sulle lettere si fece piú decisa: andava eliminato qualunque riferimento, anche indiretto, a bombardamenti, macerie, paura, proteste per mancati soccorsi. Le lettere che passavano il filtro erano solcate di [redacted].

Tra i confinati, già provati per conto loro, crebbero l'ansia per le sorti dei familiari in pericolo o sfollati, e il dolore per i morti. Ma piú d'uno cominciò a pensare che Maovaz avesse ragione: la guerra stava sfasciando il regime, e piú in fretta dell'auspicato.

La domanda era: sarebbe prima caduto Lui o saremmo prima morti di stenti noi?

Il 3 febbraio, inaspettatamente, la situazione tornò a migliorare: in un sol colpo arrivarono a Ventotene il *Santa*

Lucia, la nave cisterna e un bastimento di provviste per le botteghe dell'isola. – Un viavai da porto di Genova! – scherzò Pertini.

Con la posta giunsero anche, da Milano, *La macchina del tempo* e gli altri libri in contrassegno, accompagnati da un biglietto di Gian Dàuli, direttore della collana Scrittori italiani e stranieri. Ci informava che le Edizioni Delta non esistevano piú da qualche anno, ma la collana era passata all'editore Corbaccio, presso il quale Dàuli continuava a curarla. Grazie all'inoltro postale, la nostra richiesta era arrivata nel posto giusto.

Fu cosí che, dopo una decina d'anni, il romanzo di Wells tornò nelle mie mani.

Lo presi in prestito, comprai un cartoccio di mandarini e mi avviai verso il padiglione dei tisici.

Lungo la strada incrociai Traquandi e Fancello, seguiti dai loro custodi in fez.

– Come sta? – chiesi, rallentando il passo.

Fancello scosse la testa. Traquandi sospirò e si strinse nelle spalle.

Giacomo era sotto le coperte. Sembrava assopito, ma quando lo salutai mormorò: – Ciao.

– Guarda cos'è arrivato in biblioteca, – gli dissi, mostrandogli il libro.

Aprí gli occhi, lesse titolo e autore e sorrise appena. – Bene.

– Vedi? Non dire che non m'impegno: rileggo Wells per capirti meglio.

Rise col naso, flebilmente. – Bravo… Io invece… non faccio progressi, me sa.

– Ti ho portato dei mandarini, senti che profumo. Ne vuoi uno?

– No, grazie… Magari dopo.

– Ho un'idea: vuoi che ti legga qualche pagina del romanzo?

Di nuovo chiuse gli occhi. – Sarebbe… bello.

Mi sistemai sulla seggiola e cominciai.

– «Il viaggiatore del Tempo, cosí lo chiameremo per brevità, ci esponeva un problema misterioso. Gli occhi grigi, pieni di luce, gli sfavillavano, e il volto, di solito pallido, era rosso e animato. Il fuoco bruciava allegramente, e la pallida luce delle lampade a incandescenza, in forma di gigli d'argento, si rifletteva nelle bollicine d'aria che luccicavano e svanivano nei nostri bicchieri».

– Ermi'… Ci ho ripensato… Sbucciami un mandarino… per favore.

47.

Nella fredda penombra, col vento che entrava nella divisa e i piedi zuppi negli stivali, il giovane milite era di umore ben piú nero della camicia. Si sentiva lo zerbino del mondo, il culo che tutti prendono a pedate, e malediceva la vita schifosa. Sempre meglio che andare in guerra, avrebbe dovuto pensare, ma il senso d'inutilità che lo affliggeva lo rendeva poco accomodante, e poco lucido.

Iannace Nicola era entrato nella milizia non per «romana volontà», ma per i due piatti di minestra al giorno, che però mangiava sempre fredda, ché alle ore di pranzo e cena doveva star lí a far niente, davanti alla mensa di quei socialisti, in attesa che uscisse Pertini. E che doveva mai fare, 'sto Pertini? C'era davvero bisogno di restargli sempre appresso? Era piú la spesa dell'impresa! Mancava poco e ci entrava insieme al cesso! Iannace si sentiva un cane in chiesa, e si vergognava. Si vergognava da morire.

A un certo punto gli arrivò un *psst!* e si girò. Qualcuno lo chiamò sottovoce, da pochi metri di distanza. Usò proprio il suo cognome: – Iannace! Vieni qui!

Iannace guardò, ma non vide nessuno.

– Chi va là? – disse.

– Nessuno *va là*, vieni tu qui! – gli disse una sagoma vaga, piú su lungo via Muraglione.

Iannace udí una musica. Una musica lontana, sconosciuta eppure familiare... Gli ricordava le ciaramelle e le zampogne che suonavano per le vie di Montesarchio, la vigilia di Natale... Sentiva un richiamo, anzi, un *risucchio* in direzione di quella voce, però non voleva cedere. – Ma lí a far che? Chi siete?

– Non *siamo*, Iannace, sono uno solo. Obbedisci. Ti ricordi, no? «Credere, obbedire, combattere» eccetera...

Iannace si avviò nel buio.

– Gesú mio! – gridò dopo pochi passi, vedendo l'uomo sospeso a mezz'aria. Ai suoi talloni battevano piccole ali.

– Bocciato in religione, – disse Hermes, e gli mostrò il bastone caduceo, coi serpenti che sibilavano e si contorcevano.

Dopo molto tempo, in tavola c'erano di nuovo carne, verdura e formaggio. Stavamo cenando io, Pertini, Fundo e un paio di senza tribú, e dopo un po' entrò Ravaioli.

Eugenio, invece, non si vedeva ancora. Da quando Ursula e le bimbe erano ripartite, di nuovo solo, passava le serate a scrivere e a volte gli scappava l'orario. Di giorno discuteva con Spinelli e Rossi, la sera il confronto proseguiva per iscritto, l'indomani si passavano gli appunti e riprendevano a voce. Si erano immersi ancora piú a fondo nelle loro discussioni sull'Europa: Spinelli voleva stendere una sorta di manifesto ed erano in corso tenzoni, dispute, confutazioni. Per tutto l'inverno del '41 quasi non scambiai parola con nessuno dei tre.

– Allora è questo il famoso libro, – disse Pertini, seduto di fronte a me, vedendo il tascabile accanto al mio piatto. – Il romanzo di cui tanto si è parlato. Posso? – chiese, mentre allungava il braccio. Prese il libro, lo soppesò e si mise a sfogliarlo.

– Sí, l'ho fatto ordinare a Maovaz, – risposi, – è arrivato stamane.

– Ma è davvero una storia da impazzirci sopra? Perché è cosí importante? – Aprí una pagina a caso e scorse qualche riga. Alzò le sopracciglia e rilesse a voce alta: – «Da una terrazza, dove mi riposai un momento, guardai intorno da ogni parte, per un pensiero improvviso che mi era venuto, e vidi che non vi era alcuna piccola abitazione. Apparentemente, la casa familiare e forse anche la famiglia, non esistevano piú. Qua e là, nel verde, si elevavano delle specie di palazzi, ma la casa isolata e il cottage», – pronunziò la parola alla francese, – «che dànno al paesaggio inglese una fisionomia cosí caratteristica, erano spariti. È il comunismo, dissi tra me».

– Lí il protagonista, – spiegai, – che non ha nome ed è chiamato semplicemente «il viaggiatore del Tempo», è appena arrivato in un futuro lontanissimo, dopo un balzo in avanti di oltre ottomila secoli.

– E trova il comunismo? – chiese Pertini, sogghignando. – Non diciamolo a Scoccimarro, che tocca aspettare cosí a lungo. Scatterebbe l'accusa di «gradualismo bernsteiniano»!

– Tanto siamo «socialtraditori»... – commentò Fundo.

– In realtà non trova proprio il comunismo, – replicai, – è solo l'impressione iniziale.

Pertini si incuriosí, e anche gli altri intorno: – Raccontaci un po'.

– Ma siete sicuri? Vi rovino la lettura...

– Se dire la storia rovina la lettura, – intervenne Fundo, – significa che è un mediocre libro.

– Tu non preoccuparti, – fece Ravaioli, – racconta.

48.

– È un romanzo sulla lotta di classe, – sentenziò Pertini.

– E sulla dittatura del proletariato, – aggiunse Fundo.

– E su Ventotene, – chiosò Ravaioli.

Lo guardammo perplessi.

– Scusate, – dissi, – andiamo con ordine...

– È un romanzo sulla lotta di classe, – disse Pertini. – Mostra un futuro in cui la lotta è proseguita senza sbocco, e si è brutalizzata al punto che proletari e borghesi sono diventati due specie umane diverse. La borghesia è degenerata in creature imbelli come gli Eloi, e il proletariato in creature ferine come i Morlocchi. Gli Eloi vivono nel piacere, senza lavorare e incuranti di ogni cosa, mentre i Morlocchi vivono in un mondo sotterraneo che non è altro che un'immensa fabbrica, senza mai vedere la luce del sole. Ricorda certe descrizioni di operai fatte da Federico Engels.

– Solo che loro non li sfrutta nessuno, – obiettò Fundo, – perché sono essi, i Morlocchi, la classe dominante, anzi, la specie dominante, e gli Eloi sono la specie dominata. Quella che Sandro chiama borghesia non lavora, è vero, ma solo perché è tenuta all'ingrassamento, e quello che Sandro chiama proletariato lavora, ma lavora quasi da allevatore, e ogni tanto prende un borghese e se lo pappa. A me sembra una società postrivoluzione: non si è evolsa da una lotta di classe senza sbocco, ma dalla dittatura del proletariato.

– Una dittatura, – commentai, – che si è protratta tanto a lungo da aver prodotto differenze biologiche.

– Certissimo! – disse Fundo. – Anche secondo Carlo Marx la dittatura del proletariato può essere una misura soltanto dell'emergenza, soltanto provvisoria, e mentre il proletariato dittatoria deve costruire le condizioni per non esserci piú dittatura e nemmeno proletariato. Se la dittatura del proletariato non costruisce le condizioni, va che finirà male. Che questo venga detto in un libro del 1895, quarant'anni prima dello stalinismo, è davvero remarcabile!

– A me sembra che ci sia qualcosa di piú... – azzardai. – Gli Eloi sono l'ex borghesia, ma al tempo stesso sono... il nuovo proletariato. Pensateci: in apparenza hanno tutto quel che gli serve, ma potremmo dirlo anche di una vacca che rumina su un prato. In entrambi i casi stiamo guardando un essere sfruttato, trasformato in una cosa, che farà presto una brutta fine. I Morlocchi, nel libro si vede chiaramente, possiedono i mezzi di produzione e sono la specie sfruttatrice. Paradossalmente, sono la nuova borghesia.

– No, non mi convince, – disse Pertini. – Mi sembra piú l'esito che Marx ed Engels chiamano «la comune rovina delle classi in lotta».

– Non tanto comune, se sono evolsi in due specie distinte, – disse Fundo.

Stavolta lo corressi: – «Evoluti», non «evolsi».

– Grazie, Erminio, non problematevi di dirmi quando sbaglio.

– Sono distinte, – ribatté Pertini, – ma dipendenti l'una dall'altra. I Morlocchi sono coloro che sfruttano, ma si può dire che vivano meglio degli Eloi? Non finiscono in pentola, va bene, ma nemmeno godono del sole, dell'aria, dei frutti della natura. Passano la loro vita in quei cunicoli. Ambedue le classi sono andate a ramengo.

– Scusate tutti, – disse Ravaioli, alzando la zanetta per richiamare la nostra attenzione.

Non so perché feci caso al manico. Lo notavo per la prima volta: una testa di serpente, di un metallo brunito. Forse di ottone.

– Quel che avete detto è molto interessante, – esordí, – anche per me che non sono socialista e tantomeno comunista, e a Marx preferisco Mazzini. Ma vi state scordando della cosa piú importante.

– E quale sarebbe?

– Il viaggio nel tempo. Il romanzo si chiama *La macchina del tempo*, non *La comune rovina delle classi in lotta* o che altro. Siamo partiti da quello, no? Suppongo che Squarzanti abbia ordinato il libro per capire meglio le teorie del povero Pontecorboli e l'origine di certi discorsi che si son fatti l'anno scorso, per tutta l'estate e anche oltre. È cosí, Erminio?

Annuii.

– Chi non dorme nel nostro camerone, – proseguí, – di quei discorsi ha sentito solo un'eco ovattata, ma non è stato un fenomeno da poco. Sembrava una gabbia di matti. La domanda allora è: cosa può dire questo libro a noi, oggi e qui, a Ventotene? Cosa può farci capire della nostra condizione?

Veniva fuori il professore di liceo, e non potei non pensare a Viviani.

– Vi ricordo che a giugno, – continuò, – il fascismo dava per scontato l'esito della guerra…

– Ribassa la voce, – Fundo indicò col pollice l'uscio alle proprie spalle.

– Là fuori non c'è nessuno, – disse Ravaioli, – il milite avrà preferito andare dalla morosa, invece che starsene al gelo. Dicevo: a giugno la Germania aveva occupato mezza Europa e sembrava sul punto di piegare anche la Gran Bretagna. Pasta-e-fagioli aveva una gran fretta di entrare in guerra, per fare atto di presenza con qualche migliaio di morti e sedersi al tavolo dei vincitori. Alcuni di noi, però, prevedevano che la faccenda sarebbe stata piú rognosa, e che nella guerra il fascismo si sarebbe impantanato, ma diciamoci la verità, – e mostrò la mano destra, con l'indice e il medio avvinghiati, – stavamo incrociando le dita. Piú che un'analisi, era uno scongiuro. Dentro di noi, temevamo di avere torto, e ci appariva già un Occidente imbandierato di croci uncinate e fasci littori.

Tutti annuimmo, anche Pertini.

– Ad alimentare i discorsi del camerone, – proseguí Ravaioli, – è stato quel patema d'animo, unito al fatto di essere bloccati qui. Se il tempo in cui ti è dato vivere ti sta stretto e ti angoscia, c'è forse da stupirsi che la mente cominci a vagare e sogni altri tempi, e incredibili macchine con cui raggiungerli? Se poi uno scienziato, uno che doveva laurearsi con un premio Nobel, ti dice che lui una macchina cosí l'ha perfino costruita, forse ci credi a metà, perché lo sai che carcere e confino possono far perdere la trebisonda, però la cosa ti affascina. Da qui le fantasie che abbiamo ascoltato. Fantasie che, Erminio lo sa bene, mi irritavano...

– Una volta le hai definite rococò, – gli ricordai.

– Sí, e io il Rococò lo detesto! Nondimeno, quelle fantasie le capisco. Ma adesso, che quadro abbiamo adesso, sei mesi dopo? – partendo dall'indice, contò sulle dita. – L'Inghilterra non si è piegata. La guerra di Grecia è stata una catastrofe. L'Italia ha praticamente già perso la Libia e sta perdendo l'Africa orientale. Il fascismo è in ambasce e Hitler dovrà aprire nuovi fronti per togliere i maroni del duce dal fuoco. L'Italia per i tedeschi è una zavorra, anzi, forse gli porta proprio *sdétta*, come si dice dalle mie parti. E guarda il caso, le fantasie sui viaggi nel tempo sono cessate. Perché?

Fece una pausa studiata, da istrione.

– Guarda che non siamo in teatro, – gli disse Fundo. – Il perché dillo e basta.

– Perché non ce n'è piú bisogno! La Storia si è rimessa in moto, ed è come se il tempo scorresse piú rapido.

Sentii un brivido di energia salire dal perineo fino alla nuca, mentre Ravaioli si alzava in piedi, le mani appoggiate sul tavolo: – Pertini, tu questo lo dici sempre, dillo anche adesso: qual è il nostro compito qui?

– Resistere, – rispose la tessera numero 1 del Partito socialista. – Mantenere forza e disciplina. Prepararci. Il nostro turno potrebbe arrivare prima di quanto pensiamo.

– Esatto! – gridò Ravaioli, tornando ad agitare la zanetta con la testa di serpente.

Adesso non era piú un professore di liceo. Che cos'era? Un profeta? Un messaggero di altri mondi?

– Su quest'isola c'è il meglio dell'antifascismo, in tutte le sue componenti vecchie e nuove. Se non lo copriamo noi quel «turno», chi altri potrà farlo? E questa cosa noi, che in teoria saremmo quelli isolati, l'abbiamo capita da un pezzo! Tu, Sandro, la dicevi quando la notte era piú buia, e il fascismo sembrava dover esistere in saecula saeculorum!

– Non posso negarlo, – confermò Pertini, sfoggiando ancora il suo sogghigno.

– Negli ultimi sei mesi, – si avviò a concludere Ravaioli, – il tempo qui sull'isola è accelerato piú che altrove, o meglio: è il nostro sguardo a correre piú avanti. Pensate a Maovaz: lui dice che il fascismo cadrà tra un anno. Sei mesi fa l'avremmo preso come un pio desiderio, adesso lo prendiamo come un *calcolo*. Che il duce verrà giú lo pensiamo tutti, ormai la questione è *quando*. Non c'è mica da rallegrarsi, intendiamoci, ché le idiozie di quel patacca non le pagherà solo il regime: le pagherà l'Italia, e noi erediteremo le macerie. Però noi vediamo l'occasione di ricostruire! Invece là, – puntò il bastone in direzione del continente, – la maggior parte della gente ancora sonnecchia, intorpidita dal fascismo. Qui vediamo il futuro, mentre nel resto d'Italia non ne hanno la minima idea! E allora chi sono i veri *isolati*, chi sono i veri *prigionieri del loro tempo*? Pensateci: la vera macchina del tempo è quest'isola, questa comunità di reietti! Datemi retta, – e sollevò alto il bastone, la testa di serpente scintillante nella luce del lampadario, – la macchina del tempo siamo noi!

49.

Giacomo stava molto peggio. Lo capii dall'alito, che odorava di ferite in suppurazione, prima ancora di notare il tremito, e le strisce sottili sulla pelle tirata degli zigomi. Le avevano lasciate le gocce di sudore scendendo verso il cuscino, che infatti era zuppo. Gli toccai la fronte. Aveva la febbre alta.

– Ciao, Ermi', – disse con un filo di voce, senza aprire gli occhi.

– Ciao, Giacomo. Aspetta, ti giro il cuscino dalla parte fresca.

– No… L'altra parte è sporca… de sangue… Nel comodino… c'è una federa.

Cambiai la federa, poi bagnai una spugna e gliela posi sulla fronte. – Vado un momento in infermeria, gli dico che…

– Già m'hanno visto… Tra un po' me portano il… il coso, il piramidone… Per quel che serve…

– Certo che serve, ti abbasserà la febbre.

– Ma s'alzerà ancora… e alla fine vince lei, Ermi' –. Mandò un sospiro gorgogliante. – Sto… conciato male… Avevo sperato… – Non riuscí a proseguire. Gli occhi si riempirono di lacrime, e capii che a lasciare quelle strisce sugli zigomi non era stato il sudore. – È tutto inutile…

– Non dire cosí, Giacomo.

– E che altro devo di'… Nessuno me crede… Forse so' matto… Ma ormai… Non conta manco piú… se so' matto o no.

Gli strinsi la mano. – Ho capito qual è la verità che stai tentando di dirci. L'ho capito, finalmente.

Gli asciugai le lacrime e raccontai quel che mi ronzava in testa da tempo, e che aveva preso forma la sera prima. Gli spiegai della mia «lotta greco-romana», gli rammentai cos'era il Kairos per i Greci antichi e lo aggiornai sulle vittorie dei greci moderni. Gli dissi quant'era stato importante per me averlo conosciuto. Lo ringraziai per l'immagine dell'isola «un giorno avanti», e per ciò che mi aveva fatto capire. Era solo una piccola parte di quel che avrei dovuto capire, ma era l'inizio, era l'aurora.

Ascoltò a occhi chiusi e senza dire una parola, e temetti che si fosse addormentato. Invece, quand'ebbi finito commentò: – Me pare d'avertelo… già detto una volta… Se sente… che sei un letterato… E vallo a capi', tra me e te… chi è piú matto.

– È una bella gara! – dissi.

– Però… Ermi', se ci hai ragione… io me metto il cuore in pace… La mia parte l'ho comunque fatta.

Arrivò la medicina, Giacomo la bevve e l'ausiliario se ne andò, senza salutarci né degnarci di uno sguardo. Che perdita di tempo, doveva pensare, far scendere la febbre a uno che tira gli ultimi.

Trassi di tasca *La macchina del tempo*. – Vuoi che ti legga il secondo capitolo?

– Sí… Grazie… È la scena del modellino…

Trovai pagina 23, posai il libro su una coscia e cominciai.

– «L'oggetto che il viaggiatore del Tempo teneva nella mano era una specie di meccanismo di metallo luccicante, poco piú grande di un piccolo orologio, e costruito molto delicatamente. Alcune parti erano d'avorio e altre di una sostanza cristallina e trasparente. Debbo ora cercare d'essere chiaro, giacché ciò che seguí, a meno che non si accetti la sua spiegazione, è una cosa assolutamente inesplicabile. Egli prese una delle piccole tavole ottagonali che erano sparse per le stanze, e le pose innanzi al fuoco…»

50.

Il 6 febbraio gli alleati conquistarono Bengasi. Anche in Africa del Nord, toccava alla Germania soccorrere l'Italia, un alleato che somigliava sempre piú a una palla al piede.

Giacomo era pelle e ossa. Aveva i polmoni ridotti a stracci, l'intestino in subbuglio e dolore ovunque. Riusciva a parlare, questo sí, perché tossiva molto meno: dopo parecchie insistenze da parte mia e dei giellisti, oltre al piramidone gli davano codeina e bromuro di sodio. Meo non vedeva l'ora che Giacomo togliesse il disturbo, ma non voleva un altro caso Piancastelli, e almeno le apparenze di una cura, anche solo sintomatica, doveva salvarle.

Io gli leggevo un capitolo al giorno. Pagina dopo pagina, il viaggiatore del Tempo scoprí i segreti del mondo nuovo, fu amato dalla piccola Uina, perse e recuperò la macchina, sfuggí ai Morlocchi e balzò avanti di milioni di anni. In un mondo senza piú umani sfuggí a un mostruoso crostaceo e balzò ancora avanti, per ritrovarsi su una spiaggia rossa e deserta, al crepuscolo della Storia. Una spiaggia battuta da un vento gelido, su una Terra deserta e ridotta a un relitto celeste. Il mondo non ruotava piú sul proprio asse e rivolgeva sempre la stessa faccia a un sole smorto, e ogni vita sembrava estinta tranne...

– ... «Una cosa rotonda, della grossezza di una palla del giuoco del calcio, e, forse, piú grande, con dei tentacoli a modo di coda. Sembrava nera contro il color rosso di sangue torbido dell'acqua, e muovevasi goffamente di qua e di là».

Inorridito, il Viaggiatore fuggí e tornò all'anno 1895. Riapparve con la macchina nel proprio laboratorio ed entrò nel salotto, dove lo attendeva la sua cerchia di amici. Lacero ed esausto, raccontò loro tutto quel che avevo appena letto.

– «No, disse, non posso pretendere che voi mi crediate. Considerate il mio racconto come una finzione... o come una profezia. Dite pure che ho fatto un sogno, nel mio laboratorio, che mi sono abbandonato a speculazioni sui destini della nostra razza, finché ho concepita questa finzione...»

Terminai l'ultimo capitolo il 13 febbraio.

Non restava che l'epilogo.

51.

Venerdí 14 febbraio Giacomo mi accolse dicendo: – Ti devo parlare –. E mi chiese di portarlo fuori.

– Giacomo, tu stai molto male, e fuori fa un freddo cane.

– Però... c'è il sole... E cosa rischio?... D'ammalarmi?

Sorrise, il suo viso si fece tutto zigomi, e io capii.

– Va bene, – gli dissi. – È giusto.

Era una bella mattina, e per una volta il vento non era che un quieto refolo. Atena doveva aver parlato a Eolo: lo aveva convinto a chiudere l'otre, perché le raffiche non coprissero la fievole voce di Giacomo e io potessi udirla per l'ultima volta.

Lo deposi sulla sdraio, infagottato in un maglione, nel paletot e nella coperta.

– Ho pensato... – cominciò, – alle cose che mi hai detto, Ermi'... Tu non credi alla mia storia... ma dici che è stata importante... Io ho fatto... un po' de conti con me stesso... E ho concluso che ci hai ragione... Su tutto, Ermi'... E adesso tocca a me... raccontarti un po' di cose... Dobbiamo dirci... quello che non ci siamo ancora detti, no?

E, col suo filo di voce, si aprí come mai si era aperto, con me e con chiunque altro. Mi fece la sua confessione come io gli avevo fatto la mia, e ciò che non riuscí a dirmi lo avrei scoperto da solo, cercando le sue tracce nella Roma liberata, facendo domande negli uffici e nei corridoi della Sapienza e del liceo Tasso, e percorrendo la Prenestina in cerca di un capannone che non avrei trovato. Molte cose le compresi e molte no. Non è una di quelle storie dove *tutto torna*, questa. Ci sono anche viaggi di sola andata, e ancora mi faccio domande, dopo tutti questi anni.

– E poi non t'ho mai detto... – aggiunse Giacomo, – cos'avevo visto durante l'appello... quando m'avete difeso dai militi...

– È vero, – ricordai. – Non volevi che ti prendessi per matto.

Ridacchiò dalle narici. – Avevo visto... 'sto momento qua... In un lampo... precisamente... 'sto momento qua... C'ero io qui, proprio qui... e tu lí... col libro di Wells in mano... Eravamo noi due adesso, Ermi'.

Aveva visto la propria morte per tubercolosi? Per questo la fretta di fare, la premura di tornare, la corsa contro il tempo?

Oggi dico che Hermes e Atena avevano torto: quello non era lo stile di Poseidone. Non vi sono storie dove il dio del mare induca visioni profetiche. Men che meno c'entravano gli Aloadi, personaggi rozzi e stolti, estranei a trovate cosí sottili. Ricordo i Chiaramantesi adirati, palesemente ignari di ciò che Giacomo aveva visto. Ma allora chi aveva indotto la visione?

Forse l'isola stessa. Come diceva Ravaioli, i nostri sguardi balzavano in avanti, cogliendo frammenti di futuro. Maovaz vedeva il crollo del fascismo, Giacomo aveva visto la propria morte, e Spinelli...

– Io lo sapevo, – continuò Giacomo, – che qua tornavo a morirci, Ermi'... Ma speravo... di non peggiorare cosí in fretta... Riuscire a fare gli esperimenti... Finire l'equazione... regalare a voi compagni il segreto dell'isola.

– Ma tu ce l'hai regalato, Giacomo. Io adesso lo conosco.

– È... una lotta contro questo tempo, Ermi'... E 'sto

tempo... non deve vincere... Io ho sempre voluto... scappare da 'sto tempo, che mi fa schifo...

Sí, era stato il disgusto per il tempo che ci era toccato in sorte ad avviare la reazione a catena. Dal disgusto e dall'attrito quotidiano contro il nostro tempo era scaturita ogni sovrapposizione, fantasticheria, vaticinio... e cortocircuito. La macchina del tempo, Giustizia e libertà, la nuova fisica, il Nobel a Fermi, la scomparsa di Majorana, le lezioni di Viviani, la mia tesi, Ventotene...

Da una tasca del paletot, Giacomo tirò fuori alcuni fogli ripiegati. – Guarda questi, Ermi', – disse.

Copriva quelle carte un fitto cespugliame di numeri, lettere, simboli, parentesi.

– Niente di 'sta roba funziona... L'equazione... non torna... non può tornare... Avevi ragione, non stava lí il segreto... Avevi ragione... Io ho farneticato... però farneticando... ho detto delle verità... – Di nuovo sorrise, e gli zigomi scoppiarono fuori dal volto. – Io sono... l'orologio in piazza.

– L'orologio?

– Sí... Andando per conto mio... ogni tanto ho azzeccato l'ora giusta... Tu me l'hai fatto capi', e ti ringrazio... Almeno muoio... co' tutte le rotelle a posto... Però prima che muoia... me la devi di' tu una cosa.

– Cosa?

– Vorrei sape' finalmente... perché cazzo li chiamate manciuriani.

Scoppiai a ridere, poi gli raccontai l'origine del nomignolo.

– E io... chissà che me credevo... – commentò.

Sospirai, alzai gli occhi verso il cielo azzurro, e guardai il blu del mare, il mare che a Ventotene vedevamo sempre, sempre. Ma quel giorno io non vidi il mare fascistizzato di Goffredo Coppola e Poseidone, non vidi il mare carceriere, il mare che ostacolava le fughe, causava naufragi e impediva ritorni. No, quel giorno io vidi il *mio* mare, il mare che avrei voluto raccontare nella tesi, il mare dell'apertura e degli incontri, delle possibilità, del futuro. E lo vidi mentre il mio amico moriva, mentre riempiva d'aria, per le ultime volte, il poco che restava dei suoi polmoni.

– E adesso? – gli chiesi.

– Adesso… manca l'epilogo, Ermi'. Dobbiamo finire… il libro.

Per l'ultima volta trassi di tasca *La macchina del tempo*, e lessi le ultime due paginette.

– «Non si può fare a meno di fantasticare. Ritornerà un giorno? Può darsi che si sia avventurato nel passato e sia caduto tra selvaggi barbuti e bevitori di sangue, dell'età della pietra; negli abissi del mare cretaceo; o tra i grotteschi sauriani, o gli immensi rettili dell'epoca jurassica. Può essere anche ora, se posso usare la frase, vagante su qualche scoglio oclitico di corallo popolato di plesiosauri, o sulle rive desolate dei mari salati dell'età triassica. O è egli andato in qualche età dell'avvenire dove gli uomini sono ancora uomini, ma dove gli enimmi e i problemi penosi della nostra epoca sono risolti? Nella maturità della razza: giacché, quanto a me, non posso pensare che questi ultimi tempi di timidi esperimenti, di teorie frammentarie e di mutue discordie siano il punto culminante che debba raggiungere l'uomo! Ripeto, per quanto io pensi».

Giacomo abbassò le palpebre per l'ultima volta. Non so su quale parola smise per sempre di respirare. Mi piace pensare che abbia resistito fino alle ultime.

– «Ed ho conservato, a mia consolazione, due strani fiori bianchi, accartocciati ora, bruni, secchi e fragili, i quali attestano che quando anche l'intelligenza e la forza sono scomparse, sopravvivono nel cuore umano la gratitudine e la mutua tenerezza».

Chiusi il libro, e finalmente piansi. Piansi, e sull'acqua che mi sgorgava dagli occhi danzarono le Potameidi, ninfe dei fiumi, e sul fiume Evros delle mie lacrime galleggiarono i pezzi del corpo di Orfeo dilaniato dalle Menadi, e la testa di Orfeo raggiunse l'isola di Lesbo, che divenne l'isola della poesia e del canto, e mentre piangevo l'orchestrina di Calace cominciò a provare *Reginella*, e non l'avevano mai suonata cosí bene.

Ora però sono stanco. Spegni il magnetofono, per piacere.

52.

Il documento scritto dall'Ovra, quello che viaggiò tra Ventotene e il continente all'inizio del '41, io non l'ho mai avuto sotto gli occhi, ma mi sono fatto l'idea che suonasse piú o meno cosí:

> Dopo accurate verifiche, del confinato PONTECORBOLI GIACOMO, figlio del fu Tizio e della fu Caia, nato a Roma il tal giorno del 1910, risultano le seguenti: cresciuto dalla zia Sempronia, si è diplomato presso il liceo Torquato Tasso di Roma nell'anno vattelapesca dell'Èra fascista e si è iscritto alla facoltà di Ingegneria dell'università di Roma, abbandonando però gli studi dopo anni due. In seguito è stato piú volte visto aggirarsi nell'ateneo, segnatamente da nostri fiduciari, ai cui rapporti si deve l'arresto in flagrante, poiché colà distribuiva materiale sovversivo.
>
> Non risulta iscrizione del PONTECORBOLI alla facoltà di Fisica. La dicitura «Professore di Fisica» sulla scheda inviata dalla prefettura di Littoria a codesta direzione si deve al fatto che il sunnominato si manteneva dando ripetizioni private di Fisica e Matematica a studenti del liceo.
>
> Il professor FERMI ENRICO è al momento irreperibile poiché ha lasciato il territorio nazionale, ad ogni modo non risultano suoi rapporti col PONTECORBOLI.
>
> Non vi è nemmeno certezza che il PONTECORBOLI abbia frequentato o anche solo conosciuto il professor MAJORANA ETTORE. Gli anni di frequentazione del liceo Tasso non collimano: il PONTECORBOLI lo cominciò quando il MAJORANA,

che vi frequentò soltanto l'ultimo anno, aveva già conseguito il diploma. Il PONTECORBOLI risulta altresí sconosciuto a parenti, colleghi e studenti del MAJORANA, tanto a Roma quanto a Napoli e Catania.

Nell'appartamento dove il PONTECORBOLI viveva solo, già perquisito dai Reali Carabinieri al momento dell'arresto in data 10 giugno 1938, è stata trovata copia del romanzo *La macchina del tempo* dello scrittore albionico WELLS ERIBERTO GIORGIO, pubblicato in Italia nel 1929, anno VII Ef, per i tipi dell'editore Delta. La copia appariva letta piú volte e sottolineata.

Ibidem è stata anche trovata copia della rivista «La Domenica del Corriere», edizione del 17 luglio 1938, dove alla pagina tal dei tali appariva la foto del MAJORANA accompagnata al seguente annuncio, di cui si allega copia fotografica:

«CHI L'HA VISTO? ETTORE MAJORANA, ordinario di Fisica teorica all'università di Napoli, è misteriosamente scomparso agli ultimi di marzo. Di anni 31, alto metri 1,70, snello, con capelli neri, occhi scuri, una lunga cicatrice sul dorso di una mano. Chi ne sapesse qualcosa è pregato di scrivere al R. P. Marianecci, Viale Regina Margherita 66, Roma».

L'ipotesi concernente il PONTECORBOLI è che trattisi di mitomane con problemi di nevrastenia, soggetto a stati di allucinazione. Venuto a sapere della misteriosa scomparsa del MAJORANA, al quale forse si sentiva legato per i comuni interessi e per la frequentazione del medesimo liceo, il sunnominato avrebbe costruito sulla notizia un vaneggiamento di carattere fantastico-scientifico eccetera eccetera.

Il direttore Meo ricevette un rapporto cosí, ne sono convinto. La forma l'ho ipotizzata, ma il succo è quello. Una copia dev'esserci, da qualche parte.

Giacomo non aveva nessuno, e anche se avesse avuto qualcuno, sull'isola non c'era una cassa di zinco per trasportare a Roma la salma. Prima che il mucchietto di pelle, ossa e bacilli di Koch cominciasse a puzzare oltremisura, fu interrato a Ventotene con esequie minimali e sbrigative. La sera stessa, dopo averci chiusi nei padiglioni, portarono Giacomo al cimitero, oltre il limite di confino, e lo calarono in una fossa. Delle sue poche cose – gli indumenti, gli occhiali, i fogli con formule ed equazioni – non seppi piú nulla, probabilmente finirono nella spazzatura, o bruciate.

Solo due anni dopo potei cercare la sua tomba, per deporvi almeno un fiore.

53.

Confinati di tutte le tribú mi fecero le condoglianze, come se mi fosse morto un fratello. Il primo fu Pertini, poi mi strinsero la mano e mi abbracciarono – abbracci virili, da orsi – comunisti, anarchici, giellisti, repubblicani... E Spinelli, che aveva sempre fatto tribú per conto suo.

Camilla Ravera mi baciò su entrambe le guance, e quasi mi tornarono le lacrime: da cinque anni non sentivo sulla pelle il bacio di un donna.

Ma a stupirmi davvero fu il gesto del conte de Alcántara, Caramella. Mi donò un cartoccio di mele, profumate e di un giallo intenso. Dove le aveva trovate, a febbraio?

– Voglia scusarmi, dottor Squarzanti, – mi disse, – cercavo un mazzo di crisantemi, ma non l'ho trovato –. Poi mi strinse la mano e aggiunse: – Sappia che può contare di me.

Il suo monocolo rifletté il sole e mi abbagliò, mentre pensavo: contare su di lui per cosa?

– Può darmi fiducia, – disse ancora e, facendosi piú vicino: – Spero che ci siamo capiti. Sono sincero.

Lo ringraziai, e aspirai il profumo delle mele, dorate come quelle del giardino delle Esperidi, mentre lo guardavo allontanarsi, col suo cappotto di capra e le scarpe bicolori nere e oro.

La sera del 15, in camerone, Ravaioli mi parlò a lungo, da un letto all'altro, sottovoce, e mentre parlava mi addormentai, e ricordo che sognai, e le sue parole si confusero col sogno.

O forse fu tutto un sogno dall'inizio.

– Adesso piú che mai, – mi diceva col suo accento romagnolo, – il tuo compito è non cedere. Adesso che hai capito, devi resistere. Scenderai agli inferi, e sarà una lunga discesa, ma dovrai saper guardare oltre, perché quando sarà il tempo di riemergere riemergerai, e aiuterai Pertini. Pertini avrà bisogno di te prima che di chiunque altro. L'isola corre verso il Kairos...

Ora Ravaioli non era piú nel suo letto: fluttuava a mezz'aria nel camerone e mi mostrava la zanetta. Guardai la testa di serpente: non era piú di metallo. Si muoveva, faceva danzare la lingua bifida, sibilava. Il bastone caduceo, che Hermes ebbe da Apollo in cambio... Di che? Dello strumento che aveva inventato. La zampogna.

Poi, nel sogno mi raggiunse l'aroma delle mele sul comodino, i pomi d'oro delle Esperidi. Atlante li aveva rubati per conto di Eracle, che li aveva donati a Euristeo, ma il re li aveva restituiti all'eroe, che li aveva regalati... A chi? Ad Atena. Le mele apparivano per l'ultima volta nelle sue mani.

Atena γλαυκῶπις, «dall'occhio lucente».

Atena αἰγίοχος, «che indossa l'egida di pelle di capra», come suo padre Zeus.

Atena che ha ai piedi καλὰ πέδιλα, ἀμβρόσια χρύσεια: «Sandali belli, d'oro e che mai si consumano».

Quel sogno, se ben ricordo, lo dimenticai.

Troppo facile dire: a un certo punto, nel terribile momento che stavi vivendo, ti sei convinto che Caramella fosse Atena e Ravaioli fosse Hermes, e hai costruito un intero mondo, andando a ritroso, trasformando ogni cosa che ti era successa a Ventotene. Messa giú cosí, sembro un demente, uno che la fame e il dolore hanno fatto stravedere. No, la faccenda è piú complicata, e semmai si presenta a rovescio: proprio quando arrivo a raccontare quel momento, il ricordo delle mie *rêveries* perde coerenza, si fa piú discontinuo e labile, comincia a sfilacciarsi.

Rammento per filo e per segno come seguii la guerra di Grecia. Diamine, era la Grecia! La terra delle origini, la culla della civiltà europea, dov'erano nate le storie che non smettevo di raccontarmi. In Grecia c'era l'Olimpo. Leggere quei nomi sui giornali – Epiro, Pindo, Tessaglia, Macedonia – mi riportava alla mente le terre sognate.

Di contro, ricordo poco o niente di come seguii altre fasi della guerra, anche piú disastrose, come la campagna italiana in Russia.

Nella mia mente, l'inverno del '41 è l'ultimo momento interamente nitido: i dettagli di quei mesi hanno bordi affilati, le discussioni sono vive nella memoria, il ritorno e la morte di Giacomo sono sculture di vetro.

Della primavera e dell'estate che seguirono, invece, la memoria ripesca sí episodi e discorsi, arrivi e partenze: il disgelo coi comunisti, le rotture di amicizie sull'Europa... E la lettera che scrissi a «Severo», il mio ultimo sforzo prima della discesa agli inferi... Ma sono sprazzi discreti, momenti nitidi ma scollegati. Non c'è piú quel flusso continuo, quella coscienza del trascorrere dei giorni che associo al periodo precedente. E dove prima trovavo *rêveries*, trovo solo frammenti.

Il resto del '41 e buona parte del '42 formano un'unica chiazza opaca. Ero troppo impegnato a restare vivo. La fame ottundeva i sensi e impediva ai ricordi di fissarsi. Le tue domande mi aiutano, ma lo sai anche tu: non potrai colmare ogni buco.

Io sarò la tua tesi che non va né su né giú.

54.

Nel corso del '41 giunsero a Ventotene molti reduci di Spagna. Non credo di esagerare se dico che ne arrivarono almeno cento. L'isola si fece ancora piú affollata. Venivano dal campo di internamento del Vernet, in Ariège, dove il governo Daladier li aveva sbattuti quando avevano passato la frontiera. Dopo l'invasione tedesca, il governo collaborazionista di Vichy li aveva presi e consegnati all'Italia, ed eccoli scendere dal *Santa Lucia* e sbarcare dalle scialuppe, uno dopo l'altro, provati ma fieri, salutati dai loro compagni, che in molti casi erano i comunisti. I due nomi piú grossi li sanno tutti: Longo e Di Vittorio. Ma dal Vernet giunsero anche molti anarchici, che coi comunisti nemmeno si guardavano, e qualche repubblicano.

Ormai Ventotene era un mondo a parte, una terra di bizzarrie. Per i nuovi arrivati era dura comprenderne le logiche. Ricordo che origliai divertito mentre Li Causi, passeggiando a braccetto con Di Vittorio, spiegava a quest'ultimo gli equilibri politici nella colonia e le caratteristiche delle tribú.

– Quasi da ultimo ci sono i repubblicani, pochissimi. Pensa che uno di loro, nel '28, ha cercato di freddare Pasta-e-fagioli…

E Di Vittorio, interdetto: – Pasta e fagioli?

– Poi ci sono gli stranieri, in maggioranza albanesi, e c'è persino un abissino. Infine, i manciuriani…

– Manciuriani? E dalla Cina li mandano al confino qui?

Il 6 aprile cadde Addis Abeba. L'Africa orientale italiana non esisteva piú. L'impero che doveva durare nei millenni era durato un lustro. Era appena tornato «sui colli fatali di Roma», e già ripartiva.

Lo stesso giorno, la Germania invase Grecia e Jugoslavia con un'intera armata, la dodicesima, e la copertura di milleduecento aerei della Luftwaffe. I due aggrediti non poterono reggere l'urto, e nel giro di due settimane capitolarono. Ma in entrambi i Paesi si organizzò la resistenza.

– Io li conosco, i Balcani, – diceva Maovaz due giorni dopo, il giornale aperto davanti a sé, tenuto a distanza di braccia. Girava per l'isola a comunicare dettagli che non ricordo, ma a suo dire importantissimi, che aveva pubblicato solo il «Piccolo». Il giornale di Trieste era il primo su cui metteva le mani, lo riteneva il meno «abbottonato» nel seguire gli esteri: – Mi li conosso, i Balcani! Vedrete che i gnochi no i ghe vien piú fora! – I *gnochi* erano i tedeschi.

E i numi? Ora si trovavano *due* eserciti dell'Asse alle pendici dell'Olimpo, ma qui, per la prima volta, fatico a ricordare i miei pensieri al riguardo. Associo a quel momento solo un nome di dio: «Efesto». Forse perché passammo davanti all'officina di Domaschi e si sentiva un *clang! clang! clang!* di metallo battuto sull'incudine, intervallato da uno stridere di mola sul basso continuo del generatore a nafta, arabescato ogni tanto dal trepestio di attrezzi cercati a tentoni nella cassetta. Forse pensai che il dio forgiatore si sarebbe scosso, alla buon'ora, e nella sua fucina avrebbe fabbricato armi. Armi per i partigiani e anche per l'Armata rossa. Perché non solo l'Ellade era occupata dai nemici, ma il patto Hitler-Stalin, che tanto aveva confuso Efesto, era oramai agli sgoccioli. Presto la Germania avrebbe attaccato l'Urss. Lo sapevamo tutti.

O almeno, *quasi* tutti.

L'Operazione Barbarossa scattò all'alba del 22 giugno. Fu un attacco su una scala mai vista prima: si gettarono contro l'Urss centocinquanta divisioni tedesche, in tutto tre milioni di uomini, lungo un fronte di quasi tremila chilometri, dal Baltico ai Carpazi, mentre la Luftwaffe bombardava Kiev, Odessa e altre città sovietiche.

Da lí in avanti, i nostri compagni di confino comunisti avrebbero detto che Stalin sapeva tutto dal principio, e aveva solo preso tempo. In parte era vero, ma a giudicare da come i tedeschi erano entrati in Urss – «come una baionetta nel burro», disse un generale, e l'immagine passò alla Storia – e dal numero di soldati russi fatti prigionieri il primo giorno – centinaia di migliaia – una cosa era evidente: Stalin aveva *voluto* prendere tempo, ma non l'aveva preso.

Stalin e Molotov non ne sapevano meno di noialtri a Ventotene. Avevano sicuramente piú *intelligence* di Maovaz! Prima o poi Hitler avrebbe sferrato l'attacco, ne erano consci. Anche mentre recitavano la commedia e sorridevano coi nazi a piene ganasce, ne erano consci. Ma non si aspettavano che lo facesse prima di aver finito con l'Inghilterra. L'anno prima l'avevano data per spacciata, e invece aveva resistito, e resistendo – cosí pensavano – aveva guadagnato tempo anche per loro. Hitler non sarebbe mai stato cosí scemo da attaccare a est prima di finire il lavoro a ovest. E invece…

Cosí presto?!, doveva aver pensato Stalin, quando la notizia lo aveva travolto alle quattro di notte. Al contrario, l'operazione era scattata piú tardi del previsto, perché, per colpa di Pasta-e-fagioli, la Germania era prima dovuta intervenire nei Balcani.

I poteri sovietici furono colti alla sprovvista, e ogni voce ammutolí. Il 23 giugno, la «Pravda» non diede nemmeno la notizia dell'attacco. Lo sguardo della Medusa pietrificava, era urgente mozzarle la testa, ma nessuno si muoveva, tutti attendevano la linea dall'unico uomo che poteva darla.

L'uomo che invece, a sorpresa, si ritirò nella sua casa di campagna, in completo isolamento, lasciando a Molotov la gatta da pelare. Si rifece vivo solo dopo dodici giorni, con un discorso alla radio che incitava alla resistenza totale contro l'invasore. E oggi – forse giustamente – si ricordano di piú gli eventi successivi: la «Grande guerra patriottica» e la resistenza, l'assedio di Stalingrado, l'eroismo di Stalingrado, la controffensiva di Stalingrado... Ma come c'era arrivata la baionetta fino a Stalingrado? Come aveva potuto penetrare nel burro per piú di milleduecento chilometri? I calcoli sbagliati non bastavano a spiegarlo, c'era altro. Quell'*altro* era un cavallo di battaglia dei confinati comunisti eretici, tacciati di «trotskismo», «deviazionismo», «criptobordighismo»...

Nel '37 le purghe avevano decapitato l'Armata rossa, eliminando gli alti ufficiali piú capaci, a partire dal capo di Stato maggiore, il generale Tuchačevskij, torturato a lungo e ucciso con un colpo alla nuca. La repressione aveva colpito la crema dello Stato maggiore, per poi scendere ai gradi inferiori, in un'ondata di terrore e paranoia. Su centoquarantaquattromila ufficiali, ne erano caduti trentacinquemila. L'accusa era di voler rovesciare Stalin con un *putsch*. I purgati – come già Trockij – erano tacciati di essere al soldo del Terzo Reich. Due anni dopo, ironia della sorte, Stalin e Hitler si scambiavano auguri di buon compleanno.

Negli anni Trenta Tuchačevskij e i suoi alti ufficiali avevano iniziato una grande modernizzazione delle forze armate, introducendo l'aviazione, i paracadutisti e i mezzi corazzati. Le purghe avevano interrotto quel processo. Nel '41 l'Armata rossa era ancora allo sbando, e la Germania lo sapeva. Dio solo sa se i russi avevano bisogno di Efesto! Scusa, non far caso al minestrone religioso di quest'ultima frase.

Era una tragedia immane, la guerra di annientamento, lo scontro totale, ma almeno terminavano le ambiguità. Il Komintern rientrava nella lotta. Al prezzo di ingoiare un'intera palude di rospi, si tornava all'unità dell'antifascismo. E i nostri comunisti non l'avrebbero mai ammesso, ma per loro fu un sollievo: basta con le capriole dialettiche a cui li aveva costretti il patto del '39, con le esegesi parabibliche di tatticismi, con le ricerche della linea del partito nella sfera di cristallo. Dopo due lunghi anni potevano dire, senza censurarsi, qual era il lato giusto della barricata. Eppure...

Eppure non finí l'ostracismo verso Terracini e la Ravera. Tutto andò avanti come prima. I comunisti divennero piú cordiali con le altre tribú – non certo con gli anarchici, ma con noi socialisti sí, e addirittura coi giellisti – di quanto fossero con uno dei fondatori del loro partito, che per loro restava un reprobo. Non ci parlavano, non lo salutavano, e io non riuscivo a spiegarmelo.

Sempre piú spesso il *Santa Lucia* era dirottato in operazioni militari. Arrivava una volta ogni tre. Idem per la nave cisterna. Si allungarono i periodi senza posta, i viveri tornarono a scarseggiare, e infine, dopo un illusorio periodo di dieta quasi adeguata, tornò il regime dello stecchetto. L'isola restò senza nafta, e finirono pure le candele. La sera, nei cameroni, non c'era piú modo di leggere, ma arrivavamo ai giacigli talmente provati e obnubilati, che forse non lo avremmo fatto comunque.

Un giorno, poco prima dell'appello pomeridiano, passeggiavamo in piazza Pertini e io, circondati dal giallo. Alla nostra destra stava il castello, di un giallo abbacinante, e a sinistra la stele ai caduti dell'altra guerra, coi nomi sul travertino giallo, no, bianco. Quei nomi li ho avuti sotto gli occhi ogni giorno, per anni, ci sono ex confinati che saprebbero ripeterli a memoria, io invece non ne ricordo nemmeno uno. Ogni tanto gettavo uno sguardo all'orologio, lassú, indifferente nella sua torretta gialla, no, rosa. Erano le tre e indicava le sei. Alle nostre spalle c'era il milite, nero su giallo. Stava a un metro di distanza, ma non ci osservava, non ascoltava, era con la mente chissà dove.

Io avevo il passo stanco, e un paio di volte Pertini mi chiese: – Stai bene? Sei sicuro di stare bene?

– Sto come si sta qui, – risposi. Ma il giallo della piazza mi stordiva, mi sembrava che sbordasse, che colasse su tutto il resto, su tutto il mondo...

Dovetti fermarmi. Con la scusa di stringermi i lacci delle scarpe, mi accovacciai e presi fiato. Pertini rimase accanto a me, in piedi, discreto e inappuntabile. Il giovane milite lo imitò, perfino nella posa. Nessuno disse nulla. Quanto tempo passò? Venti secondi? Dieci minuti?

– Va meglio? – mi chiese.

– Sí, grazie –. E un poco meglio andava. Il giallo era tornato al suo posto.

Alzandomi, vidi Terracini passare in via degli Olivi, da destra a sinistra, con la custodia del violino sottobraccio.

– Vieni, prendiamoci un caffè, – propose Pertini. – Qualunque cosa chiamino «caffè» di questi tempi.

– Meglio non chiedere, – dissi.

Il surrogato caldo (infuso di pala di fico d'India?) ingannò lo stomaco, e ci muovemmo verso Parata Grande.

– Venga, Iannace, – disse Pertini alla camicia nera. – È quasi l'ora dell'appello, non dovrei essere io a dirlo a lei.

Iannace ci seguí.

Lungo la via, chiesi a Sandro un parere su Terracini.

– Non capisco, – dissi, – perché ha ancora il vuoto attorno. L'invasione della Russia non ha cambiato nulla? Lui e Scoccimarro dormono nello stesso camerone, ma continuano a non salutarsi… Anzi, mi pare che i rapporti siano piú freddi di prima.

Pertini si girò verso il milite: – Iannace, noi dobbiamo parlare un momento di cose nostre. Si ricorda quel che le ho detto?

Iannace annuí e rallentò il passo, per rimanere un po' piú indietro.

Mi venne da ridere, ma non lo feci. Il ragazzo non mi era antipatico, non volevo metterlo a disagio. – Potresti dargli dei tappi per le orecchie… – dissi a Pertini.

– È un povero diavolo, – commentò. – Da un po' di tempo, fa tutto quello che gli dico, sembra sotto ipnosi. Tanto che devo limitarmi, per non comprometterlo. Non voglio che mi rimettano alle calcagna un mastino vero… Ma mi chiedevi di Terracini.

Da lí in poi, a parlare non fu piú l'amico né il politico, ma l'avvocato.

– Il caso è chiarissimo, – disse, – Terracini ha messo in dubbio la linea.

– Ma adesso la linea è cambiata, no?

– È qui che ti confondi: io parlo della linea vera, cioè la linea sulla linea.

– Sarà il capogiro di prima, ma non sono sicuro di seguirti…

– Non c'entra il capogiro, è che ti manca la forma mentis. Quella che ti fai nelle aule di giustizia, durante i processi. I processi veri, non le farse del Tribunale speciale.

– Io in effetti ho visto solo il processo che mi ha condannato…

– Seguimi: la posizione ufficiale dei comunisti è che in tutti questi anni la linea del partito non è mai cambiata. Anche adesso che l'Urss è invasa dai tedeschi e in pratica si torna ai fronti popolari contro il fascismo, persino piú estesi di prima, la linea sulla linea resterà la stessa. Per loro Stalin non ha sbagliato niente: sono le condizioni a essere mutate. Di piú: lui ha fatto ciò che ha fatto proprio prevedendo che mutassero.

– Ma è contro ogni evidenza!

– Sí, e Terracini glielo ha detto, in tempi non sospetti. Ma per loro è lui a *sbagliare evidenza*. La sbagliava prima e la sbaglia adesso.

– Insomma, se ha torto, nemmeno i fatti possono dargli ragione.

– Precisamente. Su questo non possono transigere. Anzi, adesso che in apparenza la pensano allo stesso modo, devono scavare ancora di piú il solco, distinguersi il piú possibile.

– Sono peggio dei teologi di Bisanzio… Ma una cosa non capisco: perché Terracini non ha fatto come Spinelli? Perché non li ha mandati a farsi fottere?

Ormai eravamo quasi ai padiglioni. Un cambio d'espressione, un moto delle spalle… Vidi l'avvocato lasciare di nuovo il posto al politico.

– Spinelli che aveva da perdere, a parte il saluto di Secchia e Scoccimarro? Per Terracini è diverso: è piú vecchio di me, il suo partito lo ha battezzato insieme a Gramsci, per il partito ha sacrificato anni di vita, ha fatto la galera… È normale che non voglia rinunciarvi facilmente. Ma lasciati dire un'altra cosa: la bellezza non fa bollire la pentola.

– Ecco, so già che questa conversazione la ricorderò per sempre, – dissi, – è la prima volta che ti sento usare un proverbio. Se è un proverbio.

– Sí, uno delle mie parti. Per me vuol dire questo: in politica non basta avere la linea piú limpida, sentirsi a posto con la coscienza. È importante, ma non basta. Se fai solo bella figura, non fai nessuna figura.

– Parli di Terracini?

– Parlo di noi. Noi di fronte ai comunisti. Con tutte le cecità e gli errori dei suoi dirigenti, quel partito è necessario. Prima della clandestinità erano una setta minuscola, ma da tempo non lo sono piú. Sono una forza organizzata, molto presente tra gli operai, e sono gli unici ad avere alle spalle una potenza mondiale. Senza di loro non si può combattere il fascismo. Noi di partito ci teniamo il nostro, perché su molte cose non la pensiamo come loro, e perché non condividiamo i loro metodi. Ma finché c'è, dovremo sempre augurarci che là dentro, sui bizantini, prevalgano i Terracini.

All'ingresso del piazzale, si fermò. La frase che seguí non la disse il politico né l'avvocato.

– Aspettiamo Iannace. Se entriamo senza di lui, gli facciamo passare un guaio.

55.

Il 10 luglio partí per la Russia anche un corpo di spedizione italiano, piú di sessantamila uomini. Hitler non ne fu lieto: avrebbe preferito che l'Italia mandasse rinforzi in Africa del Nord, dove la situazione era critica. Da quell'orecchio, però, Pasta-e-fagioli non volle sentirci: ma come, si andava allo scontro finale col bolscevismo russo, il nemico di sempre, e proprio lui – e cosí dicendo si batteva il pugno sul petto –, proprio lui che i bolscevichi italiani li aveva piegati, annichiliti, relegati su isolotti pidocchiosi, proprio lui doveva starne fuori? Assolutamente no! Tramontato il sogno della guerra parallela, almeno piantiamo il tricolore dov'è importante farlo!

Chissà se ricordava che, quand'era giovane e socialista, aveva definito il tricolore «uno straccio da piantare in un mucchio di letame».

Nel mentre, la bandiera del Reich veniva issata a Ventotene.

A Punta Pascone, un'altura a metà di via degli Olivi, c'era un vecchio semaforo marittimo. Faceva da ponte radio tra Ischia e il continente, mandava segnalazioni alle navi e trasmetteva bollettini meteorologici.

In quel baraccamento, alla fine di luglio, la Wehrmacht installò un aerofono, o «ascoltatore direzionale», come lo chiamavano in Germania. Serviva a captare in anticipo il rombo di aerei nemici. I macchinari arrivarono su grandi chiatte, e furono portati a Punta Pascone su mezzi cingolati, che sull'isola non s'erano mai visti. Mezzi pesanti, tanto che uno restò bloccato sulla rampa del porto. – *Geht Weg!* – gridavano i tedeschi alla frotta di curiosi, in gran parte ragazzini.

A difendere la struttura fu inviata una Flak-Abteilung, un reparto di artiglieria antiaerea, in tutto una sessantina di soldati. Da quel momento, i *gnochi* furono una presenza sempre incombente e, per noi confinati, ingombrante.

Gli ufficiali discendevano via degli Olivi in rombanti sidecar – «motocarrozzette», dicevano i fascisti – e venivano a fare lo struscio in paese, con le uniformi attillate, gli stivali lucidi e l'aria di ritenere i locali – isolani e confinati – poco piú che merda. Non cercavano nemmeno di nasconderlo. Noi avevamo il divieto assoluto di avvicinarli, e dato che evitarli sarebbe stato impossibile, la ritirata nei cameroni fu anticipata alle diciotto, in piena estate! L'impatto del loro arrivo fu devastante anche per altri versi: basti dire che nei primi giorni svuotarono le botteghe, accaparrandosi ogni cosa comprabile.

Il podestà, il federale, i minuscoli borghesi dell'isola e i funzionari della colonia accoglievano i crucchi in ghingheri, coperti di distintivi e gagliardetti, e se avessero avuto cesti di petali di rose, li avrebbero sparsi davanti ai piedi del maggiore, o capitano, o qualunque fosse il suo grado. Ma non li avevano. E con le foglie d'agave o le pale di fichi d'India non sarebbe stato lo stesso.

Il centurione della milizia passeggiava accanto all'Oberfeld-non-so-cosa, tenendo al guinzaglio il proprio cane, un pastore tedesco che prima dell'arrivo della Wehrmacht si chiamava Ciro ma fu subito ribattezzato Unulfo. Dubito fosse stato il centurione a ripescare, dai recessi meno noti della Storia di Roma, un generale dell'impero di origine germanica, fratello di Odoacre e grande carogna. Forse era stata la maestra di scuola. In ogni caso, il cane era convinto di chiamarsi ancora Ciro. Il padrone lo chiamava: – Unulfo! Vieni qui! – e lui nemmeno si girava.

I nazi si presero anche la spiaggia di Calabattaglia. Ci andavano a bagnarsi i muscoli e arrossarsi la pelle fino a sembrare astici coi capelli. Noi quella spiaggia non l'avevamo mai vista, ma sapevamo che era attorniata da alte pareti di roccia. – Chissà, magari un compagno del nostro Pietrone… – si commentava. – In fondo, basta che il vento soffi nel verso giusto…

56.

I federalisti – cosí si definivano da un po' di tempo – scrissero il loro testo sull'Europa. Lo ricopiarono su piccoli fogli, vergati in una grafia minuta e fittissima, e arrotolarono il tutto in un cilindretto. Sembrava un *cigarillo*, a parte il colore. Lo fecero passare di mano fidata in mano fidata, chiedendo un'adesione ai contenuti. Lo scritto si intitolava *Per un'Europa libera e unita*. Nel giro di una settimana lo lesse l'intero Gotha giellista, e fu l'inizio di una stagione di screzi, perché il testo convinse ben pochi, per diversi motivi. Spinelli e Rossi accolsero le obiezioni con visibile – e sonoro – disappunto. In base alle aspettative che avevano amorevolmente coltivato, si sentivano traditi. Il loro manifesto, dicevano, annunciava una svolta epocale, una nuova stagione rivoluzionaria, con caratteristiche del tutto inedite. Lo avevano scritto per farlo arrivare in continente e all'estero, per propagarlo nelle reti dell'antifascismo clandestino non comunista. Possibile che nessuno capisse la portata di quel che preconizzavano? Rossi e gli altri giellisti si tolsero addirittura il saluto. Spinelli citò il Vangelo di Matteo: i cani, le perle, i porci… – Τοὺς μαργαρίτας ἔμπροσθεν τῶν χοίρων! – Invece Colorni, per qualche motivo o forse solo per il carattere meno focoso, restava piú in disparte.

Dopo i giellisti, il manifesto lo lesse Pertini.

Sandro in quei giorni parlava poco. Era molto preoccupato per la salute della madre, che aveva ormai ottantasei anni. Da casa giungevano cattive notizie, e lui si struggeva di non poter partire all'istante, fare la valigia e correre a Savona. Sentiva di avere una sola possibilità, l'ultima occasione prima che lei lo lasciasse, cosí aveva scritto per l'ennesima volta al ministero, chiedendo una licenza anche brevissima. E se non gliel'avessero voluta concedere, aveva proposto, potevano tradurlo in stato d'arresto al carcere di Savona, per il tempo necessario a ricevere in visita la madre. Ci si trovava costretti anche a questo, durante la villeggiatura.

Dopo aver letto, Pertini passò il *cigarillo* a Fundo, che lo passò a me senza dir nulla, ma con un cipiglio in volto che non gli avevo ancora visto.

Io non avevo alcuna voglia di entrare in quelle diatribe. Per buona parte del tempo mi sentivo privo di forze. Dover rientrare nel camerone col sole ancora alto mi metteva di fronte a un tedio senza conforto, ed ero troppo debole perfino per far sogni a occhi aperti. Mi ritrovavo lí, con l'interno della testa che sembrava infestato dai tafani, le borse sotto gli occhi, un dente che ballava, lo stomaco mai, dico mai, riempito a dovere, quindi sempre meno carne sulle ossa. E le tempie sempre piú all'aria, la fronte sempre piú alta, perché i capelli erano da tempo in ritirata strategica. Ventisette anni, quasi ventotto, immobilizzato su una virgola di terra in mezzo al mare, tra un presente anodino e un futuro da cercare in pochi appigli: l'autodisciplina di Pertini, le previsioni di Maovaz, e un feroce desiderio di non cedere, per dimostrare a me stesso di essere all'altezza. All'altezza di cosa? Insomma, ero sempre in bilico, a rischio di cadere non so donde né dove.

Dato che con me finiva il giro, e avrei dovuto restituire il *cigarillo* direttamente ad Altiero, il primo impulso fu di portarglielo subito, senza nemmeno srotolarlo.

Ma poi mi domandai: e se Pertini mi chiede che ne penso?

E allora mi sforzai e lessi. Lessi, e capii cosa stava succedendo tra i giellisti. Capii il motivo del cipiglio di Fundo. Credetti anche di capire perché Eugenio restava defilato. E ritrovai tutto Spinelli in molte frasi, e compresi, senza che me l'avesse mai detto, qual era il suo passaggio preferito del Vangelo.

– Che brutta cera che hai, Squarzanti... – disse Altiero, senza nemmeno un ciao, mentre smontava un orologio da tasca.

Appoggiai il *cigarillo* sul bancone, e subito cambiò atteggiamento. Posò quel che aveva in mano e mi chiese: – Allora, che ne pensi? Sei d'accordo? Aderisci? Sai, – aggiunse, – quando ti parlammo d'Europa l'anno scorso eravamo ancora confusi. È stato pure merito tuo se ci siamo chiariti le idee su alcuni punti...

– No, Altiero. Me ne chiamo fuori.

– Anche tu! – sbottò, come Cesare vedendo Bruto che l'accoltellava. Ma io non ero suo figlio e nemmeno figlioccio. – Perché? Cos'è che non ti convince?

– Di una cosa sono certo: i miei motivi sono diversi da quelli dei giellisti. Ma visto l'andazzo degli ultimi giorni, credo sia impossibile spiegartelo senza litigare.

Ci pensò sopra un momento, poi gli s'accese la lampadina: – Be', ma allora... Scrivi!

– Scrivere?

– Sí, come facciamo noi! Addirittura, noi ci confrontiamo scrivendo dialoghi filosofici dei quali siamo i personaggi: io sono Severo, Colorni è Commodo, Rossi è Ritroso... –

poi esitò, prima di aggiungere: – C'è persino Ursula, col nome di Ulpia.

Non dissi né sí né no. Scrivere mi sembrava ben piú faticoso di leggere. Da quanto tempo non scrivevo? Lettere non ne spedivo, appunti avevo da tempo smesso di prenderne… Non avevo nemmeno piú il necessario, né carta né penna né inchiostro.

Parlai con l'anello precedente della catena, cioè Fundo. Non gli dissi cosa pensavo del manifesto, lui non mi disse che ne pensava lui, ma sull'idea di buttar giú il mio commento fu subito netto: – È un'idea molto buona! Scrivi, e poi io anche leggo. Secondo me saranno le stesse cose che penso. Io l'italiano lo parlo ma lo scrivo peggio, non sarei riuscito a spiegarmi bene. Scrivi, Erminio. Ho io una matita, nuova di zecca. Io leggo, e poi legge anche Pertini.

– Ma tu ci hai parlato, con Pertini?

– Sí, ma non ti dico niente adesso. Serve che tu scrivi.

E lo feci. Con molte false partenze, ma scrissi, e riscrissi. Scrissi in camerone, nascondendo foglio e lapis dietro un libro. Scrissi in mensa, prima e dopo aver pranzato, con Sandro che ogni tanto guardava e non diceva niente. Scrissi in biblioteca, con Maovaz che mi avvisava se vedeva un milite.

Maovaz, per inciso, fu uno dei pochi confinati ad aderire al manifesto, il che mi sorprese, ma al tempo stesso restò fuori da ogni bega, lontano da ogni livore. Era il suo dovere: la biblioteca era campo neutro.

Ci misi giorni e giorni, ma scrissi. Mi feci quasi scoppiare la testa, e l'avrei pagata cara in seguito, ma scrissi, e terminai l'ultima frase – «*Habent sua fata libelli*» – che era già agosto inoltrato. Avevo la mia *epistula ad Altierum*.

Ne feci una copia a penna, poi andai in camerone e stramazzai sulla branda.

Spinelli, Rossi e Colorni facevano già repubblica per conto loro. Stavano perfino pensando di aprire una nuova mensa, per mangiare solo tra federalisti, e piú tardi la aprirono. Nel frattempo, i rancori e i malintesi che il manifesto sull'Europa aveva generato si ripercuotevano su ogni azione, parola ed episodio. Mentre io scrivevo la mia lettera, sull'isola era finito il becchime. Si era pensato a un problema temporaneo, la solita penuria da mancato arrivo del piroscafo, ma la faccenda era piú grave, era proprio il consorzio agrario di Littoria a non poterne mandare piú. Con la guerra che andava sempre peggio, ormai tutto era razionato. Che aveva fatto Spinelli? Aveva tirato il collo alle sue galline: Edda, Bruna, Vittoria, Romana e Anna Maria. No, non era Altiero, eravamo noi a chiamarle cosí, coi nomi dei figli del duce. Pertini ne comprò due per la mensa, e fummo contenti di mangiare carne, ma coi polli scomparvero le sole uova che ancora circolavano. A pensarci bene, non è che Altiero avesse molte alternative. Chiunque altro avrebbe fatto cosí, no? Ma tra i giellisti si insinuò che l'avesse fatto per ripicca dopo gli screzi: non v'è piaciuto il mio manifesto? D'ora in poi vi scordate le uova!

Lo trovai infatti cupo e sdegnato, dietro il bancone, quando gli portai l'epistola. Stava esaminando un piccolo orologio a cucú.

– Ci ho messo un po', ma ho seguito il tuo consiglio, Altiero, – gli dissi. – Qui spiego cosa non mi convince del vostro testo.

Mi gettò un'occhiata rapida, prese il foglio e se lo mise in tasca. Disse soltanto: – Grazie, – e tornò a guardare l'orologio.

Praticamente, non ci ho piú parlato. Non ha mai commentato quel che ho scritto. E nemmeno Rossi.

Eugenio, invece, non mi parlò ma mi scrisse a sua volta. Per non litigare, proprio come me. Mi passò un biglietto:

> Nessun malanimo. Sei l'unico ad avere argomentato davvero. E su alcune cose non hai torto. Avremo modo di chiarirci, da compagni. La lotta è comune, C.

– Allora, Lazar? Emetti la tua sentenza –. Eravamo in biblioteca. Aveva letto con una lentezza snervante, tornando piú volte su ciascuna riga.

– Mi... Mi hai cavato le parole di bocca! – disse finalmente. – Mi ritrovo d'accordo in pratica con tutto. Bravo, Erminio. Sei uno dei compagni piú in gamba che ho conosciuto a Ventotene, questa ne è la prova! Adesso, se non hai cose in contrario, lo passo a Pertini.

– Niente in contrario.

– A proposito, hai sentito che dice Radio Confino?

– No, non so nulla. Per scrivere mi sono isolato, esco ora dall'apnea...

– Il direttore Meo ha dato parere favorevole, portano Sandro in carcere a Savona, cosí vede sua madre.

– Davvero? Quando?

– A settembre. Allora vado, gli porto la tua lettera –. Piegò il foglio e se lo mise in tasca, insieme ai tanti cartigli che c'erano là dentro. Si alzò, ma esitò e tornò a sedersi. – Sai, – disse, chinandosi verso di me, – Sandro aveva dubbi...

– Dubbi? Su cosa?

– Sul manifesto per l'Europa. Non era d'accordo su ogni frase, anzi, ma all'inizio ha detto a Spinelli che aderiva, perché anche i suoi maestri, Turati e Treves, erano per gli Stati uniti d'Europa... Io gli ho detto: aspetta che Erminio sta scrivendo, leggi cosa pensa lui. Allora ha detto a Spinelli che doveva pensarci ancora sopra...

Cosí Pertini, che ora aveva l'animo piú lieve, lesse il mio testo, fu convinto dalle mie obiezioni, e si congratulò con me. Poi disse a Spinelli che non avrebbe aderito, inimicandosi lui e mettendo in imbarazzo Colorni.

Davvero curioso, che fossi stato io a dare la linea a Sandro.

Ma ero esausto, e quelle polemiche, quei risentimenti, quegli sguardi in tralice mi facevano mancare l'aria. Proprio nel momento in cui l'aggressione all'Urss rendeva obsoleta, o almeno accantonabile, l'inimicizia coi comunisti, l'atmosfera si avvelenava per altri motivi. Due mesi prima mi ero sentito molti passi piú vicino all'obiettivo del fronte antifascista. Adesso mi sentivo qualche passo piú distante.

Ero ancora e sempre in bilico, e cercavo a tentoni i miei appigli.

57·

Cari Severo, Ritroso e Commodo,

provo a spiegarvi perché non firmerò il vostro documento sulla Federazione europea.

Su alcuni singoli punti, se scorporati dalla riflessione di fondo, potrei anche trovarmi d'accordo, ma rispetto alla conversazione dell'anno scorso i miei dubbi si sono solo rafforzati. Ci sono troppe cose che non mi piacciono, e che mi allontanano da voi.

Mi allontana da voi il modo in cui descrivete le masse popolari, che nel vostro testo non sono mai soggetto attivo ma sempre oggetto passivo e privo di coscienza, da indirizzare, comandare e modellare: «Materia fusa, ardente, suscettibile di essere colata in forme nuove», cosí scrivete.

Tutto il manifesto è intriso di sfiducia nelle classi popolari, che da sole non saprebbero mai quel che vogliono e sarebbero sempre bisognose di capi che glielo spieghino. Non solo: ogni volta che parlate del proletariato voi lo associate a piccolezze, particolarismi e vedute anguste. Come esempio di tale angustia fate le «rivendicazioni di classe o addirittura [horribile dictu!] di categoria». Certo, la vostra mentalità è piú aperta, rispetto a quella di chi pensa a siffatte minuzie, al fatto che il salario non gli basta a campare!

Mi allontana da voi la vostra idea di azione dall'alto da parte di un nucleo di illuminati che si autoproclama avanguardia dell'unico vero partito rivoluzionario della nuova epoca, che sarebbe quello federalista europeista.

Mi allontana da voi il fatto che costringiate tutto quanto, ogni questione, ogni complessità politica e umana dentro un'antinomia da Zoroastro fra Stato nazionale ed Europa federale, per cui ogni persona e partito dovrebbe piazzarsi o di qua o di là: o questo, come esiste, o quella, come voi la immaginate. Chi non si schiera, manicheamente e senza sfumature, è ignavo, cieco o irretito da sirene di altre lotte meno importanti, e certamente non rivoluzionarie.

Mi allontana da voi il tono irridente verso chi crede nell'azione democratica e dal basso. Costui, secondo voi, fa del popolo o del proletariato il suo «Dio» – mentre voi siete raffinatamente atei – e punta a obiettivi quali «la restituzione al popolo degli imprescrittibili diritti di autodeterminazione» e «un'assemblea costituente eletta col piú esteso suffragio». Questi obiettivi voi li citate con tono sottilmente dispregiativo e, con scelta lessicale rivelatrice, li definite «sogni». Perché mai?

Perché – e mi allontana da voi anche questo – voi prefigurate una fase di transizione in cui si dovrebbe accantonare l'illusione nel processo democratico. La ricerca del consenso è troppo lenta e inefficiente, mentre serviranno «massima decisione e audacia» e «capi che guidino sapendo dove arrivare», cioè alla federazione dell'Europa. Federazione che, se tanto mi dà tanto, dovrebbe formarsi al di fuori dei processi democratici, e al di sopra della vituperata «autodeterminazione» e senza perdere tempo prezioso alla ricerca di un «piú esteso suffragio». Alla luce di questo, mi sembra un bel lapsus calami che poco dopo, nel descrivere gli stalinisti, voi non ne critichiate tanto i metodi – la cui «efficienza» anzi sembrate lodare – bensí i fini sbagliati. È piú o meno il contrario della mia posizione.

Non si va lungi in nessuna rivoluzione pensando che le masse siano tout court ottuse. Voi le dipingete come un gregge che senza un cane pastore si dirigerebbe quasi naturalmente verso il nazionalismo. Ma il nazionalismo, e si desume anche da ciò che scrivete, è un'ideologia recente, e – questo lo aggiungo io – è stato imposto dall'alto. Qui da noi è stato imposto con l'invenzione di miti avvelenati sulla «stirpe italica». Invenzione a cui hanno lavorato numerosi propagandisti, da ben prima che ci si mettesse gente come il filologo del «Popò», e prima ancora che nascesse Past. & Fag. Al nazionalismo le masse popolari hanno resistito coi mezzi e la coscienza che avevano, ora aggrappandosi a culture e tradizioni locali o religiose, ora abbracciando idee di fratellanza tra i popoli. L'extrema ratio fu la diserzione nella penultima guerra. Poi il nazionalismo passò su tutto e tutti, a mo' di schiacciasassi, e ne vediamo le conseguenze. Ma come allora fu imposto il nazionalismo, ora voi vorreste imporre l'europeismo?

Anch'io sono per l'Europa unita, perché sono internazionalista, e lo sapete bene che non disdegno le riforme, anzi, penso che ogni passo avanti politico sia importante, e se devo scegliere, certamente preferisco un patriottismo continentale a un patriottismo nazionale. Ma per quell'Europa unita io auspico un contenuto che nelle vostre proposte non trovo, e in ogni caso non voglio arrivarci nel modo che voi vorreste imporre. Se c'è una cosa che può indisporre le masse verso l'idea di Europa – rischiando di incoraggiare rigurgiti nazionalisti – è proprio il farla calare dall'alto.

Verso la fine vi rendete conto che, in pratica, state proponendo una specie di forma leninista, perfino esasperata, seppur messa al servizio di una causa diversa, e allora ci mettete un'excusatio non petita: «Non è da temere che un tale regime rivoluzionario debba necessariamente sboccare in un rinnovato dispotismo. Vi sbocca se è venuto modellando una società servile».

Per evitare quest'esito, dite, basterà che il partito rivoluzionario abbia «polso fermo fin dai primissimi passi», e allora ci sarà «una progressiva comprensione ed accettazione da parte di tutti del nuovo ordine». Ovvero, voi avete la verità, e qualunque problema futuro sarà causato solo dal ritardo con cui le masse la capiranno. Voi imporrete un nuovo ordine, e l'unico aspetto negativo che paventate è il fatto che non venga capito da chi è troppo ignorante o servile. L'importante, in ogni caso, sarà tenere il polso fermo.

No, mi dispiace, non credo sia questo il genere di azione alla quale dobbiamo prepararci in attesa di andarcene da qui.

A non convincermi è anche la definizione che date del fascismo – l'«èra totalitaria» è la formula che usate voi – semplicemente come interruzione dell'illuminismo, il quale dopo la guerra riprenderà il proprio cammino «immediatamente». Il fascismo sembra un incidente di percorso, o una parentesi, quando in altri passaggi voi stessi dite che il vecchio mondo era tarato.

Quanto al ruolo mondiale dell'Europa che auspicate, mi duole dire che non avete risposto ai miei dubbi dell'anno scorso. Alla questione delle colonie e al nodo dell'imperialismo dedicate solo un passaggio frettoloso e ambiguo: «Il fatto che l'Inghilterra abbia ormai accettato il principio dell'indipendenza indiana, e la Francia abbia potenzialmente perduto col riconoscimento della sconfitta tutto il suo impero, rendono piú agevole trovare anche una base di accordo per una sistemazione europea nei possedimenti coloniali».

Che vuol dire «una sistemazione europea *nei* possedimenti coloniali»? Che la Federazione europea dovrà ereditare le colonie che i singoli stati avranno conservato? O, al contrario, che deve liquidare ogni rapporto coloniale ancora intrattenuto dai paesi membri?

Poche righe sotto, dite che la Federazione europea è l'unica garanzia per mantenere buoni rapporti coi popoli «asiatici e americani». Quelli africani non figurano. Sembra di capire che l'Africa la destiniate a rimanere continente di colonie e ad avere un ruolo passivo nella vita mondiale.

Nel vostro manifesto, devo dire, io non riconosco Commodo, non ritrovo le conversazioni avute con lui da quando stiamo insieme in questa macchina del vento. Qui c'è molto «linguaggio mitico», dal quale Commodo – nemico d'ogni antropomorfismo – si è sempre tenuto a distanza. Quanto alle masse, è strano che io rammenti un Commodo molto fiducioso nella loro capacità di organizzarsi, e spontaneamente.

Riconosco invece a colpo d'occhio lo «scomunista» – cioè comunista scomunicato, ma con marcati residui della vecchia fede – Severo. Lo ritrovo nei molti passaggi che dicono: io non sono venuto a portare pace sulla Terra, ma una spada. Sono venuto a separare il figlio dal padre, la figlia dalla madre, la nuora dalla suocera, il giellista dal giellista, il socialista dal socialista. E i peggiori nemici del federalista saranno nella casa in cui è cresciuto. Chi ama il socialismo piú dell'Europa non è degno di me, chi ama il popolo piú dell'Europa non è degno di me. Chi non prende la sua croce e non mi segue, non è degno di me.

Riconosco poi il liberale Ritroso nella difesa dello spirito imprenditoriale, nella polemica contro il collettivismo e quant'altro.

Voglio sperare che di queste mie critiche terrete conto. Le immagino almeno in parte diverse da quelle che avete ricevuto dal Gotha. Penso che a spingere loro sia la vecchia molla mazziniana: rimangono patrioti risorgimentali. Per loro il fascismo ha usurpato le idee di patria e di patriottismo, e gliele vogliono contendere. Voi dite loro che il discrimine tra progressisti e reazionari non solo passa altrove, ma che passa in modo da collocarli nel campo dei secondi. È normale che se ne risentano. Ma non è evidentemente il mio caso.

Non me ne vogliate. Se è davvero codesto «il nuovo che sopraggiunge», se il vostro è davvero il modo di «tessere la trama del futuro», non sarà la mancata firma di questo Carneade a fermare l'unificazione europea. Habent sua fata libelli.

Vostro,

Acribio

58.

Il 9 settembre del '41 Pertini partí per il continente, i ferri ai polsi e la catena alle caviglie, chiuso nel piroscafo fino a Napoli, dove lo portarono alla stazione e lo misero su un vagone cellulare diretto a Roma, con una scorta di cinque carabinieri. Arrivarono in tarda serata e Sandro fu tradotto a Regina Coeli, dove passò la notte in isolamento. Poche ore su un tavolaccio, tra muffa e cimici, e prima dell'alba di nuovo incatenato, portato all'ultimo binario della Tiburtina, infilato su un vagone cellulare diretto a Genova – con una nuova scorta, sempre cinque carabinieri – via Firenze, Pisa e La Spezia, per arrivare nel primo pomeriggio e prendere subito un altro treno – stavolta un normale treno passeggeri – per l'ultimo strappo fino a Savona. Nello scompartimento presidiato, ammirò il paesaggio che conosceva e vide avvicinarsi la sua città. Non ci tornava da quanti anni? Quindici? Perfino arrivarci in catene lo commosse: c'era il sole e il cielo era limpido, di un blu profondo. Su una carrozza scortata da carabinieri a cavallo, lo tradussero al carcere di Sant'Agostino, dove lo rimisero in isolamento.

Un'ora piú tardi, rumore di chiavi. Si aprí la porta e, ritto controluce sulla soglia, il capo delle guardie berciò: – Venite, c'è vostra madre!

– Come faccio a raccontare una cosa cosí, – mi disse Sandro due giorni dopo, – a descrivere cos'ho provato quando l'ho vista di fronte a me, piccola, curva, i capelli bianchissimi, vestita di scuro? «Sandro!», mi dice, e subito si mette a piangere, arranca verso di me e mi getta le braccia al collo. «Sandro... Il mio Sandro...» Mi torna in mente il viaggiatore del Tempo, quello del romanzo: è come se avessi tirato una leva, e mia madre era piú vecchia di vent'anni. Ormai ne ha ottantasei. Eccoci lí, in piedi, intorno a noi un cerchio di secondini intenti a scrutarci, a controllarci, perché lei di nascosto potrebbe passarmi qualcosa, magari un biglietto. Manica di buffoni. Io sono lí, circondato da quei ceffi che aspettano solo un cedimento, con la mamma che singhiozza e dice «Sandro, Sandro...», e allora mi faccio forza e riesco a non piangere, anche se ho una stretta in gola, quasi mi stessero strozzando. Ci scambiamo frasi inadeguate: come sto io, come sta lei... Si può colmare in pochi minuti un buco, anzi, una voragine di affetto negato, di abbracci mancati? Poi il capo delle guardie ci interrompe, sgarbato e arrogante: «Va bene, basta cosí. Accompagnate fuori la signora e scortate il prigioniero in cella», e la portano via che ancora singhiozza. Di nuovo solo, mi butto sul tavolaccio, senza toccare cibo. Non potrei mandar giú neanche un chicco di riso. Passo la notte in compagnia di fantasmi, i vecchi compagni, colleghi e amici di Savona: Cristofín Astengo, Andrea Aglietto, Silvio Volta... E Giacomo Rolla, Gerolamo Isetta, Silvio Pellegrini... E il vecchio Leonardo Zino... E poi il maestro Turati, morto in esilio... E il povero Carlo Rosselli, massacrato insieme al fratello... E Rocco Pugliese, picchiato a morte dalle guardie a Santo Stefano. L'ho udito con le mie orecchie, nella cella accanto alla mia, chiamare la mamma mentre le guardie gli facevano il «sant'Antonio»: una coperta in testa e giú botte. Quella notte ho pensato: «Chiamerò anch'io la mamma, quando toccherà a me?», e ho preso con me stesso l'impegno di non farlo. Penso anche al povero Pontecorboli, sí, mi viene in mente anche lui. La mattina tornano a prendermi, io spero di rivedere mia madre, ma il capo mi dice, sprezzante: «E quanti colloqui pretendete? La procura ve ne ha accordato uno solo. Adesso vi riportano alla stazione». Io protesto, ma a che vale? Non posso fare altro che predispormi al viaggio di ritorno. Due giorni da quando sono partito, altri due mi attendono prima di rimettere piede a Ventotene, e ho passato con mia madre soltanto una ventina di minuti, guastati dalle occhiate degli sbirri e dai loro respiri che ci toglievano l'ossigeno. E lo so, lo so bene che non la rivedrò piú. Mai piú. Sia maledetto il fascismo. Siano maledetti i fascisti, dal primo all'ultimo. E allora, ancora una volta in catene, mi ritrovo alla stazione e lí, sul binario, succede una cosa che mi lascia sbigottito: vedo venirmi incontro un gruppo di facchini e ferrovieri, me li ricordo, alcuni li conosco, sono vecchi compagni di lotta, ma altri sono giovani. Hanno saputo, chissà come, che ero a Savona, mi hanno aspettato e ora si levano il berretto e mi rendono un omaggio silenzioso. Compagni sconfitti, che in tutti questi anni hanno dovuto abbassare la testa, ma adesso sfidano il regime con un vero e proprio picchetto d'onore. Io mi commuovo. Uno di loro mi toglie la valigia dalle mani ammanettate: «A sta chi ghe pensu mi, Sciandru, damme chi». Il maresciallo fa cenno ai carabinieri che va bene. I compagni mi aiutano a salire sul vagone, ci salutiamo e mi augurano buona fortuna. Stavolta sí che ho le lacrime agli occhi! Uno sbuffo di vapore, il treno si muove e io sprofondo nei miei pensieri, nello scompartimento dove siedo col maresciallo e un brigadiere. Abbiamo già passato Albissola quando il maresciallo esce in corridoio, sento che parlotta con qualcuno, poi rientra, fa segno al brigadiere di andar fuori e io resto solo. Che sta accadendo? Ecco che si riapre la porta... ed entra Cristoforo Astengo, Cristofín! Ho pensato a lui stanotte, ed è come se l'avessi chiamato! È avvocato anche lui, è stato mio compagno nella lotta al fascismo prima che espatriassi in Francia. Mi abbraccia, mi dice: «U Maresciallu u l'è un de Carcare, lo conosco da quand'era ragazzo, gli ho chiesto un favore a bun rènde, per poterti salutare. A Genova scendo e torno indietro». E mi porta i saluti di tanti compagni e amici, e mi fa proprio quei nomi: Volta, Rolla, Isetta, Aglietto, Pellegrini... Ci sono ancora, piegati ma non spezzati. Cristofín mi racconta di sé, mi dice che i fascisti lo hanno aggredito anche di recente, l'anno scorso, e che per motivi politici gli è stato tolto il grado di maggiore dell'esercito, a lui, un eroe di guerra, medaglia d'argento! Ma dopo un po' si riaffaccia il maresciallo e dice che sta arrivando la milizia ferroviaria. Cristofín esce subito e nel giro di tre minuti ecco le camicie nere, gentaglia come i Chiaramantesi, con sguardi pieni d'odio. Ispezionano lo scompartimento, perché chissà mai cosa potrei aver nascosto, poi escono, ma restano a ronzare nel vagone fino a Genova, dove scendiamo e rivedo Cristofín sul binario. Mi posa le mani sulle spalle in un gesto fraterno, io gli dico: «Spero di rivederti ancora, nella lotta!» «Nella lotta!», mi risponde all'orecchio, poi mi stringe la mano e risale sul treno per tornare a Savona. Io invece riparto per Ventotene. Cosí ho rifatto il viaggio a ritroso e ieri, 12 settembre, sono sceso dalla barca, stanchissimo, affamato, di nuovo qui. Sono in pena per mia madre, che ha passato tutti questi anni ad attendermi, e sento ancora quella stretta alla gola, sono le dita del tempo che vogliono strangolarmi. Ma poi penso a quei compagni alla stazione, a Cristofín e ai saluti che mi ha portato, e penso che in fondo questi tre giorni sono valsi la pena. C'è ancora un'altra Italia, Erminio, e noi torneremo a incontrarla. Ho meditato a lungo su quel discorso di Ravaioli: qui sull'isola vediamo le cose prima perché il tempo corre piú veloce. Ebbene, sta accelerando anche sul continente!

Era il mio unico appiglio. Il fascismo sarebbe caduto «in un anno», aveva detto Maovaz. «Al massimo un anno e mezzo». Erano trascorsi dieci mesi, ed era vero che la guerra, la penuria, la perdita dell'impero e i bombardamenti sulle città italiane stavano tirando e sfilacciando la corda, ma la débâcle di Pasta-e-fagioli in Grecia era stata rimediata dai tedeschi, e nuove parti d'Europa erano sotto il tallone nazista. Ci sarebbe voluto piú tempo. E non avevamo la macchina del tempo. Non potevamo scavalcare il nostro tempo. Io non sapevo se avrei fatto in tempo, perché mi stavo sfilacciando anch'io, era una corsa contro il tempo. Ma sentivo nella testa un comando, da chissà dove: *non devi cedere. Ci sarà bisogno di te. Non devi cedere.*

La domanda che mi assillava, che mi aveva sempre assillato era: *Sarò all'altezza?*

Sarei stato all'altezza del liceo Ariosto, della severità dei suoi docenti, di quel professor Viviani che aveva fama di esigentissimo? Sarei stato all'altezza dell'etichetta di quella scuola, frequentata dai figli della buona borghesia ferrarese? Ragazzi con retroterra che io non avevo, perché mio padre non era che un impiegato dell'ufficio demanio, col modesto sovrappiú di un fazzoletto di terra.

Sarei stato all'altezza di cospirare contro il fascismo e per la causa socialista? Nell'anno di attività clandestina, non avevo mai smesso di chiedermelo. Il mio antifascismo era piú morale che politico, nato dalle lettura dei classici e dalle lezioni – e forse ancor piú dal portamento – di Viviani. Il mio socialismo non aveva radici di famiglia né di classe, me l'ero assemblato da autodidatta, leggendo il «Nuovo Avanti!» clandestino e i libri, gli opuscoli che ero riuscito a racimolare.

Avrei voluto parlare con vecchi dirigenti del partito, ma erano all'estero o isolati. A Ferrara c'era Alda Costa, una figura leggendaria, la maestra di scuola che aveva sfidato il regime fino al '26, finché non l'avevano sospesa, licenziata e mandata al confino. Dal confino era tornata, ma viveva in solitudine, sorvegliata dall'Ovra e irraggiungibile. In Italia, la rete socialista la stava ricostruendo il centro interno, composto da giovani come me, da compagni come Colorni. Soltanto in galera e al confino, a contatto con tanti compagni e *con tutto il tempo del mondo* per leggere e discutere, avrei rafforzato le mie basi e affinato i miei strumenti.

Sarei stato all'altezza di scrivere e difendere una tesi di laurea che leggeva i miti greci – e i mari d'Italia – in un modo incompatibile con quello che il fascismo propagandava? E poi: sarei stato all'altezza della scelta che quella circostanza mi imponeva, per volontà del mio relatore Coppola? Quel Coppola che proprio ora, mentre io lottavo con me stesso a Ventotene, concludeva la sua biografia di Augusto alludendo a Pasta-e-fagioli come reincarnazione del *Princeps et Dominus*, e all'Italia fascista come nuova Roma pronta a reggere le sorti del mondo.

Avrei voluto parlare dei miei dubbi a Viviani, ma l'Ovra mi aveva acciuffato e portato a Bologna, il «luogo del delitto». L'arresto aveva dato un altro corso alla mia vita, la tesi non l'avrei mai scritta, e non avrei mai smesso di chiedermi: nel '36, che scelta avrei compiuto?

Sarei stato all'altezza delle botte in questura, che quasi certamente avrei preso? Falso problema: mi picchiarono e non dissi nulla. Non era il dolore fisico quel che non potevo sopportare, ma il dubbio lacerante, l'incertezza su me stesso.

Sarei stato all'altezza del processo davanti al Tribunale speciale? Avrei tenuto il contegno giusto? Ma insieme a me avevano processato molti altri, era stato facile sentirsi parte di una storia piú grande, e tenere la schiena diritta.

Sarei stato all'altezza del carcere? A San Giovanni in Monte avevo passato i primi mesi in isolamento, leggendo davvero l'epistolario di Cicerone, come avevo scritto a Glauco. Per molti versi, diventare un prigioniero politico mi aveva reso l'esame di coscienza piú facile: se sono in carcere, mi dicevo, vuol dire che qualcosa ho pur fatto, che non ho demeritato. Nei miei contorcimenti di pensiero, però, ero giunto a ritenere l'arresto una scorciatoia, una botola che mi era stata aperta per scappare, per sfuggire alle responsabilità.

In fondo, di farsi arrestare è capace chiunque. È mantenersi coerenti *là fuori* la cosa piú difficile.

L'amnistia del '37 avrebbe potuto farmi sentire sminuito, ma l'avevano data anche a compagni di piú lungo corso del mio, e m'ero detto: non angustiarti anche per questo.

Mi avevano subito mandato al confino. E a Ventotene, circondato dal mare del mito... Ma questa parte la conosci già.

Quando sull'isola era giunto Pertini, per la prima volta avevo conosciuto un «vecchio» del partito. Anzi, la tessera numero 1 del nuovo partito, riunificato dopo la scissione del '22 tra riformisti e massimalisti. Mi ero presentato, dichiarando la mia fede politica, e non dimenticherò mai la sua risata, interrotta da un colpo di tosse, e la frase che disse, festante, mentre si asciugava le labbra con la pochette: – Finalmente un socialista! – Perché a Ponza era stato il solo.

Lo avevo preso a modello, e mi ero aggrappato al suo stoicismo. Sarei stato all'altezza dell'esempio?

Non avevo smesso di lambiccarmi, di crogiolarmi nel rimpianto di non aver potuto scegliere davvero, ma almeno potevo tirare innanzi, tenere duro e, nel caso avessi vacillato, guardare a Pertini. La condotta di Sandro era un'ancora: le *rêveries* mi avrebbero scosso, ma non mi avrebbero portato via. Anzi, mi ero sentito quasi all'altezza di controllarle, di dominarle. Facevo la lotta greco-romana.

Con l'arrivo di Giacomo, in me era scattato qualcosa. La sua stessa apparizione mi aveva... Lo avevo trascinato dentro una mia fantasticheria su Circe, l'*Odissea*, i maiali... Perché, di tutti i confinati che arrivavano prostrati dal carcere e dal viaggio, mi aveva colpito proprio lui?

I discorsi di Giacomo sul tempo, il mistero che evocava, l'enigma che lo avvolgeva, avevano scrostato le pareti della mia psiche e fatto vorticare i frammenti di intonaco, e quei frammenti erano – l'aveva detta bene Ravaioli – materiali mitologici. Le mie fantasticherie si erano fatte piú lunghe e selvagge, avevano raggiunto il massimo d'intensità durante la controffensiva greca per poi svanire, *puff!*, poco dopo la morte di Giacomo. Niente piú sogni a occhi aperti. O forse li facevo e li scordavo, come capita coi sogni a occhi chiusi?

In compenso, da quando le *rêveries* erano finite, sentivo quel comando: una voce mi diceva che dovevo tirare innanzi *per* Pertini, che al momento cruciale sarebbe stato lui a guardare a me. In fondo, l'aveva già fatto una volta, accogliendo le mie critiche a Severo, Ritroso e Commodo.

Sarei stato all'altezza?

59.

Non cedere era dura. A settembre mi caddero due denti, e mostravo ben piú dei miei imminenti ventott'anni. A Giacomo non avevo mai chiesto se il presunto campo di forza dell'isola ci facesse invecchiare piú in fretta. *Io* di sicuro invecchiavo in fretta.

Per non dire dei miei indumenti: erano logori e piú volte rattoppati. La camicia aveva il colletto mezzo staccato, e mancava un bottone. La fodera del cappotto era piena di strappi. Dalle calze spuntavano entrambi i pollici. I tacchi delle scarpe erano quasi scomparsi, e non mi rassegnavo agli zoccoli di legno dei fratelli Girolimetti. Pertini non portava zoccoli di legno.

Venne in mio soccorso Caramella.

Una mattina indugiai in camerone, controllandomi i denti uno a uno e lavandomi piú volte il viso prima di decidermi a uscire, buon ultimo a parte il conte de Alcántara. Quando uscii dal bagno, lo vidi nella sua solita tenuta da dandy, intento a slacciare le cinghie di un'enorme valigia, che occupava quasi tutta la sua branda.

Da tempo non lo ritenevamo piú una trombetta: la colonia era talmente occupata a sopravvivere che mantenere quel sospetto – nei confronti, poi, di una persona che si stava rivelando tanto innocua quanto eccentrica – era parso inutilmente dispendioso. Ciò non vuol dire che si fosse integrato: stava ancora per conto suo, tanto che non sapevo in quale mensa pranzasse, ma nessuno si azzittiva piú vedendolo passare, e veniva addirittura salutato. Lo salutai con un cenno, per l'appunto, e stavo per passargli oltre quando mi parlò.

– Dottor Squarzanti, mi permette un momento?

– Conte, già un'altra volta mi ha chiamato dottore, ma io non sono laureato.

– E cosa importa un pezzo di carta? – ribatté. – Lei è una persona colta, anzi, erudita, e tanto basta. Volevo dirle questo: non ho potuto fare a meno di notare che io e lei abbiamo piú o meno la stessa statura e la stessa larghezza di spalle. E, a occhio, mi sembra che portiamo la stessa misura di scarpe.

Il monocolo scintillò. Io non sapevo che dire. Emisi solo una vocale.

– E...?

– Da casa mia, in Sicilia, mi hanno mandato questi capi d'abbigliamento. Sono nel mio guardaroba da molti anni, ma sono di ottima fattura e in uno stato che direi perfetto. Io non ne ho bisogno: qui sull'isola ho già gli indumenti che mi servono. Ragion per cui, se non si offende, dottore, io glieli vorrei regalare. Ecco, guardi qui.

E dalla valigia tirò fuori: un soprabito di gabardine grigio; un abito grigiazzurro a righe bianche; una camicia bianca a righe azzurre, sottilissime, coi gemelli ai polsi; un paio di bretelle bordeaux; diverse paia di calze di lana vergine grigia; un reggicalze da uomo, di cuoio nero e, infine, un paio di scarpe Oxford, nere anch'esse. Tutto molto elegante e – a differenza dello stile a cui Caramella ci aveva abituati – sobrio.

– Ma... – mi schermii. – Sono capi di un certo valore... Non so se posso...

– La prego di accettare, dottore, è un gesto del tutto disinteressato.

Preso alla sprovvista e confuso, bofonchiai: – Grazie, ma non doveva...

– Davvero, mi fa piacere. Perché non si cambia ora? – suggerí.

Lentamente, perché ero debole e a stomaco vuoto, mi tolsi di dosso i miei cenci, indossai e abbottonai la camicia, mi misi le calze e i calzoni, abbottonai le bretelle e, prima di infilarmi la giacca, calzai le scarpe – erano davvero della mia misura! – e mi chinai per allacciarle.

Quando mi alzai, Caramella non c'era piú. La giacca e il soprabito erano sul letto, ma la valigia era scomparsa.

Fasciato nei nuovi panni, mi sentivo un'altra persona. Chissà Pertini, quando mi avrebbe visto! Di certo si sarebbe congratulato. La camicia era bianchissima, lucente. E i gemelli...

I gemelli erano due teste di Medusa.

Almeno non facevo piú buchi alla cintura, perché usavo le bretelle. Per un bel pezzo andammo avanti mangiando solo castagne: castagne bollite, caldarroste, zuppa di castagne, castagnaccio. In vita mia non ho piú mangiato nulla che derivasse dalle castagne. Non c'era piú latte, si trovava solo il latte condensato, ma costava otto lire al litro. La nafta mancava quasi sempre, e con essa la luce elettrica.

Stavamo tutti scivolando giú, e non ricordo a quale livello fossimo arrivati quando, ai primi di ottobre, si seppe che Eugenio aveva lasciato l'isola. Lo avevano trasferito a Montemurro, in Lucania.

60.

Ero a Ventotene da pochi mesi quando sull'isola erano giunti, nel doppio fondo di una cassa di frutta, alcuni numeri di «Giustizia e Libertà» e del «Nuovo Avanti!», il giornale del mio partito. Sul numero datato 12 giugno 1937 appariva un lungo articolo firmato da «Anselmi», un compagno che scriveva da Trieste o almeno voleva dare quell'impressione. Si intitolava: *La spontaneità è una forma di organizzazione*.

Anselmi raccontava episodi di malcontento popolare nella città giuliana e nel resto d'Italia, e chiedeva: cosa stanno facendo i partiti antifascisti, a cominciare dal nostro, per intercettare questo malcontento? E con amarezza rispondeva: pochissimo.

Pochissimo, diceva, perché i nostri contatti con le masse sono sporadici. Lo sono non soltanto perché abbiamo pochi militanti, ma per un difetto di impostazione. Noi stiamo cercando di ricostruire il partito su una struttura che, per ragioni di sicurezza, elimina i collegamenti tra i gruppi sul territorio e mantiene solo quelli tra i gruppi e il centro, per il tramite di pochi compagni che si spostano e portano le comunicazioni.

(Lo sapevo bene: uno di quei compagni avrei dovuto incontrarlo all'albergo *Tripoli*, la sera del mio arresto)

Oltre a essere faticosa, spiegava Anselmi, questa modalità impedisce di formare gruppi nuovi. Chi mai potrebbe farlo? Non i gruppi già esistenti, privi di nuovi contatti, e men che meno il singolo compagno che si sposta. E cosí, ci ritroviamo con una base esigua, siamo assenti da moltissime fabbriche e da molti rioni operai, infiltriamo poco i sindacati fascisti eccetera. Dove le masse protestano, lo fanno organizzandosi da sole, sia pure in modi rudimentali, e per brevi momenti.

A quel punto, Anselmi metteva in discussione l'antitesi tra «azione spontanea» e «azione organizzata». Diceva: ci sono azioni che noi consideriamo spontanee e non organizzate solo perché non le abbiamo organizzate noi. «Non ci siamo accorti, – scriveva, e da qui il titolo, – che la spontaneità è una forma di organizzazione». Quando la classe operaia si muove senza partiti, lo fa ricorrendo a una forma di organizzazione che *esiste sempre*, indipendentemente da partiti e sindacati: esiste in officina, nel quartiere, nel caseggiato, nell'osteria. Si tratta, scriveva, dei «legami di vecchia amicizia o parentela o collaborazione che ogni operaio ha con altri operai», i «legami del lavoro comune, della reciproca fiducia, della consuetudine quotidiana». Ogni operaio, proseguiva, «ha un suo modo di assumere informazioni, di esprimere pareri, di commentare fatti». Un modo che non cambierebbe certo col nostro, perché è tutt'uno con «un suo personale ambiente politico del quale si sente sicuro».

Alle masse non mancano la comunità né il senso di solidarietà nel luogo in cui vivono e lavorano, spiegava l'articolo. Ciò che manca loro è una solidarietà piú vasta, l'idea di essere parte di un movimento piú esteso, oltre ad analisi puntuali e obiettivi precisi. Normalmente, questi ambienti non vanno oltre il mugugno, l'improperio, il pettegolezzo contro il regime, ma può accadere che passino alla protesta clamorosa, se non alla lotta vera e propria. Quando in Italia si è saputo delle vittorie antifasciste nella guerra civile spagnola, le notizie si sono diffuse tra le masse in modo capillare, sono apparse scritte sui muri dei rioni e delle fabbriche, e quel giubilo internazionalista ha ispirato proteste piú mirate contro lo sfruttamento e il regime.

È questo che bisogna fare, concludeva il compagno triestino: non pretendere di essere noi a organizzare le masse, ché tanto non saremmo in grado di farlo, ma immettere nel loro «apparato distributore» – che è di provata sicurezza perché fondato su amicizie, parentele, solidarietà quotidiana – la nostra stampa clandestina, e lasciare che le notizie e la teoria viaggino da sole. In questo modo ci sarà una crescita e diverrà possibile formare nuovi gruppi. Oltre ai giornali, si potrebbero usare trasmissioni radio clandestine. L'importante è che tale lavoro sia costante, serio, credibile, ricco di contenuto. «Non vogliamo foglietti generici e semplici frasi, – ammoniva Anselmi. – Vogliamo una vera e propria opera di educazione».

Di quel testo mi avevano conquistato il ragionamento terso, gli esempi efficaci, l'immagine di un dissenso brulicante sotto la parvenza di un plauso unanime per il regime.

Soprattutto, mi aveva colpito la fiducia di Anselmi nei proletari, una fiducia non a priori ma basata sull'osservazione e l'esperienza, e argomentata in modo razionale.

Lo avevo scoperto solo dopo il suo arresto, che Anselmi era Eugenio.

Come aveva potuto l'autore di *La spontaneità è una forma di organizzazione* prendere parte, pochi anni dopo, alla stesura di *Per un'Europa unita e libera*, che trasudava sfiducia nelle masse in quasi ogni rigo?

Nella mia lettera gliel'avevo chiesto, seppure in modo indiretto, e chissà, forse avevo sbagliato. Forse l'avevo messo in imbarazzo con Spinelli. Avrei potuto criticare il loro testo senza dar l'idea di volerli dividere, e parlarne con Eugenio in separata sede. Ma ormai il dado era gettato.

Dopo il suo biglietto, io e lui non ci eravamo piú chiariti. Ci salutavamo, ma non discutevamo, non chiacchieravamo piú. Forse anche Eugenio, come me, aveva temporeggiato, rimandato, detto «prima o poi...», mentre le spaccature si allargavano e diventavano crepacci. Un altro nodo, un altro rammarico.

Dopo la guerra, in uno dei miei giorni romani trascorsi in cerca del passato di Giacomo, attraversai piazza Bologna e imboccai via Livorno, dove i fascisti della Banda Koch avevano abbattuto con tre colpi di pistola il partigiano Eugenio Colorni.

Davanti al portone dove il mio amico si era accasciato, posai il mazzetto di fiori d'artemisia secchi, quelli colti a Ventotene quando... No, questo non l'ho ancora raccontato. I piani temporali s'ingarbugliano e... Fammi ritrovare il filo. Dov'eravamo arrivati?

– All'autunno del '41.

– Ah, già. La discesa agli inferi.

61.

Pè rè pè pè rè pè pè rè pè!

Le borse sotto gli occhi dei militi che facevano l'appello. La stanchezza da inedia e nervi tesi, stanchezza malsana che ostacolava il sonno. Niente tranquillanti, a Ventotene, e la camomilla era andata in fumo, letteralmente, dopo l'ultimo pizzico di tabacco, l'ultimo mozzicone di Macedonia, «la sigaretta dei grandi sportivi e dei veri turisti».

I visi rasati male, sulle gote piccole cicatrici: niente piú sapone da barba, e anche la lama del rasoio invecchiava in fretta. Dentro i taglietti, piccole infezioni: evaporata l'ultima goccia di lozione, consumato l'ultimo pezzetto di allume di rocca. Ma radersi bisognava. Per il residuo di amor proprio che ci manteneva in piedi.

– Accursio Gilberto!

– Presente.

– Agostani Filippo!

– Presente.

– Alcántara Gabriele Umberto!

– Presente.

Prima la penuria aveva qualche riguardo, ora invece colpiva alla cieca, lí e sul continente. Anche sull'isola, come nel resto del Paese, arrivò la tessera annonaria.

I giovani ventotenesi erano al fronte e per i campi non bastavano le braccia. Alcuni confinati divennero braccianti, ottennero il permesso di lavorare nei piccoli poderi oltre la cinta confinaria. Del resto, non era la disposizione numero 1? «Darsi a stabile occupazione».

Il mio libretto rosso era logoro. Me l'avevano dato cinque anni prima. Sembrava un rettangolo di carta straccia.

– Anderlini Medardo!

– Presente.

– Appoloni Crispino!

– Presente

– Aprea Tiberio!

– Presente.

Il fascismo ancora non cadeva e Maovaz ritoccava le previsioni: ancora sei mesi, e poi ancora sei mesi, e poi ci siamo quasi. I giornali arrivavano di rado, cosí all'aruspice mancavano le viscere di animali, ma in compenso ascoltava Radio Londra, con la complicità di un bottegaio e le dovute precauzioni.

Il Kairos ritardava, rintanato nel guscio della Storia come una chiocciola, e mi tornò in mente la strofetta di quand'eravamo bambini, la serenata che facevamo alle chiocciole perché si mostrassero. Era una forma di ipnotismo, e funzionava sempre: il mollusco si incantava e usciva.

♫ «*Lumaga lumaghín, tira fóra i to curnín, un par mi, un par ti e un par la vecia ad San Martín!*»

L'ultimo verso non aveva quasi melodia, era un cantato-parlato. Uno *Sprechgesang*.

– Aquiloni Fulvio!

– Presente.

– Barabaschi Danilo!

– Presente.

– Bauer Riccardo!

– Presente.

Col piroscafo arrivò un dentista di Formia. Restò sull'isola tre giorni e cavò denti guasti a quindici isolani e piú di trenta confinati. A me ne estrasse due, un molare da sopra e uno da sotto. Disse che avevo la piorrea.

Mi chiese se soffrissi di diabete mellito.

– Non che io sappia, – risposi.

Gli promisi che da lí in avanti avrei fatto a meno dei dolci.

Non rise.

– Bicutri Ernesto!

– Ammalato, è in camerone.

– Bidoli Giovanni!

– Presente.

– Bilardello Salvatore!

– Presente.

– Braccialarghe Giorgio!

– Presente.

Non c'era piú sale e tornammo a usare l'acqua di mare, che prendevamo a secchiate da Cala Rossano, salutando ogni volta il compagno Pietrone.

Non era rimasto nemmeno un fiammifero. In mensa usavamo la «miccia dei galeotti». Ricordo Pertini mostrare come funzionava a chi non era stato in galera: tieni un pezzo di metallo su un lembo di stoffa carbonizzata e lo colpisci con un bottone di vetro. *Tac! Tac! Tac!* Ecco, vedi? Ha fatto la scintilla, ora devi soffiare sulla stoffa, vedi che c'è un po' di fumo? Soffia!

Ma qualcuno di noi, se soffiava troppo, sveniva.

– Calace Vincenzo!

– Presente.

– Comastri Vittorio!

– Presente.

– Comolli Torquato!

– Presente.

Il direttore Meo morí per un colpo apoplettico. L'ultimo *hic!* del suo singhiozzo in testa.

Come per Giacomo, mancava il feretro di zinco per portare il corpo in continente. Seppellirono pure lui al cimitero, accanto a colui che aveva chiamato «jettatore».

Guida assunse il comando della colonia. Ora girava ancora piú impettito, piccolo sovrano tra i morti di fame. Il re della villeggiatura.

– Contardo Bruno!

– Presente.

– Curiel Eugenio!

– Presente.

– Delfini Marcello!

– Presente.

Dall'isola erano già scomparsi i gatti, e adesso svanivano i cani. L'ultimo a cadere fu Ciro, o Unulfo, il cane lupo del centurione. Gli tesero un agguato i comunisti. Se non sbaglio, Secchia lo racconta, da qualche parte.

Pertini disse che, finché lui fosse stato capomensa – quasi una carica simbolica, oramai –, da noi non si sarebbero mangiati cani. Non parlò di gatti, perché quelli li avevamo già cucinati. Del resto a Ferrara, durante l'altra guerra, li chiamavano *i cunín di cóp*, i conigli dei tetti. Ma ormai, a Ventotene erano una specie estinta.

Piú che mangiati, li avevamo piluccati: erano anche loro pelle e ossi. Con gli ossi ci avevamo fatto il brodo. Chissà se è un'invenzione di Confinopoli, il brodo di gatto.

– Dicastro Vincenzo!

– Presente.

– Di Vittorio Giuseppe!

– Presente.

– Domaschi Giovanni!

– Presente.

Per cercare di alleviare i morsi della fame – o per mostrarsi magnanimo senza far nulla – Guida consentí ad alcuni confinati di affittare e lavorare terreni oltre il limite di confino. Spinelli ne prese uno a Punta Eolo, nei pressi del cimitero. Un quadrangolo secco, al limitare di uno strapiombo sul mare, battuto dai venti in ogni stagione. Lo coltivò a patate.

Si rividero gli uccelli di passo, di ritorno dall'Africa. Per pochi giorni, nelle nostre mense arrivò un po' di selvaggina. Male, perché ci eravamo appena riabituati alla carne, che già era sparita.

– Failla Alfonso!

– Presente.

– Fundo Zai detto Lazar!

– Presente.

– Girolimetti Carlo!

– Presente.

Un altro compagno stava morendo di tubercolosi. Si chiamava Ernesto Bicutri, di Casale Monferrato. Era un reduce della guerra civile spagnola, aveva quarantadue anni e si trovava a Ventotene da pochi mesi. L'avevano spedito al confino già malato. Un giorno, e non era la prima volta, tossí una tale quantità di sangue da riempire due volte un catino. Nell'infermeria gli armadietti erano vuoti: niente codeina, niente piramidone, niente di niente, nemmeno l'olio di fegato. Inviare Bicutri al confino era stato un puro e semplice atto criminale, era la pena di morte senza processo.

Pertini scrisse una lettera al ministero. Me la lesse prima di portarla in direzione, cominciava cosí: «Giorno per giorno vado assistendo al progressivo aggravarsi delle disperate condizioni di salute di Ernesto Bicutri, rimanendo sempre sotto l'incubo che l'assalga una nuova crisi emottoica...»

Un testo che metteva i brividi, pieno di sdegno, di senso di perdita, di lezzo di morte. Solo un tubercolotico avrebbe potuto scriverlo. Pertini spiegava che per un tisico il clima di Ventotene era letale, e ogni parola subiva la torsione dell'enigma che era stato Giacomo, l'unico tisico che aveva *chiesto* di venire a Ventotene, di morire a Ventotene. Sandro temeva che il precedente giocasse a sfavore, e da bravo avvocato sfatava ogni equivoco, giocava ogni carta per convincere chi avrebbe letto: «È necessario, pertanto, che codesto ministero si persuada, che i confinati tubercolotici non possono rimanere a Ventotene, a meno che non si voglia vederli, a uno a uno, precipitare, come Ernesto Bicutri, verso una prematura fine».

Tutti i tisici, anche i meno gravi, dovevano andarsene da lí al piú presto, ed essere ricoverati in sanatorio. E il loro confino doveva essere ridotto a semplice ammonizione.

Bicutri morí alla fine di maggio del '42.

Siano maledetti i fascisti, uno per uno.

– Girolimetti Mario!

– Presente.

– Girolimetti Ferruccio!

– Presente.

– Grifone Pietro!

– Presente.

A luglio cominciò la battaglia di Stalingrado. L'Urss resisteva da un anno, con le sue città distrutte, i villaggi inceneriti, i milioni di morti, di congelati, di dispersi, ed era l'ora in cui la tenebra sembrava piú fitta. Ma l'Armata rossa si andava riorganizzando.

Il comando nella mia testa si fece piú pressante: *non cedere. Ci sarà bisogno di te.* Sovrastava perfino il brontolio dello stomaco.

L'importante era trascinarsi fuori dal letto ogni giorno e vestirsi. Vestirsi di tutto punto, come Arione il citaredo. Vestirsi e uscire. A far nulla, ma uscire. Era quella la mia corvée: aspettare il Kairos, cercando di non morire.

Da quando m'era tornata in mente, la cantilena per le chiocciole non mi abbandonava piú. O forse non mi abbandona ora, mentre rammento quei due anni. In ogni caso, mi ritrovai a canticchiarla piú volte.

♫ «*Lumaga lumaghín, tira fóra i to curnín…*»

– Grossutti Luigi!

– Presente.

– Grotto Alfredo!

– Presente.

– Fancello Francesco!

– Presente.

A novembre l'Armata rossa iniziò la manovra a tenaglia con cui avrebbe accerchiato la Wehrmacht a Stalingrado, mentre in Egitto gli alleati sconfiggevano le forze dell'Asse a El Alamein.

– Lanfranchi Antonino!

– Presente.

– Lattanzi Sergio!

– Presente.

– Lavagnini Fosco!

– Presente.

A cosa servisse l'aerofono, all'atto pratico, non fu mai chiaro. Ogni giorno, poco dopo il tramonto, gli aerei della Raf partivano dalla Tunisia e, sulla via della penisola, sorvolavano le Ponziane. Bombardavano Napoli e altri obiettivi nei pressi – aeroporti militari, linee ferroviarie – e, rientrando, ripassavano sopra di noi. Non solo sentivamo il rombo, ma a volte facevamo in tempo a vederli: non dovevamo piú rientrare nei cameroni alle sei.

Non c'era piú bisogno di lasciare le vie allo struscio dei nazisti. L'aria in paese era cosí mesta che non ci venivano da mesi. Si erano arroccati a Punta Pascone, ed erano gli unici a non patire la fame, perché avevano i loro rifornimenti. Una chiatta corazzata arrivava direttamente nella loro caletta.

Noi potevamo restare fuori fino alle otto. Di nuovo scorgevamo a oriente il cielo rabbuiarsi, ma a meridione Ischia non si illuminava piú. La paura dei bombardieri spegneva l'Italia da sud a nord.

– Li Causi Girolamo!

– Presente.

– Longo Luigi!

– Presente.

– Maovaz Mario!

– Presente.

A febbraio l'Armata rossa finí di annientare i tedeschi, e partí la controffensiva sovietica.

♫ «*... un par mi, un par ti...*»

– Menghestú Isacco!

– Presente.

– Novara Davide!

– Presente.

– Nuzzi Procopio!

– Presente.

L'Italia era allo stremo, e troppi padri, fratelli, figli stavano crepando in giro per il mondo, soprattutto in Russia, uccisi dal piombo, dal freddo, dagli stenti. La notizia della sconfitta a Stalingrado diede alle masse la spinta decisiva e, come Anselmi aveva previsto, la lamentela divenne lotta aperta. A marzo, nelle grandi fabbriche del Nord e del Centro, esplosero gli scioperi. L'industria di Torino e Milano si fermò completamente: Fiat, Falck, Pirelli, Breda, Caproni, Alfa Romeo... Non mancarono la Manifattura Tabacchi di Genova, la Ducati di Bologna, il petrolchimico di Marghera, la Galileo di Firenze...

Tac! Tac! Ecco la scintilla, la vedi? Soffia!

Almeno duecentomila operai incrociarono le braccia e manifestarono contro la guerra. La censura non serviva piú a nulla, perché Radio Londra raccontava ogni cosa e sempre piú italiani la ascoltavano. Non parlava di Ferrara, ma immaginai che scioperassero anche là. Chissà se mio padre se ne stava lamentando.

– Lo sapevo! – diceva Pertini. – L'ho respirato nell'aria, l'ho vista coi miei occhi a Savona, la classe operaia tornare a raddrizzare la schiena!

– E che coraggio! – aggiungeva Ravaioli. – Col Paese in guerra, lo sciopero è reato di tradimento. Ci saranno arresti, processi, forse condanne a morte.

– Scoltème, casca prima il fascismo! – diceva Maovaz. – Stavolta ghe semo per bon, è il momento! Pasta-e-fasoi finissi co le gambe per aria!

In quegli stessi giorni Radio Confino diede notizia della prima fuga nella storia di Ventotene. Giovanni Roveda, comunista e sindacalista, aveva approfittato di una licenza per dileguarsi. Brindammo tutti alla sua evasione. Non ricordo con cosa, perché vino non ce n'era.

– Orfini Manlio!

– Presente.

– Pazienza Raffaele!

– Presente.

– Pederzani Orlando!

– Presente.

Anche la direzione ascoltava Radio Londra, e ovviamente riceveva informazioni riservate. Guida era sempre piú nervoso. Pareva indeciso su quale linea tenere: mostrare il pugno duro, da fascista oltranzista? Oppure ammorbidirsi – fare qualche concessione in piú, allentare la sorveglianza, rimuovere i divieti piú odiosi – per comprarsi le indulgenze nell'eventuale nuovo ordine?

Perché la guerra stava andando male. Anche per la Germania, oramai. E se andava male per la Germania, nessuno avrebbe tolto i marroni di Hitler dal fuoco come lui aveva tolto quelli di Pasta-e-fagioli.

Chissà che stavano pensando i «nostri» nazisti, lassú al vecchio semaforo.

– Pertini Alessandro!

– Presente.

– Petrucci Marcantonio!

– Presente.

– Pievani Prospero!

– Presente.

Mentre Guida oscillava, a Roma sembravano aver scelto il pugno duro. Alle soglie dell'estate, senza preavviso, Rossi, Bauer e Calace furono incatenati e portati via, in continente. Radio Confino disse che li attendeva un processo, per un presunto attentato di svariati anni prima, ma di loro non avemmo piú notizie fino a dopo la guerra.

Partito Calace, l'orchestrina la prese in mano Ravaioli. C'era meno verve, ma non smisero mai di strimpellare.

– Ravaioli Guido!

– Presente.

– Ravera Camilla!

– Presente.

– Roberto Bernardino!

– Presente.

Gli aerei ormai passavano anche di giorno, perché bombardavano a qualunque ora. Contro le incursioni dal cielo, il regime non aveva difese. Io immaginavo l'aerofono dei crucchi come una macchina rococò, puramente ornamentale, assemblaggio di antenne, diodi, valvole, manopole e cavi a serpentina. I bambinoni nazisti ci giocavano, *bip, bip, vrrrrrr, zzzzzzzzzzz…*

Si temeva che anche l'isola fosse bombardata, prima o poi, proprio per via dell'aerofono, che era pur sempre un obiettivo militare. La notte, gli isolani cominciarono a dormire nelle grotte del porto, sotto il paese. Erano ambienti scavati nella parete di tufo e usati come magazzini. E noialtri, che la notte eravamo chiusi col catenaccio? Punta Pascone era a un tiro di fionda: se gli alleati avessero bombardato, bastava una bomba raminga e avremmo fatto la fine dei topi.

A proposito, i topi non li avevamo ancora mangiati. Almeno, non io.

Chiedemmo alla direzione che i padiglioni restassero aperti anche di notte, per correre fuori in caso di allarme e rifugiarci pure noi in una grotta. Guida acconsentí, sai, il dopoguerra, le indulgenze... Ci fu riservata una grotta molto grande, scavata nella cala del porto, detta «il Pozzillo».

– Ma non ci staremo mai, in ottocento e passa che siamo...

– Spadoni Ardito!

– Presente.

– Spinelli Altiero!

– Presente.

– Squarzanti Erminio!

– Presente.

Il 10 luglio, gli alleati sbarcarono in Sicilia.

– Ghe semo! Mussolini cade!

– Lo dici da due anni, Mario.

– Dieci giorni. Al massimo due settimane. Scometemo?

62.

La mattina del 24 luglio il *Santa Lucia* era ancora a due miglia da Ventotene quando fu colpito da un aerosilurante della Raf e l'esplosione lo spaccò in due tronconi che si inabissarono in meno di un minuto. Il piroscafo, dipinto di grigioverde e dotato di un cannoncino a prua, navigava a poca distanza dalla chiatta corazzata dei tedeschi, che all'apparire degli aerei nemici avevano aperto il fuoco. L'aerosilurante dovette ritenere entrambe le navi una minaccia. A bordo del *Santa Lucia* c'erano una settantina di persone tra equipaggio e passeggeri, ma erano sottocoperta. Pensavano che fosse piú sicuro. Chissà, forse se il pilota le avesse viste... Ma sono congetture, e in ogni caso la strategia alleata era troncare le linee di comunicazione, cosí era partito il siluro. Passeggeri ed equipaggio scomparvero nell'esplosione o vennero dilaniati dalle schegge o rimasero intrappolati nei relitti che sprofondavano.

Dall'isola, in molti vedemmo la scena. La vide Spinelli dal suo campicello a Punta Eolo. La vedemmo noi dal muricciolo. La videro tutti gli isolani, poliziotti e carabinieri nella cala e sulle rampe. Pescatori, scaricatori, bottegai, parenti di confinati che dovevano prendere il piroscafo, tutti congelati nel loro andirivieni, atterriti.

Dopo aver affondato il *Santa Lucia*, l'aerosilurante riprese il suo volo di ritorno in Tunisia. Mentre si avvicinava all'isola si alzò un'ondata di terrore: – Ci bombardano!

Ci bombardano! – La gente era pronta a sciamare verso le grotte, ma non accadde nulla.

Delle persone che viaggiavano sul piroscafo si salvarono solo in cinque. Una di loro era il capitano, ma aveva ferite gravi e morí due giorni dopo in ospedale, a Napoli. Un altro superstite fu un carabiniere: era stato l'unico a trovarsi sul ponte, si era gettato in acqua e solo per miracolo era ancora vivo.

Nel braccio di mare tra Gaeta e Ventotene galleggiavano cadaveri, rottami e coriandoli di lettere che nessuno avrebbe mai letto.

Restammo isolati dal continente.

– Allora, Mario? Avevi detto due settimane. Cade o non cade?

Nel cuore della notte mi svegliò una musica. Non il solito concerto di flicorni e nacchere, ma una melodia arcana, che mi prese e mi strappò da un sonno senza sogni. O invece stavo sognando?

Mi alzai a sedere e tesi l'orecchio: veniva da fuori, da non molto lontano. Il vento taceva.

Mi stropicciai gli occhi, per vedere meglio nel buio del camerone. Non notai nulla di strano, e udii i soliti rumori: chi russava, chi si rigirava facendo cigolare la branda, chi borbottava dormendo. La musica aveva svegliato solo me? Eppure si sentiva distintamente.

No, non solo me. Il letto di Ravaioli era vuoto.

Mi misi calzoni, camicia e ciabatte e mi avviai verso l'uscio. Passando accanto al letto di Caramella, vidi che non c'era nemmeno lui.

Sulla soglia del padiglione non piú chiuso a chiave, il suono mi giunse piú nitido, e il timbro si precisò. Una zampogna. Ravaioli si era messo a suonare in piena notte?

E dov'erano le guardie della cittadella confinaria? E come mai nessun altro si svegliava?

La musica veniva da nord-est, da Cala Rossano o Punta Eolo. Mi avviai verso quei luoghi, e mentre mi avvicinavo la melodia cambiò, divenne piú familiare, finché non la riconobbi:

♫ «*Lumaga lumaghín, tira fóra i to curnín...*»

Non tirava un alito di vento, niente. Tutto fermo, come mai sull'isola era stato. Dal mare, solo un lieve sciabordio che lambiva la spiaggia e si ritirava, lambiva e si ritirava. Presi il sentiero che saliva al cimitero, ma dopo pochi passi mi accorsi di qualcosa e guardai in alto, e mi fermai sbalordito.

Il cielo stellato. Rutilante come appare in mezzo al mare.

Non lo vedevo da otto anni. Dall'estate del '35, l'ultima sera sull'Adriatico, e non era cosí bello.

La visione mi tagliò il fiato. Dovetti sedermi su una pietra al lato del sentiero, ansimante, il capo all'indietro, gli occhi spalancati. Ero un bimbo alle giostre.

Un debole quarto di luna lasciava volentieri la scena alle costellazioni. L'Orsa minore... Cassiopea... Il Cigno... Cefeo... L'Aquila... La Lira...

E la lunga chiazza bianca della Via Lattea. Le gocce del latte del seno di Era, cadute dalle labbra di Eracle poppante.

Eracle era figlio di Alcmena, ma aveva potuto bere il latte di Era, foriero di immortalità, grazie a un sotterfugio di Hermes.

Hermes che ora mi chiamava suonando la zampogna.

Mi rialzai e raggiunsi il cimitero. Per la prima volta, mi trovavo fuori della cinta confinaria. La musica era ormai vicina.

♫ «*Lumaga lumaghín, tira fóra i to curnín...*»

Camminai tra le rovine di Villa Giulia, a pochi passi dal ciglio, dal vuoto, dalla parete che cadeva a piombo. Il mare era una distesa luccicante, su cui navigavano – non li vedevo, ma lo sapevo – i resti del piroscafo e i corpi delle vittime, a pancia in su, baciati dalle stelle. Hermes suonava anche per loro. Una tradizione lo voleva psicopompo, accompagnatore delle anime nell'aldilà.

Li intravidi alla mia sinistra e mi girai.

Ravaioli e Caramella.

Ravaioli suonava il suo strumento. Ravaioli il Cillenio, l'Argicida, messaggero degli dèi, divino investigatore, protettore dei pastori e dei viandanti, dei transiti e degli scambi, conciliatore del sonno, inventore della zampogna. Il dio che con la sua zanetta aveva ripopolato il mondo dopo il diluvio.

Caramella gli stava accanto. Caramella γλαυκῶπις, dal monocolo lucente. Caramella αἰγίοχος, che indossa il cappotto di pelliccia di capra. Caramella che calza καλὰ πέδιλα, ἀμβρόσια χρύσεια, scarpe Richelieu bicolori nere e oro, indistruttibili.

All'istante ricordai il sogno di due anni prima, la notte dopo la morte di Giacomo. Ravaioli mi aveva parlato a lungo, da un letto all'altro, sottovoce, e mentre parlava mi ero addormentato, e ricordavo di aver sognato, e le sue parole si erano confuse col sogno, o forse era stato un sogno dall'inizio. Lo avevo visto fluttuare a mezz'aria nel camerone, e mi aveva mostrato la zanetta. La testa di serpente si muoveva, faceva danzare la lingua bifida, sibilava. Poi mi aveva raggiunto l'aroma delle mele sul comodino, i pomi d'oro del giardino delle Esperidi.

Quelle mele le avevo portate in mensa, e una l'avevo mangiata con gusto. Non avevo ancora la piorrea.

– Sta arrivando il momento, – mi disse Atena. – Il Kairos, Erminio. Devi essere pronto.

Da quell'ultimo incontro, sogno, *rêverie*, chiamalo come vuoi, è passato piú di un quarto di secolo.

Quando mi hai detto che volevi intervistarmi, naturalmente mi sono chiesto il perché. Ci sono tanti ex confinati illustri, ritenuti testimoni ben piú lucidi. Pertini è presidente della Camera dei deputati, Longo segretario generale del Partito comunista, Terracini presidente dell'Associazione nazionale perseguitati politici. Spinelli è presidente di un importante centro studi, e fa campagne per l'Europa unita insieme alla moglie, Ursula Hirschmann. Si sposarono dopo la morte di Eugenio, io non li ho mai piú incontrati... Ma sto divagando. Ci sono ex confinati ai vertici dei partiti, dei sindacati, del mondo della cultura... Io su Ventotene ho scritto solo qualche articolo nell'immediato dopoguerra, ma il mio modo di raccontare il confino fu ritenuto troppo bizzarro e come memorialista fui accantonato, e mi lasciai accantonare. Forse non ero stato all'altezza del compito, mi dissi. Forse quel che mi premeva scrivere non era ciò che serviva. Ho rilasciato interviste, poche, su quand'ero partigiano a Ferrara, ma sul confino mi sono azzittito, e poi ho vissuto la mia vita, cercando di ricostruirmi, come ha fatto il Paese. Insomma, con te mi sono messo sulla difensiva. E adesso lo sai, quando si parla di tesi di laurea, per me è un dito che preme su un *vulnus*.

Quando poi mi hai detto che quei vecchi articoli li avevi letti, e la tua tesi non sarebbe stata genericamente sul confino a Ventotene, ma proprio su di me, sul confinato socialista Erminio Squarzanti, la perplessità è aumentata: perché una tesi su di me? E tu cosa mi hai risposto?

Perché lei è stato coinvolto in alcuni episodi strani perduti nelle pieghe delle ricostruzioni e delle memorie.

Lei è colui che a Ventotene fu vicino a Giacomo Pontecorboli, la cui storia è una delle piú misteriose e perturbanti del confino.

Lei è colui che convinse Pertini a non firmare il manifesto di Spinelli e Rossi per un'Europa federata.

Lei ha avuto un ruolo importante negli eventi del 26 luglio 1943, quando, in pratica, i confinati presero la direzione della colonia.

E io ho pensato: ho fatto tutte queste cose? Tutte insieme?

E ti ho detto: va bene, ma non ho risposte per ogni domanda.

Poi il passato è tornato all'assalto: i ricordi, le *rêveries*.

63.

L'indomani restai pronto, ma venne la sera e ancora non era accaduto nulla. Intendo dire: nulla a Ventotene. A Roma era successo il finimondo.

La mattina del 26, saranno state le otto meno un quarto, ero con Pertini e Fundo nel piazzale di Parata Grande quando vedemmo, a una ventina di metri, un crocchio di cinque o sei militi in preda a grande agitazione. Parlavano tutti insieme, gesticolavano, battevano i piedi.

– Iannace, – disse Pertini al suo milite, – mi faccia un favore: vada a chiedere ai suoi commilitoni perché sono tanto nervosi. Non glielo chieda in questo modo, però.

Iannace si staccò e lo vedemmo confabulare con le altre camicie nere. Poi tornò e disse, con eversiva semplicità: – Il re ha licenziato il duce.

Fu un'elettrocuzione, e prorompemmo all'unisono:

– Il Kairos!

– La resa dei conti!

– *Bukuri!*

E nel preciso, medesimo istante Radio Confino cominciò a trasmettere la notizia a tamburo battente. Vedemmo confinati uscire, formare assembramenti, correre di qua e di là, entrare negli altri cameroni per avvisare i compagni. Qualcuno irruppe – non era mai successo! – nel padiglione femminile e si udirono grida di donne, alte grida di giubilo: – L'è cascà! L'è vegnú zó!

Andammo in paese. Le vie erano affollate e il vociare assordava. Militi, poliziotti e carabinieri si aggiravano incerti, storditi. In piazza Castello e nella piazzetta della chiesa tutte le radio erano accese al massimo volume, il loro suono metallico usciva da ogni finestra e ogni porta di bottega. – *Attenzione*, – stavano dicendo in coro. – *Attenzione*.

Poi l'annuncio, proveniente da ogni dove:

– *Sua maestà il re e imperatore ha accettato le dimissioni dalla carica di capo del governo, primo ministro e segretario di Stato presentate da sua eccellenza il cavaliere Benito Mussolini*…

– Il cavaliere? E basta? – ci chiedemmo. Dopo anni a sentirlo chiamare «duce», «primo maresciallo dell'impero», «cavaliere di gran croce dell'Ordine della corona d'Italia» e una sfilza di altri titoli e attributi presuntamente eroici ma dall'effetto grottesco, c'era chi si dava pizzicotti, ché forse stava sognando: cavaliere, e basta! Diversi tenevano d'occhio la sede della direzione. Le finestre erano chiuse, con le tendine tirate. Dietro una di quelle tendine doveva esserci Guida.

– … *E ha nominato capo del governo, primo ministro e segretario di Stato sua eccellenza il cavaliere e maresciallo d'Italia, Pietro Badoglio*.

Poi partí la marcia reale, *parapàn, parapàn, parapàn*, un frastuono di fanfare, e mentre suonava tutti eravamo attoniti.

Pasta-e-fagioli caduto.

Dopo piú di vent'anni, caduto.

E adesso?

Il vociare doveva ancora riprendere quando, accanto a me, Fundo, proprio lui, un albanese, gridò: – Viva l'Italia libera!

E l'intera piazza esplose.

– VIVA!

E salti, abbracci, pacche sulle spalle, cori, perfino girotondi, mentre le mascelle dei militi toccavano terra.

Ma di nuovo udimmo: – *Attenzione. Attenzione.*

E Badoglio in persona lesse il suo comunicato.

– *Italiani! Per ordine di sua maestà il re e imperatore assumo il governo militare del Paese, con pieni poteri.*

E dopo una breve pausa:

– *La guerra continua!*

Si alzò un mormorio.

– *L'Italia, duramente colpita nelle sue provincie invase, nelle sue città distrutte, mantiene fede alla parola data, gelosa custode delle sue millenarie tradizioni.*

Già, le millenarie tradizioni. Quelle messe a punto da gente come Coppola, e in nome delle quali si era sempre seminata morte.

– *La consegna ricevuta è chiara e precisa: sarà scrupolosamente eseguita, e chiunque si illuda di poterne intralciare il normale svolgimento, o tenti di turbare l'ordine pubblico, sarà inesorabilmente colpito. Viva l'Italia. Viva il re.*

– Ha in mente i grandi scioperi di marzo, – mi disse Pertini. Ed era vero, ma aveva in mente anche altro: noi non sapevamo ancora che in tutta Italia era in corso un gioioso tumulto, che ovunque le folle distruggevano monumenti e simboli del fascismo, spaccavano i fasci littori che adornavano i palazzi pubblici, decapitavano statue equestri di Pasta-e-fagioli.

E in tutto questo la milizia?

L'esercito di partito che per anni aveva esibito muscoli e moschetti con l'aria piú truce che riusciva ad assumere... La grande banda di scagnozzi i cui capi infilavano la guerra in ogni discorso, forse anche quando chiedevano un caffè... La turba di gradassi che minacciava chissà quale reazione se qualcuno avesse toccato Pasta-e-fagioli… Quell'esercito, quella banda, quella turba si dissolsero nell'arco di un giorno, senza sparare un colpo, senza nemmeno farsi vedere.

Finito il comunicato, partirono le discussioni.

– Non vorranno mica tenere il fascismo con un altro nome…

– Non si poteva uscire dalla guerra d'emblée. I tedeschi ci avrebbero subito invaso. Adesso bisogna approfittare…

– Con Badoglio, sarà presto una Caporetto.

– L'importante è che sia caduto Andrea. Senza Andrea, non c'è piú il Partito fascista. E senza il Partito fascista…

– Sí, ma se non andiamo via da qui…

– Ci mancava solo che bombardavano il piroscafo!

Pertini mi trasse in disparte: – Erminio, la situazione va presa in mano, prima che il momento buono passi. Tu hai le idee chiare quando serve, ma anche molta fantasia. Ci vuole l'idea giusta, subito.

A me venne il mente il Dekatheon.

– Devi formare una commissione di dieci persone, – gli dissi, – che rappresenti confinati e internati, e andare da Guida. Adesso. Con richieste precise e nette.

Girammo per la piazza e le vie, cercando i capi delle tribú. Nel caso degli anarchici, che capi non avevano, cercammo chi era ritenuto piú autorevole, e trovammo Domaschi. Poi Fancello per Gielle, Scoccimarro e Secchia per i comunisti, Spinelli per i federalisti e due croati d'Istria, Ante Babić e Anton Franković. Oltre a Pertini, ovviamente, per noi socialisti, e a Fundo per gli albanesi.

Davanti al monumento ai caduti tenemmo un rapido conciliabolo. Ormai nessuno si curava piú della disposizione numero 12, ovunque c'erano assembramenti e la milizia era scomparsa.

Io proposi che della commissione facesse parte anche Terracini, per la sua autorevolezza e perché era avvocato come Pertini, ma Scoccimarro e Secchia si opposero, dicendo che il loro partito era già sufficientemente rappresentato.

– Ma non verrebbe per rappresentare voi, – obiettai. – De facto lo avete estromesso.

– E allora, se è estromesso, non rappresenta nessuno, – replicò Scoccimarro.

– Non vi stiamo già venendo incontro abbastanza? – aggiunse Secchia, alludendo alla presenza di Spinelli e Fundo, un rinnegato e un «trotskista». Questi ultimi sbuffarono.

– Anche noi stiamo facendo un bello sforzo, – disse Domaschi, con durezza. Alludeva agli eventi di Spagna.

Ma se impuntarsi era inutile, litigare sarebbe stato disastroso. – Vorrà dire che andrete in nove, – dissi.

– Però dieci fa piú simbolo, – osservò Fundo. – Cifra rotonda.

– Vieni tu, Erminio, – disse Pertini.

– Io? – mi schermii, come sempre.

– L'idea della commissione è stata tua. Qualcuno ha da ridire su Squarzanti?

Tutti dissero che andava bene. E cosí ci incamminammo.

Prima, per incontrare il direttore dovevi fare una domanda scritta e aspettare che lui ti convocasse. Ma adesso non era piú *prima*. Ci presentammo da Guida senza preavviso, e non chiedemmo udienza: fummo noi a convocare lui nel suo ufficio.

Sembrava un'altra persona. Il distintivo del partito era sparito dall'occhiello, e sulla parete non c'era piú la foto di Pasta-e-fagioli. Era rimasto solo il ritratto del re.

– Venga, Pertini, – disse. – Entrino tutti, e si seggano. Squitieri, porta altre sedie per i signori!

Venga. Si seggano. Anche il «voi» d'ordinanza era sparito. *I signori.*

E se prima ci faceva stare in piedi, ora voleva che ci accomodassimo. Segno che voleva parlamentare, tenerla lunga. Ma stavolta gli sbrigativi saremmo stati noi.

Quando ci fummo seduti, giocò le sue carte.

– Signori, io so bene quanto voi che il fascismo è finito. Anzi, lo so meglio di voi. Perché voi ancora ignorate che iersera il cavalier Mussolini è stato arrestato.

Urca! Ma non ci facemmo cogliere alla sprovvista: – Bene! – disse Fancello, e tutti annuimmo.

Guida giocò subito un altro asso: – Stanotte è venuto qui il comandante del presidio germanico. Mi ha chiesto che conseguenze avrà la sostituzione del duce, in generale e per la colonia. Temono che l'Italia esca dalla guerra, e temono la liberazione di ottocento antifascisti. Io l'ho impapocchiato, dicendo che Badoglio è un valido generale, già conquistatore dell'Etiopia, ed è la persona giusta per proseguire la guerra, mentre il duce era stanco e malato. Ho aggiunto che sull'isola non ci saranno disordini. Dobbiamo tenerli buoni, perché sono armati fino ai denti. E impauriti, quindi ancor piú pericolosi.

– Noi siamo militanti politici, non teppa, – disse Pertini. – Non ci saranno disordini, né colpi di mano, né colpi di testa. Non se accetterà le nostre richieste.

Guida si irrigidí, ma mantenne la sua espressione conciliante. – Che sarebbero?

– Gliele elencherà il compagno Squarzanti, – rispose Pertini.

Gli altri otto mi guardarono. Feci per schermirmi, ancora una volta, ma mi fermai in tempo.

Sarei stato all'altezza?

Mi rivolsi a Guida. – D'ora in poi, – dissi, – noi non siamo piú confinati politici, perché il confino politico fu un'odiosa misura di repressione del dissenso presa da un regime ormai crollato. Noi siamo liberi cittadini, quindi non vi sarà piú divieto d'assembramento, né obbligo di rientro nei cameroni a una data ora, niente limiti invalicabili, né altre proibizioni vessatorie. Le disposizioni della carta di permanenza non valgono piú.

Mentre parlavo facevo gesti, e notai che Guida li seguiva con lo sguardo. Non staccava gli occhi dalla mia mano destra. A essere piú precisi, occhieggiava il polsino della camicia. Poi mi resi conto: fissava il gemello, la testa di Medusa.

Quei gemelli ce li ho ancora, ma dopo la guerra non li ho piú indossati.

– Inoltre, – continuai, – deve cessare l'asfissiante tallonamento di alcuni confinati, tra i quali i presenti Domaschi, Fancello, Scoccimarro, Secchia e Pertini. Infine, la direzione deve subito prendere contatto con il ministero, perché organizzi le partenze degli ex confinati, dal momento che non c'è piú il *Santa Lucia*.

Avevo finito, ma mi venne da aggiungere un punto che non avevamo discusso.

– Ultima cosa: non vogliamo piú vedere una sola camicia nera. I militi se la devono togliere oggi stesso.

Pertini sogghignò. E anche gli altri.

Guida, invece, era impallidito.

– Capirà, signor Squarzanti, – disse, ed era la prima volta che lo sentivo pronunciare il mio cognome, – che io devo comunque attendere direttive dal nuovo governo. Le dimissioni di un presidente del consiglio non comportano l'annullamento di ogni decisione presa quando governava. Forse la misura di confino non vale piú, ma non possono decretarlo i confinati, né posso farlo io. Inoltrerò le vostre istanze quanto prima, e intanto darò ordine che cessi la sorveglianza speciale e si rispetti la vostra libertà di circolazione sull'isola.

Non muovemmo un muscolo, ma dentro urlavamo: vittoria.

– Anche noi manderemo un telegramma al ministero, – disse Scoccimarro. Il senso era: fidarsi è bene, ma tu resti comunque un fascista, e quindi...

– Ma certo, – rispose Guida, a denti stretti.

– Allora siamo d'accordo, – disse Secchia, e ci alzammo.

– Però... – aggiunse il direttore. – La faccenda delle camicie nere... Non sarà facile, i militi le hanno solo di quel colore...

– Le mettano a mollo nella candeggina! – sbottò Domaschi.

– Niente camicie nere, – ribadii.

Guida si rassegnò: – Dirò loro di indossare le maglie invernali, che sono grigie.

– Giusto, che sudino un poco! – disse Spinelli.

– Sudare fa bene! – disse Domaschi.

Franković traduceva sottovoce a beneficio di Babić, che non aveva capito l'ultima parte. – Squarzanti, pissipissi, crne košulje, pissipissi, bjelilo, pissipissi, zimska uniforma...

– Da, znojenje je dobro! – confermò Babić, sorridendo.

Ci congedammo, fieri e col morale alle stelle. Mentre uscivamo, Pertini mi si accostò e disse: – Bravissimo, Erminio.

Poi andammo all'ufficio postale e mandammo il telegramma:

> Confinati internati Ventotene chiedono essere informati loro liberazione e domandano immediato ripristino mezzi trasporto. Francesco Fancello, Mauro Scoccimarro, Pietro Secchia, Erminio Squarzanti, Alessandro Pertini, Giovanni Domaschi, Altiero Spinelli, Lazar Fundo, Antonio Babich, Antonio Frankovich. Ventotene.

Quando uscimmo, un corteo portava Maovaz in trionfo. Cantavano l'*Inno dei lavoratori*, *La leggenda del Pia-*

ve, *O' surdato 'nnammurato*, qualunque cosa passasse loro per la testa e tutte insieme, su, fratelli, su, compagni, oje vitaaaa, oje vita miaaaa, no, disse il Piave, no, dissero i fantiiii, su venite in fitta schieraaa, oje core 'e chistu coreeee, mai piú il nemico faccia un passo avantiiii, sulla libera bandieraaaa, si' stata 'o primmo ammoreeee, splende il sol dell'avvenir... E senza aver bevuto un solo goccio di vino!

– E adesso? – chiesi a Pertini.

– Adesso ci prendiamo una soddisfazione, – rispose.

Formammo una squadra e andammo a staccare tutti i fasci littori e i ritratti di Pasta-e-fagioli. Cominciammo dalla biblioteca, e defascistizzammo il paese, quantomeno nell'arredo urbano. Si unirono a noi anche diversi isolani. Mentre tiravamo giú il fascio dell'ufficio postale, Pertini avvistò il suo milite, che gironzolava sperso. Lo chiamò e gli disse: – Iannace, venga piú tardi nel mio camerone, devo darle una camicia, da domani le servirà.

Il ragazzo non capí, ma fece cenno di sí col capo.

Per tutta la giornata non vidi Ravaioli né Caramella.

Finalmente potemmo avventurarci oltre la *pars orientis* dell'isola, e il giorno stesso cominciammo a esplorarla. Evitammo di spingerci troppo a ovest su via degli Olivi, perché c'erano i tedeschi, ma percorremmo l'intera via Calanave, vedemmo le sconcertanti piante d'agave, i grandi muri di fichi d'India, i campi coltivati. Potemmo scendere nella spiaggia da cui la via prendeva il nome, fino ad allora riservata al personale della colonia. La spiaggia dov'era stato trovato Giacomo, dopo il suo «malore attivo».

Scoprii, quel pomeriggio, il profumo inebriante dei fiori di artemisia, e ne colsi per portarli sulla tomba di Giacomo, ma quando andai al cimitero non la trovai.

Possibile che l'avessero sepolto senza una scritta, un cartellino? O forse, a un certo punto nei due anni trascorsi, avevano traslato la salma in continente? Mi appuntai mentalmente di chiederlo a Guida.

Di Giacomo sapevo solo quel che mi aveva raccontato *in articulo mortis*. Volevo saperne di piú, colmare i buchi. La mia liberazione era imminente, sarei andato a Roma, avrei fatto ricerche, quei fiori d'artemisia glieli avrei portati. Ma adesso era il momento di respirare forte, di aprire i polmoni e gli occhi.

Pandataria, presto me ne andrò. Mi hai rubato la giovinezza, lascia che io porti con me un po' di meraviglia. In fondo, è un misero risarcimento. Lasciami esplorare, ammirare i tuoi scogli, i tuoi dirupi, questo mare che non è piú barriera, dove Poseidone non è piú milite confinario.

Uscito dal cimitero, mi aggirai tra le rovine di Villa Giulia. Di fronte al lavoro del tempo sulle vestigia di un impero, pensai all'impero di cartone di Mussolini, e alle idiozie sulla «romanità» che il Coppola aveva scritto per elogiarlo, e sentii il bisogno impellente di avvicinarmi allo strapiombo, mettere le mani a conchiglia intorno alle labbra e urlare rivolto al mare: – GOFFREDO COPPOLA! SONO ANCORA VIVO! CHE GLI DÈI TI MALEDICANO!

Oggi, a parte me, chi pensa ancora a quel tanghero? Nemmeno quando si parla di piazzale Loreto viene menzionato, benché là ci sia finito anche lui, insieme al duce, Pavolini, Bombacci e tutti gli altri. Durante l'occupazione nazista, da rettore dell'ateneo di Bologna si prestò a ogni piú squallido servigio, macchiandosi di crimini orrendi.

– COPPOLA! – gridai ancora. – TI VERREMO A CERCARE!

E qualcuno lo trovò, mentre tentava di scappare in Svizzera.

64.

La mattina del 28 luglio attraccò davanti al porto la corvetta *Persefone,* e da una barca a remi giunsero in terraferma il comandante della nave e un ispettore di polizia. Ad accoglierli trovarono il podestà e il segretario del partito, che – fosse stato per spinta inerziale, forza dell'abitudine, o perché davvero non avevano capito cos'era successo – si erano presentati in orbace, col fez e i distintivi, e fecero il saluto romano. Rimasero sconvolti quando l'ufficiale li apostrofò cosí: – Buffoni! Vergognatevi, a girare conciati in quel modo! Andate a togliervi quei costumi da pagliacci!

Al porto era sceso anche Guida. Accompagnò i due in direzione, e si chiusero a discutere. Che stava succedendo?

Radio Confino si attivò come non mai. Cos'era venuta a fare quella nave? Molti andarono al porto a vederla, turbati.

Il mistero ce lo svelò Guida, nel suo ufficio, quando la *Persefone* fu ripartita. Lo fece ridendo, e scappò da ridere anche a noi, e fu l'unico momento di – chiamiamola cosí – intesa con il personaggio. Adesso è questore a Torino, sia detto en passant. La settimana scorsa ha fatto manganellare gli studenti. Svariati feriti, undici fermati.

Radio Confino esplose: dire che la notizia era ghiotta significa sminuirla. Era l'ironia della Storia. Era la giustizia poetica.

Pasta-e-fagioli.

Sulla *Persefone* c'era Lui.

Cercando un posto dove ficcarlo dopo l'arresto, il ministero aveva pensato alla colonia di confino *par excellence*.

Pessima idea, aveva spiegato Guida. A Roma dovevano essere parecchio confusi, per aver avuto quella pensata!

– Qui ci sono centinaia di persone che lo odiano, gli ho detto. Persone che sono qui da anni perché, semplificando, ce li ha mandati Lui. C'è addirittura gente che ha tentato di fargli la pelle...

A proposito, pensai, dov'è finito Ravaioli?

– Se proprio vi piace l'arcipelago, ho concluso, portatelo a Ponza, che è piú grande e c'è solo un pugno di internati. E ce lo stanno portando davvero!

Ridemmo, ma con l'amaro in bocca: anziché far partire noi, avevano cercato di portare Lui.

Prima di congedarmi da Guida, gli dissi: – Sono stato al cimitero, a cercare la tomba di Pontecorboli, se lo ricorderà. Non l'ho trovata. Lei saprebbe dirmi dov'è sepolto?

Guida ci pensò un momento e rispose: – Non ne ho proprio idea, mi spiace. Si occupò di tutto il direttore Meo, facendo molto alla svelta. Se misero un cartellino, forse lo ha portato via il vento.

Salii a Punta Eolo e guardai la corvetta navigare verso Ponza.

Persefone.

Persefone, dea dell'oltretomba, figlia di Demetra, moglie di Ade. Quando Ade la rapí, lei non poté tornare dagli inferi perché aveva mangiato un chicco di melagrana e dunque, per l'etichetta dei numi, aveva accettato l'ospitalità del rapitore. Si giunse a un compromesso: Persefone avrebbe trascorso sull'Olimpo i mesi da marzo a ottobre, e nell'oltretomba quelli da novembre a febbraio. Da allora, la melagrana è il cibo della morte e della rinascita.

Penso che noi ex confinati siamo come Persefone. Anche se nelle nostre mense non comparve mai, in qualche modo mangiammo la melagrana. Qualcosa continua a legarci a Ventotene.

Io non ci sono ancora tornato, ma certamente lo farò, prima di morire. Rientrerò in quel campo di forza, tornerò al nostro muricciolo, ascolterò le raffiche fischiare tra le case e penserò: ecco l'eolifono.

Eccola che gira, la macchina del vento.

Epilogo

(agosto 1943 - ...)

La commissione mandò un secondo telegramma:

> Confinati et internati isola Ventotene nell'atto in cui ingloriosamente precipita tra l'esecrazione del popolo e sotto le rovine di una guerra disastrosa il regime fascista che ha segregato dalla vita nazionale migliaia di cittadini italiani tetragoni alla suggestione del dispotismo ed ha relegato gli stranieri rei di aver difeso la loro patria dall'attacco dell'aggressione mentre rivendicano tutti i motivi di libertà istituzionale sociale e nazionale che cosí han fermamente difeso nelle galere nel confino e nell'esilio ed auspicano inserimento dell'Italia nel quadro di una libera Europa reclamano immediata liberazione condannati e relegati politici come automatica conseguenza della soppressione del regime fascista.

Da Roma arrivò una direttiva sui confinati e internati da liberare. Dovevano restare a Ventotene i comunisti, gli anarchici, gli stranieri e alcuni sorvegliati speciali, tra i quali lo stesso Pertini. Tutti gli altri – ben pochi – erano liberi di andarsene.

La commissione reagí con sdegno: nessuna discriminazione politica; non un solo confinato avrebbe accettato di andarsene a quel prezzo. Cominciò un lungo tira e molla.

Poi il governo diede un incarico importante a un ex confinato di Ventotene, proprio l'unico che era riuscito a scappare: Roveda, che dopo il 25 luglio si era trasferito a Roma per ricostruire il sindacato. Divenne vicecommissario dell'Organizzazione generale dell'industria. E il commissario chi era? Nientemeno che Bruno Buozzi, appena tornato dalla Francia. Mandammo telegrammi a entrambi, esortandoli a fare tutto il possibile per liberarci. Ma non avevano bisogno del nostro sprone, si stavano già muovendo.

In molte città d'Italia, manifestazioni chiedevano a gran voce la scarcerazione dei detenuti politici e il ritorno alla vita civile di confinati, internati ed esuli. Dopo tanti anni trascorsi ai margini dei margini e anche oltre, sentivamo il Paese – almeno una parte di esso – chiamarci, reclamarci. Gli antifascisti dovevano tornare.

Fu cosí che Guida ricevette una prima lista di liberandi, in tutto centoquaranta, di ogni tribú. A dire il vero, gli anarchici erano solo tre, ma era un inizio. Poi arrivò l'ordine di liberare anche Pertini.

La commissione ne discusse.

– Assolutamente no, – insisteva Sandro. – Io me ne voglio andare con gli ultimi. Voglio stare qui a seguire la situazione. È un mio dovere verso tutti i compagni.

– Sandro, c'è bisogno di te a Roma, – gli dicevo io. – Insieme a Buozzi e Roveda potrai fare pressioni a nostro favore. E intanto ricostruire il partito, riaprire il giornale!

Riuscimmo a convincerlo, e nel frattempo il primo scaglione aveva lasciato l'isola, su un peschereccio noleggiato per la bisogna.

A Roma, ogni mattina, Pertini andava dal capo della polizia Senise e chiedeva la liberazione di tutti i confinati. A Roma, ogni mattina, Pertini andava dal capo della polizia Senise e chiedeva la liberazione di tutti i confinati. A Roma, ogni mattina, Pertini andava dal capo della polizia Senise e chiedeva la liberazione di tutti i confinati. Una strategia stillicida. Buozzi e Roveda, dal canto loro, premevano su Badoglio, che da un lato faceva orecchie da mercante e dall'altro qualcosa doveva concedere, e allora ascoltava, ma ogni tanto si perdeva: – Mi scusino, una cosa non ho capito: chi sarebbero i «manciuriani»?

Sembrò che l'avessero infine spuntata, che potessimo andarcene al completo, e le partenze si intensificarono.

Io lasciai Ventotene il 19 agosto. L'ultima cosa che feci fu andare in piazza, a vedere per l'ultima volta l'orologio.

Erano le undici e faceva le quattordici.

Quando me ne andai dall'isola, avevo quasi trent'anni.

Credevamo di aver liberato tutti, ma non era cosí. Gli anarchici, gli internati stranieri e alcuni manciuriani furono caricati su una nave e portati via da Ventotene, ma solo per finire in un campo d'internamento in Toscana, a Renicci d'Anghiari. Riuscirono a fuggire, ma questa è un'altra storia.

A Renicci avrebbe dovuto finirci anche Caramella, ma si nascose nei campi, nessuno lo trovò e restò l'ultimo ex confinato sull'isola. La notte in cui gli americani liberarono Ventotene dai tedeschi, fu lui ad accoglierli al porto, parlando inglese. Coi liberatori c'era un inviato di guerra d'eccezione, lo scrittore John Steinbeck, quello di *Furore*, che in una sua corrispondenza descrisse «a remarkable figure, a tall gray-haired old man dressed in pink pajamas». E come non riconoscerlo in questo giudizio: «He did not seem funny in his pink pajamas. He had a great dignity, even enough to offset his costume».

Di lui, e anche di Ravaioli, non ho saputo piú nulla. Ho chiesto a molti altri confinati, ma niente, è come se fossero scomparsi dalla faccia della Terra.

(noi siamo storie)
(siamo ricordi tramandati)

Pertini mi aveva chiesto di andare a Roma con lui, a lavorare per il partito e il giornale. Disse che in città c'era anche Eugenio. Gli risposi che accettavo, ma prima sarei tornato a Ferrara, per vedere cos'era successo in tutti quegli anni, che cosa si stesse muovendo. Ed ero ancora là l'8 settembre, quando l'Armistizio spaccò il Paese in due, e metà fu occupata dai tedeschi.

Dopo un breve periodo a Ponza, per la prigionia di Pasta-e-fagioli si era scelto il Gran Sasso. Un commando nazista lo liberò e lo mise a capo di uno Stato-fantoccio in Alta Italia. Cominciò la guerra di liberazione, e io feci la mia parte, come moltissimi ex confinati fecero la loro. E Pertini aveva ragione: i comunisti furono indispensabili. Bisogna essere onesti.

Ventotene ha espresso una buona parte della dirigenza del movimento partigiano. E di morti ne abbiamo avuti tanti. Io penso a quelli che conoscevo bene: Colorni, Maovaz e anche Fundo, che la Resistenza non la fece in Italia, ma in Albania, e non fu ucciso da fascisti, ma da stalinisti.

E penso a Viviani, che non fu mai mandato al confino, eppure fu sempre insieme a me a Ventotene, ogni giorno.

Viviani, dirigente della Resistenza veronese, deportato a Buchenwald e morto nel febbraio del '45.

Noi siamo come Pirra e Deucalione. Trascorremmo anni su un'arca nel Tirreno, mentre un diluvio sommergeva il vecchio mondo. Quando fu il momento di scendere, venne ad accoglierci Atena, dea delle guerre per giusta causa. Le chiedemmo nuovi compagni e compagne, per riprendere la lotta. Lei ci fece gettare in aria una pietra dopo l'altra, e le colpí col suo scudo.

Dopo il diluvio, la Resistenza.

Ogni pietra un partigiano.

Titoli di coda

Sono quattordici anni che questa storia mi accompagna. La stessa età di mia figlia.

Nel 2005, pochi mesi dopo l'uscita del mio primo romanzo solista *New Thing* e mentre stavo per diventare padre, mi venne l'idea di ambientare un romanzo al confino politico di Ventotene. Nelle poche righe che buttai giú in un taccuino, c'erano già la scomparsa di Majorana, l'*Odissea*, l'arrivo sull'isola di un fisico romano e una macchina del tempo persa nel collaudo.

Per sviluppare quelle idee, cominciai a leggere saggi storici e svariate memorie, biografie e raccolte di lettere di confinati e confinate. Una pubblicistica vasta, in gran parte fuori catalogo, ma che si stava riaffacciando in libreria. Il tema del confino era da anni passato di moda, ma stava conoscendo un revival, anche grazie a Silvio Berlusconi.

Nel settembre 2003, in un'intervista alla rivista inglese «The Spectator», l'allora presidente del consiglio aveva dichiarato: «Mussolini non ha mai ammazzato nessuno. Mandava la gente a fare vacanza al confino». Parole che avevano scatenato polemiche e riacceso l'interesse per l'argomento. Un anno e mezzo dopo quelle frasi, quando mi misi a cercare materiale, erano già usciti nuovi titoli, sia accademici sia divulgativi, come *La villeggiatura di Mussolini* di Silverio Corvisieri (Dalai, Milano 2004), ed erano tornate in libreria testimonianze di confinati, come *Ventotene* di Alberto Jacometti (Fratelli Frilli, Genova 2004) e *Nelle spire di Urlavento* di Giorgio Braccialarghe (Fratelli Frilli, Genova 2005).

Nella storia di questo Paese, il confino non è certo un capitolo marginale. I confinati furono parecchie migliaia, e basta un colpo d'occhio agli elenchi per trovare molti futuri dirigenti della Resistenza, membri dell'Assemblea costituente e in generale protagonisti della vita politica italiana.

Non solo: conobbero il confino nomi importantissimi della letteratura italiana a venire. Per fare solo due nomi: Cesare Pavese si ispirò all'anno trascorso a Brancaleone Calabro per scrivere il romanzo breve *Il carcere*, finito nel 1939 e pubblicato da Einaudi nel 1948; Carlo Levi riversò la propria esperienza di confinato a Grassano e Aliano, in Basilicata, nel suo capolavoro *Cristo si è fermato a Eboli*, pubblicato da Einaudi nel 1945.

Cominciai dai titoli citati sopra, e me ne procurai svariati altri.

Traffic Jam.

Terminata la prima fase di ricerca, scrissi un rudimentale «soggetto», che inviai al nostro agente Roberto Santachiara. Non riuscii però a inserire il progetto nel fitto calendario di Wu Ming: stavamo già scrivendo *Manituana*, che sarebbe uscito nel 2007, e dopo vennero *Altai* (2009) e il lungo lavoro su *L'Armata dei sonnambuli* (2014).

Nel frattempo, il focus del mio lavoro «solista» e delle mie collaborazioni «collaterali» si spostava sui cosiddetti «Uno», o «oggetti narrativi non-identificati». Nel 2009 Santachiara mi coinvolse nel progetto di libro che sarebbe diventato *Point Lenana* (2013), e negli anni a venire lavorai in quel solco, sperimentando una forma molto ibridata di reportage narrativo, dirigendo una collana per le edizioni Alegre dedicata agli Uno (Quinto Tipo) e scrivendo il libro-monstre *Un viaggio che non promettiamo breve. Venticinque anni di lotte* No Tav (2016).

Ogni tanto, però, ripescavo il vecchio soggetto, facevo un supplemento di ricerca e prendevo nuovi appunti, chissà mai che un giorno...

Nell'estate del 2017 – dopo una chiacchierata notturna con l'amico Edoardo Gabbriellini, che si disse entusiasta della storia – intrattenni brevemente l'idea di trasformare *La macchina del vento* in un soggetto cinematografico o televisivo, poi però venne lo scatto d'orgoglio: – Io sono un romanziere, eccheccazzo! Questo dev'essere un romanzo!

Ripescai gli appunti una volta per tutte, o l'andava o la spaccava!, e dissi a Santachiara che era giunta l'ora. Per diverse ragioni.

Ogni libro ha il suo καιρός.

La storia che avevo in mente mi sembrava molto piú attuale di quando l'avevo concepita. Intorno a me vedevo un sempre maggior numero di attiviste e attivisti subire misure preventive quali obbligo di dimora, divieto di dimora, arresti domiciliari, sorveglianza speciale.

Chi è sottoposto alla sorveglianza speciale – misura regolata da un decreto legge del 2011 e successive modifiche – si vede ritirare il passaporto e la patente di guida, revocare qualunque licenza o iscrizione ad albo professionale, e riceve un «libretto» con tutte le prescrizioni che dovrà osservare. A essere colpito è il suo stile di vita, tramite un intrico di obblighi – come quello di presentarsi alle autorità di sorveglianza nei giorni stabiliti e ogni qualvolta venga richiesto – e divieti, come quello di incontrare piú di tre persone alla volta, di frequentare persone che abbiano subito condanne (ad esempio, per aver occupato un centro sociale), di restare fuori casa dopo una certa ora eccetera.

Come potevo non pensare ai confinati?

Per non dire degli insistiti riferimenti a Ventotene «culla dello spirito europeo» – un vero e proprio mito delle origini, troppo spesso ripetuto in modo acritico fino a renderlo uno snervante cliché – e del Mediterraneo che diveniva sempre piú una barriera sorvegliata da milizie confinarie, per impedire le fughe di esseri umani e i loro approdi verso futuri migliori.

Insomma, sentivo l'urgenza di scrivere la mia storia, e di scriverla in un certo modo. Dopo aver riversato nella scrittura di vari Uno ciò che avevo imparato scrivendo romanzi, era tempo di riversare nella scrittura di un romanzo quel che avevo imparato scrivendo gli Uno. Come collettivo, del resto, avevamo già cominciato a farlo ne *L'Armata dei Sonnambuli* e in tre racconti de *L'Invisibile Ovunque*.

Come Wu Ming ci stavamo muovendo dal romanzo «metastorico» – *Q*, *54*, *Manituana*, *Altai* – all'ibridazione di quest'ultimo con la narrazione fantastica/fantascientifica. Si vedeva già ne *L'Armata dei Sonnambuli* e si sarebbe visto ancor piú in *Proletkult*. Anche la mia storia di confino andava in quella direzione.

Ho dunque ripreso a documentarmi e mi sono messo a «scalettare» fittamente.

Andare, camminare, lavorare.

Nel maggio 2018 ho trascorso una settimana a Ventotene, decidendo l'ambientazione di ogni scena e tracciando gli spostamenti dei miei personaggi, la cui principale attività quotidiana è in fondo camminare. Camminare è quel che ho fatto anch'io, da mane a sera, per le vie del paese e da un capo all'altro dell'isola, e sempre col taccuino in mano, perché, come diceva Majakovskij, il taccuino è tutto.

Ringrazio il libraio ed editore Fabio Masi, per l'incredibile disponibilità, la mole di materiali aggiuntivi che mi ha fornito, le storie che mi ha raccontato, il periplo dell'isola che mi ha fatto fare in barca, i contatti che mi ha passato. È stata anche la chiusura di un cerchio: nel 2004 fu proprio Fabio a far ripubblicare le memorie di Jacometti e Braccialarghe, i primi due libri sul confino a Ventotene che avrei ordinato e letto.

I titoli che Fabio pubblica con la sua casa editrice Ultima Spiaggia sono stati preziosi, in particolare *Ventotene isola di confino*, di Filomena Gargiulo, che ho conosciuto nella mia settimana a Ventotene, e al cui indefesso lavoro di ricostruzione va tutta la mia gratitudine.

Ringrazio poi Elena Schiano di Colella, per la visita ai resti di Villa Giulia, e Silvana Aiello, per la visita alle cisterne romane.

Ringrazio anche Loredana Lipperini. Negli anni in cui *La macchina del vento* era solo un brogliaccio di poche pagine, Loredana mi ha mantenuto in collegamento con Ventotene, raccontandomi dei suoi soggiorni e del festival *Gita al faro*, che si svolge sull'isola dal 2012, e dal 2014 è sotto la sua direzione artistica.

Ventotene ≠ Ventotene.

La colonia di confino del mio romanzo si discosta per molti versi dalla colonia di confino dei documenti. Mi sono preso parecchie licenze: ho inserito personaggi immaginari (Erminio e Giacomo per primi), ho inventato episodi e forzato l'argot dei confinati inserendovi mie invenzioni. In generale, ho «allucinato» un *genius loci* dell'isola, piú o meno come in *Un viaggio che non promettiamo breve* avevo allucinato un *genius loci* del cantiere

Tav in Val di Susa. Per queste forzature chiedo venia ai ventotenesi, ai cultori della materia, ai familiari dei personaggi realmente esistiti che ho fatto agire nel romanzo. Spero comunque di aver reso il senso dell'esperienza storica ed esistenziale del confino e, seppure in modo obliquo, di aver reso giustizia alla peculiare bellezza di Pandataria.

Ferrara, l'Ariosto, Viviani, Bassani.

Erminio Squarzanti *ce n'est pas moi*: io non sono di Ferrara città (vengo dalle campagne del Delta), non sono di estrazione borghese ancorché «medio-bassa» (vengo da una famiglia di braccianti e metalmeccanici), non ho mai avuto niente a che vedere col Psi (cresciuto nel mondo comunista, sono poi sempre stato «trotskista», «deviazionista», «criptobordighista», «avventurista», «estremista» e quant'altro), non sono figlio unico (ho un fratello), mio padre ha passato la vita nella Cgil, all'opposto del padre di Erminio che inveiva contro la Camera del lavoro, eccetera eccetera.

Detto questo, non avrei potuto raccontare Erminio se non conoscessi Ferrara e se non avessi fatto il liceo classico Ariosto. Dunque i miei vecchi professori non si sorprenderanno nel trovarsi ringraziati qui. Grazie a Claudio Cazzola, Vinicio Martorana, Giancarlo Mori e Silvana Onofri. Al professor Cazzola, in particolare, devo la presenza nel romanzo di Francesco Viviani.

Voglio ringraziare anche Maria Calabrese, Girolamo De Michele (collega scrittore e antico sodale) e Roberta Mori, docenti all'Ariosto, che in diverse occasioni mi hanno invitato al mio vecchio liceo, ospite nella rassegna «Galeotto fu il libro». La prima volta mi invitò Maria nel 2005, proprio nel periodo in cui sviluppavo l'abbozzo di storia su Ventotene. In quell'occasione rividi il professor Cazzola. Tempo addietro, proprio lui mi aveva spedito *La figlia postuma di Carneade*, numero 14 dei «Quaderni del liceo classico L. Ariosto», interamente dedicato alla figura di Viviani. Non l'avevo ancora letto ma, stimolato dall'incontro, lo presi in mano la sera stessa. Fu cosí che mi apparve un ex studente dell'Ariosto, divenuto antifascista grazie a Viviani e poi mandato al confino. Rimase senza nome per molti anni, finché, nel 2018, non decise di chiamarsi Erminio.

Viviani morí a Buchenwald, eppure «fu sempre insieme a me a Ventotene», dice Erminio. Nel libro *L'isola riflessa* di Fabrizia Ramondino (Einaudi, 1998) ho trovato questa perturbante considerazione: «La superficie del campo di concentramento di Buchenwald, considerando le baracche, le costruzioni delle Ss, i luoghi di lavoro, la ferrovia speciale per arrivarvi, è piú o meno simile a quella dell'isola [di Ventotene]».

Tra i piú famosi diplomati all'Ariosto figura il grande scrittore Giorgio Bassani, che ebbe proprio Viviani come docente di Greco e Latino e ne fece un personaggio del suo romanzo *Dietro la porta* (Einaudi, Torino 1964), cambiandogli il cognome in Guzzo. A mia volta, io mi sono liberamente ispirato alla vita e all'opera di Bassani per alcune esperienze e ricordi di Erminio.

L'ultimo ringraziamento di questo paragrafo va a Elisa Bertasi, Federica Fiorani, Francesco Ganzaroli e Silvia Trombetta, per i quali non sono «Wu Ming 1», ma ancora e sempre il compagno di classe del liceo.

Credits (o debits?)

Gran parte di questo romanzo l'ho scritta alla biblioteca comunale «Casa di Khaoula» di Bologna. Grazie a chi la tiene viva, la anima, ne fa un bellissimo presidio di resistenza culturale e convivenza nel quartiere Navile.

Grazie a Francesco Colombo, senza il quale *La macchina del vento* sarebbe stato scritto in modo molto diverso. Grazie a Raffaella Baiocchi per il meticoloso lavoro di redazione, avvenuto su un testo consegnato a *tranches* e piú volte rivisto. Grazie a Chiara Bertolone e Francesco Scarcella per l'attenta lettura delle bozze.

Grazie a Daniela La Rosa e Paolo Repetti, per la spinta e perché ci sono sempre e rispondono a ogni dubbio, perplessità o richiesta.

Grazie ad Andrea Alberti per la copertina. Da piú di un quarto di secolo trova le immagini giuste per le nostre parole.

I due «lettori di prova» di *La macchina del vento* sono stati un fisico romano, Lorenzo Teodonio, e un mago (e anche matematico), Mariano Tomatis. Grazie a entrambi per le riflessioni, gli spunti, le correzioni.

Grazie ad Alessandro Metz, Vanni Santoni, Francesco Pisano, Giuseppe Milazzo, Omar Onnis e Nicoletta Bourbaki per le consulenze linguistiche.

Grazie a Lucia Quaquarelli e Chiara Denti per l'utile lavoro di comparazione tra il testo originale di *The Time Machine* e la traduzione italiana del 1929.

Grazie a Giuseppe «Flip» Bottaro per le utili indicazioni.

Grazie a Michele Koukoussis per *Κορόιδο Μουσολίνι*, e grazie a tutto il Bhutan Clan.

Grazie a Jadel Andreetto e Mariana E. Califano, anche perché, chiamando Atena la loro figlia, mi hanno tenuto quel nome in testa finché non sono suonati tutti i campanelli. E dunque grazie anche ad Atena.

Grazie a Roberto Santachiara / Heriberto Cienfuegos, *¡hasta siempre comandante!*

Grazie ai miei compadres, Wu Ming 2 e Wu Ming 4, che hanno letto le stesure de *La macchina del vento* e mi hanno dato non poche «dritte».

Grazie a tutta la Wu Ming Foundation.

Dulcis in fundo, come sempre, grazie a Claudia e Matilde, che amo e che per tutto questo tempo mi hanno incoraggiato, sostenuto, consigliato e anche mandato a quel paese, quando serviva (ed è servito eccome).

Quasi dimenticavo: grazie a chi ha letto questo libro, e a chi lo leggerà.

Bologna, febbraio 2019.

Nota al testo.

Le citazioni a p. 3 sono tratte rispettivamente da: Alberto Jacometti, *Ventotene*, Fratelli Frilli Editori, Genova 2004; Herbert George Wells, *La macchina del tempo*, trad. di Dienne Carter, Edizioni Delta, Milano 1929; Ernesto Rossi, *Miseria e splendori del confino di polizia. Lettere 1939-1949)*, Feltrinelli, Milano 1981.

Le citazioni alle pp. 17, 93, 225, 228, 236-7, 238-9, 243-4 sono tratte da Wells, *La macchina del tempo* cit.

La velina ministeriale a p. 48 è tratta da «La Stampa» del 10 ottobre 1938.

Lo stornello che cantano i due Chiaramantesi a p. 62 è un adattamento dell'autore di uno degli «Stornelli neri» di Armando Gill, 1935.

I versi alle pp. 71, 219 e 249 sono tratti da Omero, *Odissea*, trad. di Ettore Romagnoli, Zanichelli, Bologna 1932.

I versi a p. 84 sono tratti da *Il commiato* di Nino Oxilia del 1909.

La citazione a p. 183 è tratta da Luciano di Samosata, *Dialoghi marini*, in *Opere. Voltate in italiano da Luigi Settembrini*, Le Monnier, Firenze 1861-1862.

I versi a p. 215 sono tratti dalla canzone *Koróido Mousolini* (Yorgos Ikonomidis), interpretata da Nikos Gounaris.

La citazione a p. 223 è tratta da «La Stampa» del 12 febbraio 1941.

I virgolettati nella lettera di Erminio a Spinelli, Rossi e Colorni alle pp. 270-4 sono tratti da *Per un'Europa libera e unita*, disponibile nella sezione «Biblioteca Europa» del sito ufficiale del Senato, senato.it

I virgolettati del capitolo 60 sono tratti dall'articolo di Anselmi, *La spontaneità è una forma di organizzazione*, apparso sul «Nuovo Avanti!» del 12 giugno 1937. L'articolo è riprodotto integralmente in Leo Solari, *Eugenio Colorni. Ieri e sempre*, Marsilio, Venezia 1980.

La lettera di Pertini sul caso Bicutri citata alle pp. 293-4 è tratta da *Sandro Pertini. Sei condanne, due evasioni*, a cura di Vico Faggi, Mondadori, Milano 1970.

La citazione a p. 325 è tratta da John Steinbeck, *Once There Was A War*, Viking Press, New York 1958.

La dichiarazione a p. 329 è comparsa su «The Spectator» del 13 settembre 2003.

La citazione a p. 334 è tratta da Fabrizia Ramondino, *L'isola riflessa*, Einaudi, Torino 1998.

Indice

Questo libro è stampato su carta contenente fibre certificate FSC®
e con fibre provenienti da altre fonti controllate.

FSC
www.fsc.org
MISTO
Carta da fonti gestite
in maniera responsabile
FSC® C115118

Stampato per conto della Casa editrice Einaudi
presso ELCOGRAF S.p.A. - Stabilimento di Cles (Tn)
nel mese di aprile 2019

C.L. 24080

Edizione — Anno

1 2 3 4 5 6 7 — 2019 2020 2021 2022